KB243137

무적타가

無敵多家

無敵多家 1

신독 新무협 판타지 소설

초판 1쇄 찍은 날 § 2004년 11월 15일
초판 1쇄 펴낸 날 § 2004년 11월 25일

지은이 § 신독
펴낸이 § 서경석

편집장 § 문혜영
편집책임 § 유경화
편집 § 장상수 · 김민정 · 최하나
마케팅 § 정필 · 강양원 · 이선구 · 홍현경

펴낸곳 § 도서출판 청어람
등록번호 § 제1081-1-89호
등록일자 § 1999. 5. 31
어람번호 § 제2-0468호

주소 § 경기도 부천시 원미구 심곡1동 350-1 남성B/D 3F (우) 420-011
전화 § 032-656-4452 팩스 § 032-656-4453
http://www.chungeoram.com
E-mail § eoram99@chollian.net

© 신독, 2004

ISBN 89-5831-316-1 04810
ISBN 89-5831-315-3 (SET)

무적다가

無敵多家

자유선언

신녹 新武俠 판타지 소설

Fantasti Oriental Heroes

도서출판 청어람

|목차|

序

강호는 평화롭다.

......

제1장 자유선언(自由宣言)

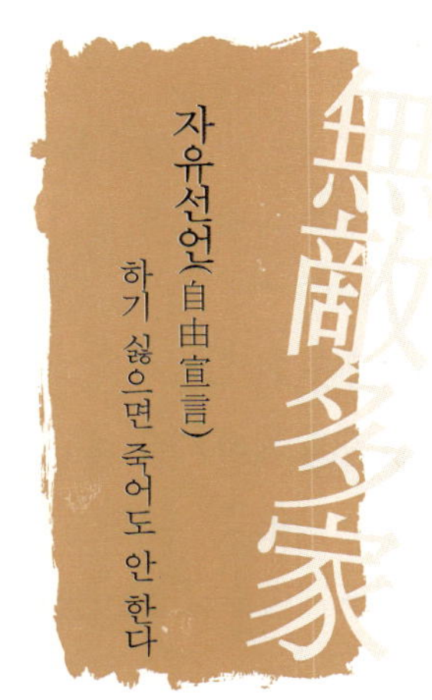

열일곱.

청년이라기엔 좀 어린 나이고 소년이라 불리면 은근히 자존심 상하는 나이.

진파(陳破)는 올해 그 열일곱 살이 된 소년이다.

아무렇게나 질끈 동여맨 긴 머리에 간편한 청의무복을 걸쳤다.

열일곱이라는 나이답지 않게 떡 벌어진 어깨가 당당해 보였다.

육 척에 가까운 훤칠한 키 때문에 뒷모습만 보면 한 사람의 당당한 무사였다.

얼굴도 그 정도면 꽤나 수준급.

환상적인 미남이라고는 할 수 없지만 어글어글한 눈매와 이목구비가 한눈에도 호감이 가는 얼굴이다.

그러나 땀으로 번들거리는 그 얼굴에는 한 가지에 집중했을 때

볼 수 있는 소년 특유의 빛나는 표정이 보이지 않았다.

권태와 짜증이 얼룩진 폭발 일보 직전의 얼굴.

"차앗—!"

허공을 가르는 힘찬 기합성도 조금 탁하달까.

날렵한 제비처럼 허공으로 몸을 띄운 진파의 주위에 시퍼런 검광이 쉭쉭 번뜩였다.

검을 가슴으로 끌어당긴 진파가 두 다리를 쭈욱 찢으며 바닥에 몸을 붙였다.

유연하게 움직이는 허리를 따라 그의 검이 춤추듯 허공에 수를 놓았다. 언뜻 화려해 보였지만 자세히 보면 중요한 무언가가 빠진 듯한 이상한 검무.

바닥에 등을 대고 팽이처럼 회전해 일어선 진파는 세차게 검을 후려치며 씹어뱉듯 소리쳤다.

"좆도! 초식은 왜 이렇게 많아!"

"수련을 할 땐 욕 좀 하지 말아요."

고운 목소리가 들렸다. 부모가 없는 진파를 똥 기저귀 갈아주며 키웠다는 손일연(孫一燕)이었다. 머리칼은 희끗희끗했지만 아직도 고운 염태(艷態)가 남아 있는 미인 할머니. 가문의 종복이었으나 남편 공철(孔鐵)과 함께 진파에게 무공을 가르친 스승이기도 했다. 징그럽다고 배사지례(拜師之禮)는 극구 피했지만.

"할멈! 이따위 흉내 내기 검법을 익히면서 어떻게 욕을 안 해?!"

"무당의 유운검(流雲劍)은 초식만 알아도 꽤 쓸 만해요."

"그럼 뭐해? 운기법을 알지 못하는 이상 이건 춤밖에 안 돼!"

"그럼 잠룡쟁패(潛龍爭覇)는 포기할 건가요?"

잠룡쟁패라는 말에 진파의 얼굴이 와락 일그러졌다.

"제엔장!"

진파는 신경질이 난 듯 팩 검을 후려치며 다음 초식을 시전하기 시작했다.

두어 초식을 채 펼치기도 전에 진파의 얼굴은 뻘겋게 달아올라 짜증이 만개해 있었다.

'저대로 두면 익어서 터지겠네.'

손일연은 슬쩍 손으로 입을 가리고 표정을 감추었다.

곧 분노한 기색이 역력한 손일연의 목소리가 들렸다.

"정말 무맹(武盟)의 작자들은 할 일도 더럽게 없는 놈들이 분명해요."

"맞아! 그 한가한 늙다리들! 맹주 자리가 무슨 개밥그릇이야? 왜 심심하면 돌려먹어?!"

검무를 추면서도 당장에 진파의 열띤 호응이 들렸다.

'호홋!'

손일연의 화난 음성이 계속 이어졌다.

"그래요. 소주(少主)가 잠룡쟁패에 출전하기로 결정한 지 벌써 오년, 그동안 맹주가 세 번이나 교체되었으니 완전히 돌려먹기죠."

"강호가 한가하니까 할 짓들이 없는 거야! 그러니까 쓸데없이 잠룡쟁패니 뭐니 만들어서 이 생고생을 하게 하잖아! 거기다 잠룡쟁패 규정은 왜 맹주가 바뀔 때마다 바꾸는 거야! 우리가 지들 노리개야?!"

"그렇죠! 무인이 비무(比武)를 하는데 무슨 놈의 시무(試武)로 고하(高下)를 가려요? 맞장 떠서 이기는 게 장땡이지!"

"내 말이 그 말이야!!"

강호가 평화로운 지 벌써 삼십 년째.

어찌 온 평화인지 진파로서는 관심도 없었지만 어쨌든 강호가 평화로워 후기지수들이 강호에 얼굴을 들이밀 기회도 이름을 날릴 건수도 거의 없었다.

시시한 마두 하나 나타나지 않는데 뭘 어쩌리. 기껏해야 지들끼리 싸우거나 선배에게 도전해야 했다. 이게 쓸데없는 분란을 일으킨다고 무맹(武盟)에서 준비한 게 바로 잠룡쟁패였다.

잠룡쟁패는 후기지수들만이 도전할 자격이 있는 비무대회.

잠룡쟁패를 통과한 후기지수는 가슴에 '잠(潛)'이라는 영예로운 글자를 새길 수 있었다. 그 하나만 달아도 당당히 강호에서 행세할 수 있는 세상이 바로 요즘이다.

문제는 잠룡쟁패의 비무 방식이 해를 거듭할수록 요상하게 바뀌었다는 데 있었다.

처음 몇 번 자파의 후기지수들이 크게 상한 후, 무맹에 속한 각 대문파들은 잠룡쟁패의 선출 방식을 시무(試武)와 대타(對打)로 제한했다. 평화의 시대에 굳이 피를 보는 것은 어울리지 않는다나?

물론, 진짜 고수라면 시무만 보더라도 얼마나 무공을 수련했는지 금세 알아볼 수 있다. 하지만 뚜렷한 승부 방식이 존재하지 않자 거기서 거기인 고만고만한 실력의 후기지수들 중 누구누구를 선별할 것인지가 마땅치 않았다. 그러다 보니 심사를 맡은 시험관들의 출신 문파가 은연중 큰 변수로 떠올랐다.

잠룡쟁패의 시험관들은 대개 무맹의 맹주가 있는 문파에서 선출되었다. 그러니 맹주의 출신 문파 무공을 자신의 시무에 섞어 펼친 응시생은 시험관들에게 좋은 인상을 심어줄 수 있었다. 팔은 안으로 굽는다 하지 않던가.

그래서 어느 사이엔가 잠룡쟁패 준비생들은 모두 다 무맹의 맹주가 나온 문파의 무공을 겉모습이나마 익히게 되었다. 자신의 시무에 간간이 섞어 쓰기 위함이다.

지금 맹주는 무당파 출신.

그래서 진파가 선택한 게 바로 무당파의 유운검(流雲劍)이었다.

초식만 흉내 내고 있을 뿐 검의(劍意)를 이해하고 펼치는 것은 아니었다. 무당파만의 운기법을 알지 못하는 이상 겉모습을 흉내 낸 춤사위에 불과했다.

진파가 손일연과 한참 무맹 욕을 하며 수련을 계속하는데 공철이 후원에 들어섰다. 공철은 손일연의 남편이며 진파에게 무공을 가르친 또한 명의 종복이기도 했다. 모르는 사람이 보면 신선의 환생이라 할 정도로 젊잖게 생긴 용모. 그러나 사람은 겉만 보고는 알 수 없는 법. 공철의 성질은 무척이나 거시기했다.

공철은 유운검의 막바지를 치달아가는 진파에게 바싹 다가섰다.

"소주."

"왜 그래, 할아범?"

진파는 유운검의 서른두 번째 초식 홍운탁월(烘雲托月)을 펼치며 가자미눈을 뜨고 대답했다. 손일연과는 달리 공철과는 그리 좋기만 한 사이가 아니었다. 성질깨나 있는 두 노소(老少)는 시시 때때로 부딪쳤다.

“…….”

“뭐야? 빨리 말해!”

“음… 참으로 안타까운 소식이오. 무맹의 맹주가 화산파의 장문인 태현 진인(太玄眞人)으로 바뀌었다는구려.”

안타깝다고 말하는 공철의 표정은 하나도 안타까워 보이지 않았다.

“뭐?”

진파의 동작이 뚝 멎었다.

공철과 진파 사이에 무거운 침묵이 잠시 흘렀다.

그리고 진파의 엄청난 고함이 터졌다.

“또 바꿔? 또!! 아 씨파! 이것들이 정말 누굴 똥개로 아나?”

진파는 청석 바닥에 냅다 검을 집어 던졌다.

챙—!

“아니! 신성한 검을 얻다 함부로…….”

공철의 말을 잘라 버리며 진파가 소리쳤다.

“지금 그게 문제야?”

진파는 씩씩대며 공철을 노려보았다.

“그럼 뭐가 문제요?”

“몰라서 물어? 이놈의 검법을 또 바꿔야 한다는 말이잖아!”

“당연한 거 아뇨?”

“당연? 벌써 네 번째라구! 이번에 바꾸면 무려 네. 번. 째. 야!”

진파의 네 손가락이 좌악 펼쳐져 공철의 눈앞에 서 있었으나 공철은 담담히 엄지손가락으로 콧구멍을 후벼 팠다. 별것도 아닌데 왜 난리냐는 투였다.

“맹주 자리가 화산파로 넘어간 걸 낸들 어쩌라는 거요? 그놈들 그러는 게 한두 번이오? 태현 진인이 맹주가 되었으니, 당연히 검법에 매화검의 뜻을 섞어야지! 잠룡쟁패의 시무(試武)가 어떤 건지 소주(少主)도 잘 알잖소?"

"누가 그걸 몰라? 시험관들 앞에서 혼자 지랄 떠는 게 시무잖아! 화산파가 맹주 자릴 처먹었으니, 화산파 검법을 섞어야 좋은 점수를 받는다는 건 나도 안다구! 하지만 할아범 그거 알아? 내 나이가 벌써 열일곱이야! 열일곱! 벌써 오 년 동안 세 번이나 검법을 바꿨다구! 또 바꾸란 말이야? 또? 그 바보 짓거리를 또 하라구? 아아아아아악―!"

진파는 머리카락을 마구 헝클어뜨리며 발악했다. 짜증 섞인 비명 소리가 후원을 울리며 메아리쳤다.

그러나 공철은 눈썹 하나 까딱치 않았다.

"잠룡쟁패 출전하라고 내가 시켰소? 소주가 하겠다고 한 거 아뇨. 무슨 남자가 그렇게 참을성이 없소이까?"

"웃기지 마! 이까짓 잠룡쟁패! 때려치우면 되잖아!! 더 이상은 못해! 아니, 안 해!!"

"이거 안 하면 소주가 뭘 할 거요?"

"……."

"무공 아니면 할 줄 아는 게 하나라도 있소? 뭘로 밥 먹고 살 거요?"

"여보……."

손일연이 말렸으나 공철은 개의치 않았다.

진파를 바라보는 공철의 비웃음 섞인 시선은 강렬하기 짝이 없었다. 오장육부를 홀딱 뒤집어엎는 시선이 진파의 얼굴에 틀어박혔다.

으드득.

진파는 이를 갈았다.

이 영감탱이가 사람을 뭘로 보고!!

"세상을 방랑하겠어!"

공철의 입이 좌우로 갈라졌다. 일그러진 얼굴과 어이가 없다는 표정은 완벽한 비웃음 그 자체였다.

"흐…… 방랑? 그래, 어디를 방랑하실 거요? 요 몇 년간 이곳에만 살아서 아는 곳도 없는 주제에! 소화산(小華山) 주변 말고 소주가 아는 곳이 어딨소?"

"아는 데 없으면 어때? 무작정 방랑할 거야. 발길 닿는 대로!"

공철이 갑자기 근엄한 얼굴을 무너뜨리고 허리를 꺾었다. 요란한 웃음이 터져 나왔다.

"우헤헤헤! 아…… 이건 정말이지……. 푸헤헤헤헤!"

공철의 거침없는 비웃음에 진파는 당황했다.

멍한 표정의 진파를 바라보며 공철은 침을 튀겨가며 웃어 젖혔다. 숨이 넘어갈 것만 같은 웃음.

"우헤헤헤헤헤! 정말 유치하기 짝이 없는 발상이외다. '발길 닿는 대로' 아…… 개뿔! 그 말 정말 오랜만에 들어본다. 한 육십 해 전에는 이 입으로도 썼던 말, 우히히히히히!"

"뭐, 뭐가 유치하다는 거야? 발길 닿는 대로 다니는 게 뭐가 어때서? 개뿔이라니!"

너무 웃은 나머지 눈물마저 찔끔거리던 공철은 아예 바닥에 주저앉았다. 손가락을 들어 눈물을 닦으면서도 진파를 비웃으며 바라보는 것 또한 잊지 않았다.

"유치한 말을 쓰는 자들은 그 말이 왜 유치한 줄 모르는 법이외다.

발길 닿는 대로! 발길 닿는 대로!! 우헤헤헤헤!!”

진파의 눈이 서서히 싸늘하게 가라앉았다.

공철을 잔뜩 노려보던 진파는 아무 말도 하지 않고 팩 몸을 돌렸다.

*　　　　*　　　　*

가장 깊은 밤이라는 자시(子時) 무렵, 진파는 자기 방에서 단단히 꾸린 행낭을 점검하는 중이었다.

가장 중요한 은자와 간단한 식사용으로 벽곡단 두 묶음, 부싯돌과 화섭자, 짧은 단도(短刀), 식수를 담을 양가죽 주머니, 옷가지 몇 개…….

“뭐? 유치해? 그래, 나 유치하다! 발길 닿는 대로 강호를 떠돈다! 이게 뭐가 유치해? 홍!홍!홍!홍!”

진파는 잔뜩 열받은 채 행낭을 묶다 말고 돌연 후 하며 한숨을 쉬었다.

정말 피땀 흘려가며 준비한 잠룡쟁패였다. 올가을엔 멋지게 출전해서 ‘잠’이란 한 글자를 가슴팍에 새겨보려 했건만.

열두 살, 아무것도 모를 때 멋지게만 보여 응시하기로 한 잠룡쟁패가 이따위 것일 줄은 정말 몰랐다.

섬서(陝西)의 구석에 박힌 소화산에서 부모도 없이 노복에게 무공을 배워가며 성장한 진파에게 유일한 목표가 있다면 잠룡쟁패를 통과하여 멋지게 강호에 출도하는 것이었다. 그게 바로 사나이 낭만이라 생각했지 않은가.

하지만 잠룡쟁패가 그따위 것일 줄 누가 알았겠는가! 진파가 꿈꿨던 사나이다운 결투는 아예 없었다. 잠룡쟁패의 실체를 알고 나서 그나마 버텼던 건 자기 입으로 하겠다고 말을 꺼냈기 때문이었는데 이젠 그것도 끝장이다. 인내심이 바닥에 도달했다. 생각하면 할수록 열불이 터졌다. 또 바꿔?

"망할!!"

진파는 머리카락을 마구 흩뜨렸다.

방 한구석에 걸린 동경 앞에 선 진파는 두 눈을 부릅뜨고 거울을 노려보았다.

짜증에 절은 얼굴 하나가 있었다.

"뭐냐? 그 죽상은? 까짓 거! 때려치우면 될 거 아냐! 사나이 진파가 그깟 일에 목숨 걸 일 있냐? 가자, 가! 발길 닿는 대로!"

진파는 옆구리에 턱하니 손을 올렸다.

"아하하하하!"

맘껏 웃어댄 진파는 거울 앞에 서서 헝클어진 머리를 다듬었다.

까마귀 한 마리가 서 있는 몰골이었다.

진파는 흑의에 검은 머리끈으로…… 머리에서부터 발끝까지 검은색으로 온통 감싸고 있었다. 탁자에 올려놓은 행낭도 물론 검은색.

침을 묻혀 머리카락 몇 가닥을 꼬아 내린 후, 왼쪽 눈에 슬쩍 걸리게 만든다.

무사의 시야를 가린다는 노인네 성화에 끝끝내 자신이 원하는 머리 모양을 하지 못했던 진파. 집 나가는 김에 하고 싶은 온갖 치장을 다 하고 있었다.

검은 머리끈 위로 슬쩍 나온 애교 머리를 손가락으로 톡톡 치며 씨익 웃는다.

까짓, 꼴리는 대로 하는 거야!

누구 눈치를 봐?

하기 싫으면 죽어도 안 해!!

공철이 갖다 놓은 검을 물끄러미 내려다보던 진파는 타악 침을 뱉었다.

"퉤에! 넌 안 갖고 가! 무기가 너밖에 없는 줄 알아? 배우기도 더럽게 힘든 주제에!"

진파는 자신의 가슴팍을 툭툭 쳤다.

그가 가장 아끼고 잘 쓰는 무기인 연혼사(練魂絲)는 바로 그 안에 따로 있었다. 연혼사를 조정하는 철비갑(鐵臂甲)은 검은색이 아니라서 품 안에 넣은 참이다.

머리부터 발끝까지 검은색.

그게 바로 진파가 추구하는 멋이었다.

준비를 마친 진파는 무슨 생각이 들었는지 침까지 뱉었던 검을 잡고 춤추듯 벽을 그어가기 시작했다.

가각— 가가각!

마지막 마무리를 한 진파는 미련없이 검을 내동댕이쳤다.

"진짜 안녕이다, 임마!"

진파는 휘익 창문을 향해 몸을 날렸다.

밤바람을 뚫고 진파가 사라지자, 휘영청 흐드러진 달빛이 열린 창을 통해 쏟아졌다.

진파가 긁어댔던 벽이 달빛 아래 모습을 드러냈다.

발길 닿는 대로 천지를 떠돌겠노라!

제2장 마후대면(魔后對面)

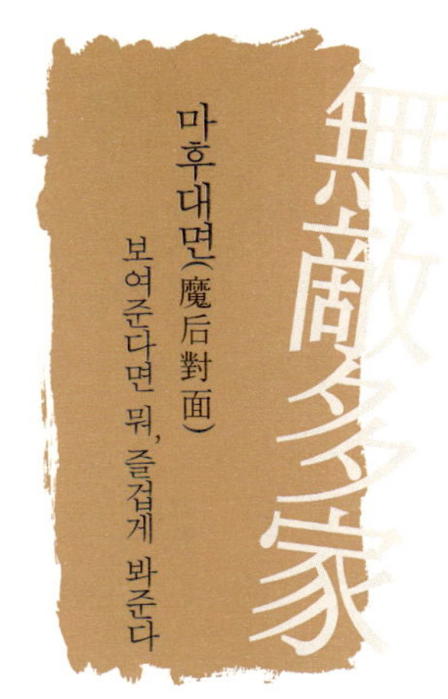

"카악……"

멋지게 가래침을 뱉으려 했으나 너무나 깨끗한 폐부를 간직한 이유로 쉽사리 가래가 모이질 않았다.

집에서 뛰쳐나온 지 어언 삼 일째.

그동안 정말 아무… 일도 일어나지 않았다. 아, 이런 것이 방랑이던가. 다리만 아프고 재미 하나도 없고. 게다가 침도 마음먹은 대로 안 모인다. 빌어먹을!

그래도 굴하지 않고 뱉었다.

"퉤에!"

간신히 뭉쳐 뱉은 침이 마알간 액체라서 힘없이 턱 끝에 매달렸다.

"이런 젠장!"

진파는 쓱쓱 턱을 닦은 후, 다시 한 번 침을 모아 혀로 둥글게 말아갔다. 입 안 가득 침이 모이자 고개를 젖혔다.

'이번에는…… 어?

막 입술을 벌려 침을 뱉으려는 그때, 둥근 달을 스쳐 지나는 검은 그림자가 눈에 들어왔다. 삽시간에 달빛 사이로 몸을 드러냈다 사라지는 거대한 그림자.

어깨에 둘러 펄럭이는 짧은 피풍의로 보아 분명 사람이었다.

진파는 그림자를 따라 눈을 돌리다 그만 입 안 가득 모아놓은 침을 꿀꺽 삼켜 버렸다. 식도를 넘어가는 미묘한 감촉, 보글보글하면서도 어딘가 비린내가 나는 이상한 맛. 진파는 인상을 와락 구겼다.

"윽! 퉤퉤!"

그러나 한 번 삼킨 침덩어리는 다시 나오지 않는다.

"으… 내 침이야, 내 침! 안 더럽다, 안 더러워!"

고개를 몇 번 휘휘 젓더니 아무렇지도 않은 얼굴로 검은 그림자가 사라진 방향을 지그시 바라본다.

저걸 따라가 봐?

무슨 음모의 현장을 염탐할 수 있을지도 모르고, 죽음을 눈앞에 둔 부상 입은 노인네가 '이것을 소림사에 전해주게……' 하고 죽을지도 모른다.

진파의 입이 좌우로 벌어졌다. 하얀 이가 반짝였다.

"가자!"

진파가 밤하늘을 가르고 튀어 나갔다.

인적이 드문 야산(野山)의 한편, 허름한 관제묘(關帝廟)앞에 진파는 멈추어 섰다. 그가 따라온 검은 그림자는 분명 이곳으로 향했다.

'캬! 이렇게 으슥한 곳에 온 것으로 보아 무언가 벌어지겠구나! 더구나 관제묘라니…… 므흐흐흐.'

명장 관우(關羽)를 모신 사당인 관제묘, 이렇게 으슥한 곳에 위치한 관제묘에서 왕왕 볼 만한 일이 벌어진다는 상식은 진파에게도 있었다.

진파는 관제묘의 뒤편으로 은밀히 돌아갔다.

검은 흑의는 야행복으로는 그만이었다. 어둠 속에서 활동하기엔 그야말로 딱 어울렸다.

'역시 검은색이 최고지. 아암!'

진파는 관제묘의 뒤편에 난 작은 창으로 스르르 잠입했다.

관제묘 안은 깜깜해서 아무것도 보이지 않았다.

배를 깔고 조용히 대들보를 향해 접근했다.

아무런 소리도 내지 않았다.

구렁이가 나무를 타듯 유연하게 기둥을 타고 올랐다. 관제묘 안을 스윽 훑어보자 달빛 아래 서 있는 남녀가 눈에 들어왔다.

'오옷! 잘하면 공짜로 즐거운 구경을……!'

눈에 불을 켜고 호흡을 멈추었다.

그런데…… 어두워서 잘 보이지 않았다.

간신히 남자와 여자라는 것만 구분이 갈 뿐.

그가 따라온 검은 그림자가 남자인지 여자인지도 알 수 없었다.

남자의 오른손이 여자의 뒤통수를 잡아갔다.

둘의 얼굴이 십자로 교차되었다.

여인의 몸통이 배배 꼬이며 달뜬 신음 소리가 들리기 시작했다.

'빌어먹을…… 조금만 더 오른쪽으로 몇 걸음 옮기란 말야! 안 보이잖아! 달도 환한데 왜 어두운 데서 그래?!'

그때였다.

진파가 속으로 지른 외침을 들었는지 남자가 여자를 벽으로 밀어붙이기 시작했다.

그곳은 달빛이 은은히 새어 들어와 사물을 선명히 식별할 수 있는 곳이었다.

'그렇지!'

진파의 입속에 침이 고였다.

돌연 여인이 사내의 목을 잡고 빙글 몸을 돌렸다.

사내는 벽에 기대섰고 여인은 사내에게 폭 안겨 있었다.

얼굴을 비벼대며 격렬한 애무를 하는 사내의 얼굴이 눈에 들어왔다.

잘생기고 몸이 날렵해 보이는 청년이었다. 아직 수염도 나지 않은 미끈한 얼굴로 보아 그리 나이가 많지는 않아 보였다.

그러나 진파가 보고 싶은 건 결코 남자 얼굴이 아니었다.

'이런, 빌어먹을! 난 여자 얼굴을 보고 싶단 말이다! 젠장! 다시 돌앗! 돌아!'

이번엔 듣지 못한 것일까?

사내는 벽에 등을 기댄 채로 열심히 여인의 몸을 탐하고 있었다. 아쉽게도 여인은 사내의 몸에 가려 달빛에 검은 그림자만 비추고 있었다. 사르륵거리는 옷자락 끌리는 소리만이 진파의 귓전을 휘감았다.

사내와 여인이 한데 뒤섞여 관제묘의 바닥을 뒹굴었다. 풀썩거리는 먼지가 자욱하게 피어올랐다.

남녀의 짓거리가 하나도 보이지 않자 진파는 애가 달았다.

'빌어먹을!'

진파는 망설임없이 남녀가 뒹굴고 있는 자리 쪽으로 움직이기 시작했다.

　이런 기회를 놓친다면 방랑을 떠난 보람이 없는 터.

　실제로 보는 건 털 나고 처음이다. 어찌 이런 기회를 놓칠쏜가!

　서까래 위로 몸을 깔았다.

　소리없는 움직임이 시작되었다.

　미세한 소음 하나 나지 않는 은밀한 운신(運身). 이야말로 진파의 특기 중 하나였다. 진파를 지도한 공철 부부는 독한 스승이었다. 진파는 날계란 위에서 잠도 잘 수 있었다.

　'흐흐, 무공을 익히길 정말 잘했어!'

　일 장여를 전진했을까?

　이제 남녀의 짓거리가 제법 선명해져 보이기 시작한다.

　혹시나 눈이라도 마주칠까 봐 일정 거리에서 멈추었다.

　다행히도 남녀의 시야가 미치지 않는 곳이었다.

　모든 게 자알 보였다.

　사내는 바닥에 누워 있고 여인은 사내 위에 말이라도 타듯 엎드려 있었다. 두 사람은 격렬히 상대의 입술을 빨고 있었다.

　여인의 옷자락이 벌어져 뽀얀 어깨가 달빛에 반짝였다.

　어깨를 스친 사내의 입술이 여인의 귓불을 따라 움직였다.

　"아아……!"

　'오옷!'

　진파는 두 귀를 쫑긋 세웠다.

　이 무슨 기막힌 소리인가!

　여인의 나지막한 교성에 진파는 가슴뼈가 흐물흐물해지는 것을 느졌다.

사내의 손이 여인의 허리를 지나 엉덩이 쪽으로 스멀스멀 움직였다.

어디를 만졌는지 여인이 머리를 쳐들며 짧은 비명을 질렀다.

“어멋!”

“하하.”

여인이 콩콩 사내의 가슴을 쳤다.

그들을 바라보던 진파의 몸에서 무언가 변화가 일어나기 시작했다. 얼굴이 붉어지고 몸 어딘가로 피가 몰렸다.

‘꿀꺽……! 역시 방랑을 떠난 보람이 있어……. 목소리 정말 죽인다. 얼굴은 어떻게 생겼을까? 자자… 얼굴! 얼굴을 보여줘!’

안타깝게도 여인은 좀처럼 얼굴을 보여주지 않았다. 사내의 위에 말을 타듯 엎드린 여인의 뒷모습만 보일 뿐. 고개만 뒤로 한 번 돌려주면 얼굴이 보일 터인데…….

‘이 짜릿한 목소리로 보아 대단한 미녀일 텐데…… 뭔 놈의 진도가 이렇게 늦냐?’

아직 옷도 벗기지 않았다.

사내는 여인의 옷을 벗길 마음이 없는 건지 그저 옷 위로 애무만 되풀이할 뿐이었다. 여인의 맨살이라고는 어깨밖에 보이지 않았다.

‘새끼! 입만 빨다 말 거냐! 보는 사람 생각도 해야지? 뭘 그렇게 뜸을 들여?’

답답해서 죽을 지경이다.

어떻게 하는 줄 모르는 놈인가?

그런데 나직한 비음을 흘리던 여인의 목소리가 갑자기 뚝 멎었다.

동시에 사내와 여인의 꿈틀대던 몸도 멈추었다.

'이게 끝이야? 누구 놀리나?'

끝은 아니었다.

어느새 그들의 곁에는 검은 옷을 입은 사람이 유령처럼 모습을 드러내고 서 있었다.

'저, 저놈은?'

흑의인은 진파가 쫓아온 검은 그림자가 틀림없었다. 등만 살짝 덮은 피풍의. 달빛에 펄럭이던 짧은 피풍의를 분명히 보았지 않은가.

흑의인이 사내의 위에 있는 여인을 발로 밀쳐 냈다.

말 탄 자세 그대로 무릎을 구부린 여인이 사내의 곁으로 나뒹굴었다.

'점혈? 이거 참 요상한 상황이네. 연적이라도 되나?'

여인을 밀쳐 낸 흑의인은 사내 위에 털썩 주저앉았다. 그것은 쓰러진 여인과 똑같은 자세였다.

'저거 뭐 하는 거래?'

흑의인이 사내의 얼굴을 조심스레 어루만졌다. 가슴팍을 헤치는 손길이 거침없었다.

'남자끼리? 이런 젠장. 눈 버리겠다.'

기대와는 전혀 다른 진행에 실망할 때 흑의인이 손을 올려 무언가 빼내고 머리를 흔들었다. 물결치듯 검은 머리카락이 쫙 펼쳐졌다.

'어라? 여자잖아?'

진파의 눈이 다시 반짝였다. 어떻게 된 상황인지는 여전히 알 수 없었지만 그런 건 상관없었다. 새로운 눈요기가 진파 앞에 펼쳐지고 있었다.

돌연 꼼짝도 않던 사내의 몸이 서서히 움직이기 시작했다.

허리를 돌리고 다리를 배배 꼰다.

'저 자식 왜 저래? 이봐! 여자는 아직 옷도 안 벗었어!'

여인은 사내 위에 엎드려 정신없이 입술을 빨고 있었다. 여인의 머리가 좌우로 꿈틀거리며 움직였다.

"으허……."

사내의 억눌린 신음 소리가 관제묘를 떠돌았지만 흑의여인에게서는 아무 소리도 들리지 않았다.

그런데 신나게 허리를 돌리던 사내가 갑자기 다리를 쭉 뻗었다.

사내의 다리가 기이하게 떨리기 시작했다. 푸들푸들 떨렸다.

"으으……."

'새꺄! 겨우 그 정도로 싸냐? 벼엉신!'

그런데 사내의 신음 소리가 왠지 이상했다. 수렁 속에 빨려드는 마소마냥 어딘가 긴박하며 구슬프게 들리는 음울한 신음.

여인이 고개를 번쩍 들었다.

풀어헤친 여인의 머리카락이 물결치듯 허공으로 쭈욱 치솟아올랐다. 머리칼 한 올 한 올에 실이라도 매달아 끌어 올린 듯 부챗살처럼 퍼진 검은 머리칼이 허공에 떠올라 화려하게 물결쳤다.

'좀 이상하네. 도대체 뭐야?'

진파는 서까래를 한 팔로 짚으며 길게 목을 뺐다.

그때, 서까래에서 새어 나온 낯선 소음이 관제묘에 날카롭게 울렸다.

빠직—!

흑의여인이 휙 고개를 돌려 진파가 엎드려 있는 서까래를 보았다.

'빌어먹을!'

흑의여인과 정면으로 눈이 마주쳤다.

'이왕 들킨 거……!'

진파는 넉살 좋게 웃으며 흑의여인에게 손을 흔들었다.

"계속 하쇼. 방해해서 미안하우."

핏기없는 하얀 얼굴이 무표정하게 진파를 보고 있었다. 당황할 만도 하건만 여인의 얼굴에는 아무런 감정도 떠올라 있지 않았다.

돌연 흑의여인의 신형이 팟 하고 시야에서 사라졌다.

"어? 헉!"

진파는 자신의 코앞에 나타난 흑의여인의 얼굴에 경악성을 내질렀다.

흑의여인은 허공에 둥둥 떠 진파의 얼굴을 바싹 들여다보고 있었다.

'고, 고수다!'

흑의여인이 돌연 갸우뚱 고개를 기울였다.

이십대 중반쯤 되어 보이는 흑의여인의 얼굴은 핏기가 돌지 않는 듯 눈처럼 새하얗다. 파란 핏줄마저 보일 만한 투명한 피부. 그 때문인지 검은 눈동자가 마치 흑요석처럼 보인다. 그 눈에는 한 점 의혹이 떠올라 있었다.

흑의여인이 고개를 옆으로 기울이며 진파의 얼굴을 관찰했다.

마치 인형의 눈동자마냥 아무 감정도 담겨 있지 않아 오히려 어린애처럼 보이는 천진스런 표정.

그 모습이 하도 귀여워 진파도 흑의여인을 따라 옆으로 고개를 숙였다.

둘의 눈이 정면으로 마주쳤다.

"……?"

“……?”

흑의여인의 고개가 이번엔 반대로 넘어갔다. 진파의 고개도 반대편으로 넘어갔다.

서까래에 엎드린 진파와 허공에 뜬 흑의여인은 거울을 보는 사람처럼 좌우로 갸웃갸웃 고개만 움직이고 있었다.

‘이 여자 재밌네. 귀엽기도 하고.’

언제까지나 고갯짓만 할 수는 없어 마침내 진파가 입을 열었다.

“이봐요. 어디서 나 본 적 있어요? 난 처음 보는데……. 뭘 그리 빤히 봐요? 들킨 사람 무안하게시리.”

진파의 음성을 듣던 흑의여인의 눈빛이 갑자기 싸늘해졌다. 그 눈에는 이제까지의 의혹이 씻은 듯 사라져 있었다.

흑의여인의 손이 눈부시게 움직였다. 하얀 손이 우윳빛 광채를 번뜩이며 진파에게 날아들었다.

슈욱!

“헉!”

꽝!

서까래가 단숨에 빠개졌다.

진파는 바닥에 내려선 채 허공에 둥둥 뜬 여인을 올려다보고 있었다.

특기인 신법으로 겨우 빠져나온 것이다.

갑자기 공격당한 진파는 화가 머리끝까지 솟구쳤다. 저 주먹에 맞았으면 몸이 성하겠는가!

“이런 썅! 갑자기 왜 지랄이야! 그래! 방해해서 미안하다! 억울하면 절루 가서 다시 하면 될 거 아냐!”

흑의여인은 스윽 고개를 돌리더니 진파를 보았다.

아무런 표정도 떠올라 있지 않았다.

흑의여인의 몸이 깃털이 떨어지듯 서서히 진파의 앞에 내려섰다.

진파는 오연히 턱을 든 채 흑의여인을 째려보았다.

흑의여인은 물끄러미 진파를 바라보다 다시 고개를 갸웃거렸다.

흑의여인의 입이 열렸다.

생전 말을 해보지 않은 사람처럼 뚝뚝 끊어졌지만 목소리만큼은 영롱하기 짝이 없었다. 마치 어린아이의 그것처럼 깨끗하고 맑은 목소리.

"목소리…… 아니야……. 얼굴…… 맞아……."

흑의여인이 진파의 얼굴을 향해 서서히 손을 뻗쳤다.

"왜, 왜 이래?"

어느새 흑의여인의 손이 진파의 볼을 감싸 쥐고 있었다.

'뭐, 뭐가 이렇게 빨라?'

흑의여인의 얼굴이 가깝게 다가왔다.

"뭐, 뭐야……?"

"얼굴… 맞아……."

"뭐……? 읍!"

진파는 눈을 동그랗게 떴다.

흑의여인이 어느새 그의 입술을 빨고 있었다.

'어… 어……?'

진파의 입술이 멋대로 움직이기 시작했다.

아아, 온몸이 녹아내릴 것만 같았다.

이 맛이구나!

뭔가 물컹한 것이 입 안으로 들어왔다.

'오옷!'

첫 경험치고는 그야말로 쓸 만했다.

그때였다.

갑자기 진파의 단전이 꿈틀하더니 임맥을 따라 한줄기 내력이 쭈욱 치솟아올라 왔다.

삽시간에 올라온 내력이 혀를 통해 흑의여인에게 빨려 들어갔다.

진파는 정신이 번쩍 들었다.

'흡정대법(吸精大法)!'

쾅!

주먹을 들어 흑의여인을 쳤으나 꿈쩍도 하지 않았다.

입을 떼어내려 마구 고개를 흔들었다.

안 떨어졌다.

"우웁, 우우웁!"

진파는 인상을 한껏 쓰며 고함을 질렀으나 제대로 말이 나오지 않았다.

미친 듯이 고개를 흔들고 있는데, 갑자기 흑의여인의 얼굴이 진파의 입에서 떨어졌다.

흑의여인은 훌쩍 뒤로 물러나 고개를 갸웃거리고 있었다.

진파는 입을 닦으며 버럭 고함을 질렀다.

"이런 미친년! 이게 뭐 하는 짓이야!"

"맞아… 아니야……,"

고개를 갸웃거리던 흑의여인이 돌연 휘익 손을 휘두르기 시작했다.

쐐액― 쌔쌕―

콰콰콰콰콰쾅!

흑의여인의 손이 스치는 곳마다 관제묘의 기물들이 제 형상을 잃고 폭발하듯 튀어 올랐다.

진파는 정신없이 살길을 찾아 이리 뛰고 저리 날았다.

도저히 맞부딪칠 엄두가 나지 않는 손속이었다.

수강(手罡)이라니! 여인의 손에선 유형화된 강기가 쉴 틈 없이 뿜어 나왔다.

반격은 고사하고 몸을 빼기도 힘들었다.

피하기만 급급한 진파.

하긴 그 피하는 신법만으로도 대단했다.

흑의여인과 진파의 신형은 검은 연기 두 뭉치가 쫓고 쫓기는 양상이었다.

"마, 말로 하자!"

소용없었다.

그래도 널브러진 남녀를 보호하겠다고 관제묘의 한쪽에서만 맴돌고 있던 진파는 점점 호흡이 가빠짐을 느꼈다.

흑의여인의 수공(手功)이 그만큼 대단했다.

허공을 날듯 지면에 내려서지도 않고 뿌려대는 하얀 손에서는 서슬 퍼런 기운이 하얗게 번뜩였다.

진파는 정신없이 피하던 외중에도 크게 눈을 떴다. 언젠가 공철에게 들은 전설의 마녀가 그제야 떠올랐다.

'설, 설마…… 이백 년 전에 마지막으로 나왔다는 그 소수마후(素手魔后)란 말야? 아니지, 아닐 거야. 아무리 재수가 없다고 해도 이럴 수는 없어!'

그러나 흑의여인의 복장과 무공은 말로만 들었던 바로 그것들이었
다. 더구나 사내의 정기를 빨아먹는다는 말 그대로이지 않은가!

진파는 온몸에 소름이 쭈욱 돋았다.

무기를 꺼내 대적해야 했건만 그럴 틈도 없었다.

'하, 한계다……. 연혼사(練魂絲)를 꺼낼 틈이 없어!'

이렇게나마 피하며 버틸 수 있는 것도 유혼신법(遊魂身法)이 아니었
으면 불가능했을 것이다. 공철이 그에게 전수해 준 유혼신법은 이름
그대로 귀신이 이리저리 놀듯 자유자재로 허공에서 몸을 틀 수 있는
신법이었다.

진파는 집을 나오며 행장을 챙길 때, 색깔이 맞지 않아 연혼사를 조
정하는 철비갑(鐵臂甲)을 팔뚝에 차지 않고 품 안에 넣어두었다. 검은
색으로 쫘악 뽑아 입기 위해서였지만, 이렇게 되고 보니 후회막심이었
다.

'빌어먹을! 검이라도 갖고 올 걸 그랬나?'

잡념이 스며든 것이 치명적이었을까?

발끝에 닿는 부서진 제단의 잔해가 진파의 신형을 한순간 흐트러뜨
렸다.

바람이 흐르듯 움직여야 하는 유혼신법이 작은 파탄을 드러냈다. 균
형을 잃은 진파의 신형이 휘청했다.

"억!"

진파와 흑의여인의 아슬아슬한 균형이 그 한순간에 무너졌다.

쐐액―

작렬하는 일곱 줄기의 하얀 수강(手罡)이 진파의 면전으로 닥쳐 들
었다. 그러나 신법이 흐트러진 진파는 피할 수 없었다. 이대로는 꼼짝

없이 당할 판!

그런데 흑의여인은 그 절호의 기회에 왠지 멈칫했다. 진파를 향해 내뿜던 수강의 방향을 묘하게 틀었다. 흑의여인의 수강은 진파의 머리를 스쳐 관제묘의 벽을 박살 냈다.

꽈광!

써늘한 기운이 머리 위로 느껴져 진파는 온몸의 솜털이 가닥가닥 곤두섰다.

'사, 살았나?'

그때, 갑자기 우수수 떨어지는 돌가루 사이로 우렁찬 고함 소리가 터져 나왔다.

"마녀! 손을 멈춰랏!"

무너진 벽 사이로 폭발하듯 푸른 검기(劍氣)가 뻗어와 흑의여인을 노렸다.

콰콰쾅!

검과 손이 부딪친 것이라고는 믿기지 않는 굉음이 터져 나왔다.

흑의여인의 신형이 뒤로 튕겨져 올랐다.

흑의여인의 눈은 진파를 향해 있었다.

진파도 흑의여인을 바라보았다.

멀어지는 여인의 얼굴에는 한줄기 아련함이 떠올라 있었다. 처음 떠오른 인간다운 표정.

진파는 무어라 형언할 수 없는 감정이 가슴을 치는 것을 느꼈다. 죽일 듯 자신을 몰아쳤던 여인의 얼굴에 나타난 복잡한 표정.

천 마디의 말을 담고 있는 듯한 촉촉한 눈빛이 진파의 가슴 깊이 각인되었다.

흑의여인은 바닥을 구르더니 그대로 천장을 향해 몸을 날렸다.

콰릉!

천장이 부서지며 흑의여인이 사라졌다.

푸른 그림자가 부서진 벽을 넘어 관제묘 안으로 날아들었다. 뒷짐을 진 손에는 멋들어진 고검(古劍)이 들려 있었다. 그는 뻥 뚫린 천장의 구멍으로 용솟음쳤다.

"서라앗―!"

푸른 옷을 입은 검객이 흑의여인을 쫓아 사라졌다.

휑하게 뚫린 천장의 구멍으로 시린 달빛이 쏟아졌다.

잠시 멍하게 서 있던 진파는 고개를 흔들었다.

"저 여자… 날 아는 건가?"

관제묘를 벗어나기 직전, 자신을 바라보던 눈빛을 떨칠 수 없었다. 그런 애매하게 젖은 눈빛은 처음이었다.

진파는 자신의 입술을 매만졌다.

"도대체 뭐가 어찌 된 거야……?"

관제묘를 휘도는 먼지가 서서히 내려앉았다.

바닥에 쓰러져 있는 남녀가 눈에 들어왔다.

사지를 활짝 편 채 누워 있는 남자는 아직도 신음을 흘리며 누워 있었고 말 탄 자세 그대로 엎어진 여인은 꼼짝도 못하고 굳어 있었다.

그러나 진파는 사라진 여인에 대한 생각으로 머리가 꽉 차 있어 남녀를 돌볼 여유가 없었다.

'날 아는 듯했어. 본 적이 없는 여잔데……. 마지막엔 날… 봐준 건가?'

그때, 천장의 구멍에서 흑의여인을 쫓아 사라졌던 검사가 떨어져 내렸다. 진파의 시선이 그를 향했다.

푸른 옷을 걸친 검사의 복장은, 다시 보니 빛바랜 청색 도복이었다.

'도사인가? 이 근처의 도사고 검을 쓴다면… 화산(華山)?'

장년으로 보이는 훤칠한 키의 도사는 길게 기른 검은 수염이 한눈에도 단아하게 보이는 인상이었다.

치아아앙—

"헉!"

진파는 헛바람을 들이켰다.

그의 목에는 어느새 한 자루 검이 시린 빛을 뿌리며 딱 붙어 있었다.

단숨에 진파를 제압한 도사의 입에서 묵직한 저음이 흘러나왔다.

"너는 누구냐?"

진파의 등에서 식은땀이 돋았다.

'오, 오늘 일진이 왜 이리 사나운 거야? 제, 젠장!'

검이 날아오는 것을 보지도 못했다. 검기를 마구 뿌려댈 때부터 대단한 검객인 것은 알고 있었으나 이 정도일 줄은 몰랐다.

"누구냐고 물었다."

강압적인 어투.

진파의 눈썹이 꿈틀했다.

죽을 때 죽더라도 이따위 대접을 받는 건 정말 싫다!

끓어오르는 분노에 진파의 몸에서 떨림이 멈췄다.

"당신 이름부터 밝히는 게 예의 아냐?"

청의도사는 진파의 강건한 대답이 의외였던 듯 조용히 진파의 얼굴을 바라보고 있었다. 무언가 생각하는 듯 그의 미간이 살짝 접혀졌다.

'기회!'

순간 진파의 손이 목을 제압한 검을 향해 빛살처럼 날아갔다.

따앙—!

청의도사의 검신이 튕겨져 나가며 찰나의 틈이 생겼다.

진파는 눈부신 속도로 우측으로 자리를 바꿨다. 기초적인 삼재보를 응용한 동작이었지만 가장 효과적인 이동.

진파는 청의도사의 기세를 흘리며 단번에 대등한 위치를 점했던 것이다.

그러나 진파의 표정은 그리 밝지 않았다.

손일연이 전수해 준 옥수공(玉手功)을 사용했음에도 검신을 튕겨낸 손가락이 뼛속까지 저렸다.

'내가 상대할 수 있는 공력이 아니다. 제길, 재수 더럽게 없구나!'

진파는 열세를 감추기 위해 더 강력하게 밀어붙였다.

"야, 이 말코도사야! 왜 다짜고짜 검을 들이대고 지랄이야?"

진파의 격한 어투에도 청의도사는 고개만 갸웃거릴 뿐이었다.

그의 입에서 조용한 음성이 흘러나왔다.

"옥수마공?"

"마공은 무슨! 우리 할매가 전수해 준 옥수공이다!"

그는 진파의 얼굴을 유심히 바라보고 있었다. 고개를 갸웃거리더니 끄덕이기도 한다.

'오늘 정말 이상한 날이네. 왜 보는 것마다 고갯짓이야?'

그때, 청의검사가 말을 걸었다.

이번엔 정중한 말투였다.

"심하게 대한 건 사과하겠네. 상황이 묘해 오해를 했네. 나는 화산의 태인(太仁)이라 하네만. 소협은 누구신가?"

진파는 저도 모르게 앗 하고 탄성을 내질렀다.

청파검(靑波劍) 태인 도장.

현 무림에서 강자(强者)를 대라면, 누가 뭐라고 해도 한 손 안에 꼽히는 달인 중의 달인이 그였다.

매화검을 버리고 새로이 창안해 낸 청파검 십삼초로 무명(武名)을 떨어 울린 자. 이번에 무맹의 맹주가 된 태현 진인의 사제지만 무공이나 인품만으로 따진다면 태인 도장의 명성이 더 높았다. 장문인의 자리까지 거절하고 자신만의 검로(劍路)를 추구했기에 잠룡쟁패를 지망하는 후기지수들 사이에서는 선망의 대상이었다.

진파도 예외가 아니었다.

풍문으로만 듣던 유명한 고수를 눈앞에서 본 진파는 흥분된 마음을 감출 수 없었다.

진파는 포권을 하며 떨리는 목소리로 이름을 밝혔다. 이제까지 막말을 해댄 기억은 저 멀리 사라졌다.

"그저 지나던 과객(過客)입니다. 진파(陳破)라 합니다."

약간 상기된 얼굴을 한 진파를 주의 깊게 바라보던 태인 도장은 고개를 갸웃했다.

"그 이름이 본명이신가?"

진파는 고개를 주억거렸다.

"예. 진(陳)씨 성에 외자로 파(破)가 제 이름입니다만……?"

태인 도장의 얼굴이 이상한 표정으로 변했다.

"허참……. 진파라니……."

진파는 자칫 발끈할 뻔했다.

아니, 진파라는 이름이 어디가 어때서?

상대가 태인 도장이 아니었다면 벌써 한소리 나갔을 것이다.

그 말을 끝으로 태인 도장은 아무 말도 없었다.

태인 도장이 바닥에 쓰러져 있는 남녀에게로 시선을 돌렸다.

태인 도장은 허공을 격하고 남녀의 혈도를 짚기 시작했다. 직접 손을 대지 않고도 혈맥의 흐름을 파악할 수 있는지 그의 손길에 굳어 있던 여인의 자세가 곧 풀렸다. 사내의 입에서도 긴 한숨이 새어 나왔다.

남녀가 정신을 차린 것을 확인한 후, 태인 도장은 진파에게 고개를 돌렸다.

"진 소협의 사문(師門)은 어딘가?"

이번엔 다짜고짜 사문을 묻는다. 진파는 태인 도장에게 조금 짜증이 났다.

성질 같아서는……!

그러나 한 번 더 참았다.

태인 도장은 진파가 정말 선망하던 인물이었다.

"따로 입문한 곳은 없고… 할멈과 할배에게 가전무공(家傳武功)을 몇 수 배웠습니다."

"할멈과 할배? 가전무공을 노비에게? 부모님은?"

되묻는 태인 도장의 말에 진파는 얼굴을 일그러뜨렸다.

불편했다. 귓바퀴가 슬금슬금 간지러워졌다.

"어릴 때 부모님 모두 돌아가셨다고 들었습니다. 제게 무공을 가르쳐 준 그분들 손에 자랐습니다."

있는 그대로 사실을 말할 뿐인데 왠지 기분이 더러워지고 있었다.

태인 도장은 묵묵히 그런 진파를 바라보다 말을 건넸다.

"처음엔 내 오해했네. 소수마후가 자네에게 사정을 봐준 것 같아 한 패가 아닐까 했다네. 자네가 저들 둘을 소수마후의 손에서 지켰나 보군. 그 협기(俠氣)에 진심으로 감탄하네. 자네가 아니었다면 저들 둘은 오늘 밤 목숨을 부지하지 못했을 것이네."

소수마후라 단정 짓는 태인 도장의 말에 진파는 다른 불만을 모두 잊고 말았다. 진파의 얼굴에 정말로 놀란 표정이 떠올랐다.

"정말 소수마후란 말입니까?"

강호에 마제(魔帝)가 등장할 때마다 전주곡처럼 출현하곤 했던 마녀. 마제가 출현한 강호는 시체로 산을 쌓고 피로 바다를 채운다 했던가. 마제가 모습을 나타내기 전, 반드시 소수마후라는 강시도 아니고 사람도 아닌 마녀가 등장하곤 했다. 사내의 정혈을 고갈시켜 해골처럼 죽게 만든다는 전설의 마녀. 설마 하긴 했지만……

태인 도장은 고개를 끄덕였다.

"이미 짐작하고 있었군. 정혈이 고갈된 시신이 발견되어 추적을 하던 중이었네. 반신반의했지만 오늘 손을 섞어보고 확실히 알았네. 말로만 듣던 소수마공(素手魔功)이 분명하네. 거기다 땅을 디디지 않고 몸을 날리는 부풍무영(浮風無影)……. 이 모두 소수마후의 증거라 할 수 있겠지. 강호에 다시 마제가 출현할지도 모르겠네."

심각한 얼굴을 한 태인 도장이 진파의 어깨를 두드렸다.

"이런 때 자네 같은 인재가 출현하다니 강호의 선배로서 기껍기 짝이 없네. 소수마후와 대등하게 맞서는 인재가 나오다니. 내 자네를 기억하지. 부디 강호를 위해 애써주게."

진파의 얼굴이 조금 상기되었다.

다른 사람도 아닌 태인 도장의 칭찬. 그에게 인정을 받다니!

"그런데…… 소수마후인 것은 틀림없나요? 마제니, 소수마후니 하는 얘기들은 너무 전설 같은 과거사인데요."

"역시 나이답지 않게 신중하군. 나 역시 섣불리 단정할 생각은 없네. 비밀리에 그 여인부터 잡고 나서 봐야겠네. 자네도 당분간 이 일을 비밀로 해주게. 평화로운 강호에 구태여 파문을 일으킬 필요는 없으니. 내 따로 조사하겠네."

자신을 추어주는 태인 도장의 칭찬에 진파는 등줄기가 간지러워짐을 느꼈다.

'신중은 개뿔……. 할아범이 보면 또 배를 잡고 쓰러지겠군.'

"그러겠습니다."

태인 도장은 진파를 무척 잘 본 모양이었다. 어깨를 두드려 주며 웃음기마저 입가에 띠었다.

"내 처음엔 오해했으나 자네가 정혈을 빼앗는 마녀에게서 저 청년을 구했나 보군. 아마도 몰래 정을 통하다 마녀에게 걸려들었겠지. 자네가 제때 도착한 게 천행이로세. 쯧쯧."

진파는 속으로 뜨끔했다.

아무래도 태인 도장은 진파가 정의로운 소년 협객으로만 보이는 모양이었다.

태인 도장이 혀를 찰 무렵, 의복을 수습한 남녀가 주춤거리며 다가왔다.

"목숨을 구해주신 은혜, 정말 감사드립니다."

깊숙이 포권하는 사내에게 태인 도장은 가볍게 고개만 끄덕이고 오연하게 말했다. 사내가 마음에 들지 않는 듯했다. 색(色)을 탐하는 자라 생각하고 무시하는 기색이 역력했다.

"자네 목숨을 구하신 분은 여기 계신 진 소협이시네."

사내는 자신을 무시하는 태인 도장에게 공손했다. 태인 도장에게 머리를 조아린 사내가 진파에게 정중한 포권을 취했다.

"은공! 덕분에 목숨을 건졌습니다. 저는 근동의 작은 무가(武家)인 철가장(鐵家莊)의 소장주(小莊主) 철정(鐵正)이라 합니다. 이 옆의 소저는 제 약혼녀인 검선장(劍仙莊)의 여식, 선(宣) 소저입니다."

"선지애(宣至愛)예요."

진파도 마주 포권했다.

"저는 넓은 세상을 보고자 홀로 유랑 중인 진파라고 합니다."

인사를 하며 남녀를 정면으로 응시하게 된 진파는 홀린 듯 두 사람을 바라보았다.

남자인 철정은 이미 달빛에 비추인 얼굴을 본 바 꽤 생긴 편인 걸 알고 있었다.

여자인 지애는, 선지애는 진파가 익히 뒷모습을 본 그대로 몸매는 참으로 아름다웠다. 무가의 여식답게 들어갈 데는 들어가고 나올 곳은 훌륭히 나온 탄력있는 몸매였다.

그러나 얼굴은…… 철정이 여장을 하는 것이 훨씬 나을 듯 보였다.

마치 남정네의 얼굴마냥 선이 굵은 사각의 얼굴에 눈두덩이가 불룩하니 부풀어 오른 째진 눈, 거기다 아주 아주 두툼한 입술을 갖고 있었다.

한마디로…… 못생겼다.

더 말하면…… 남자처럼 생겼다.

한마디 더 보태면…… 메기와 비슷하게 생겼다.

진파의 등줄기에 식은땀이 흘렀다.

'우욱! 내가 저 여자의 교성에 흥분했었다는 말인가!'

선지애의 입이 벌어지며 영롱한 목소리가 관제묘를 울렸다.

"저희와 비슷한 또래시군요. 정말 감사해요."

진파의 미간이 눈에 안 띄게 파르르 떨렸다.

'윽! 왜 저 얼굴에 저런 목소리가! 내가 목소리에 놀아났구나. 제엔장!'

진파의 맘을 모르는 철정이 정중히 포권했다.

"진 소협, 생명을 구해주신 은혜에 다시 한 번 감사드립니다. 마녀에게 꼼짝없이 당할 뻔했습니다."

'네 옆에 있는 게 마녀다. 으으……'

그러나 진파의 응대는 생각과는 달리 한 점 빈틈이 없었다.

"별말씀을! 사해는 동도라고 하지 않던가요?"

그때까지 잠자코 있던 태인 도장이 끼어들었다. 처음 철정이 자기소개를 할 때부터 그의 미간은 깊이 찌푸려져 있었다.

"자네, 철가장의 소장주라고 했는가?"

철정이 깊이 고개를 조아렸다.

"그렇습니다."

태인 도장의 수염이 부르르 떨렸다. 어느새 그의 어조가 바뀌었다. 낮은 목소리에는 분명한 노기(怒氣)가 깔려 있었다.

"내가 누구인지 아느냐?"

"……아옵니다."

"어허―! 네놈의 부친이 이 꼴을 보시면 뭐라고 하겠느냐! 잠룡쟁패를 준비하는 데도 시간이 없을 녀석이 한밤중에 정을 통해!"

"백부님… 그것엔 이유가……"

"듣기 싫다! 어릴 때는 영명하던 놈이 어찌 이렇게 컸다는 말이더냐! 절차탁마(切磋琢磨)해도 모자랄 시기에 이 무슨 꼴이냐! 호부에 견자없다고 했는데 어찌 의제에게 너 같은 아들이! 여기 진 소협을 보아라! 비슷한 나이인데도 소수마후와 대등하게 겨루었느니!"

철정은 묵묵히 고개를 조아릴 뿐이었다. 그의 얼굴엔 특별한 죄책감 같은 건 떠올라 있지 않았고 태인 도장의 꾸지람에도 별로 동요하지 않는 듯 보였다. 소수마후라는 말에도 그는 동요하지 않았다. 세상에 대해 아무 관심도 없다는 표정.

그러나 진파는 괜스레 미안했다. 보아하니 철정은 자신처럼 잠룡쟁패 대회를 준비하는 후기지수인 것이 분명했다. 그의 처지가 십분 이해가 갔기에 자신과 비교하는 태인 도장의 말이 불편하기 짝이 없었다.

"도장 어르신, 오늘 일은 비밀에 붙이기로 했으니 이 정도로 하심이 어떠실까 합니다."

진파가 말리자 태인 도장이 호흡을 가다듬었다.

"휴… 미안하네. 추태를 보였군. 저 녀석의 아비인 철극양(鐵極陽)이 내 의제라네. 이런 한심한 꼴을 대하니 참을 수가 없었네. 내 조카 녀석이 이런 꼴이라니."

"무언가 사연이 있겠지요. 너무 꾸짖지 마시길……."

"자네가 그리 말하니 이만 하겠네."

태인 도장은 웬일인지 진파를 무척이나 대접해 주고 있었다. 진파로서는 나쁘지 않은 기분이었다. 자신에게 잘해주는 사람에겐 순한 양이 되는 진파. 태인 도장에게 무언가 도움을 주고 싶었다.

"그런데 도장께선 그 여인의 얼굴을 보셨습니까?"

태인 도장은 고개를 흔들었다.

“유감스럽게도 소수마후의 얼굴은 제대로 보지 못했네.”

“그 여인의 얼굴을 정확히 본 건 저밖에 없을 듯하군요. 도움을 드리고 싶습니다만.”

“그래 주겠나?”

태인 도장이 덥석 진파의 손을 붙들었다.

“정말 소수마후라면 강호의 일대 사안 아닙니까?”

‘일대 사안은 개뿔……! 당신이 아니었으면 절대 안 나섰을 거야.’

“정말 고맙네.”

태인 도장의 만면에 웃음이 떠올랐다.

“그럼 이렇게 하세. 일단 자네는 이 녀석과 함께 철가장으로 가주게나. 철가장주와 상의해서 소수마후 추적을 시작해야겠네. 나는 주위를 더 수색하겠네.”

소년 협객답게 상큼한 미소를 지은 진파가 포권을 취했다.

“그리 하겠습니다.”

태인 도장이 수염을 쓸어내리며 흐뭇하게 미소를 지었다.

“그럼, 이 애들과 먼저 가보게. 곧 뒤따르지. 이 일은 절대 비밀을 유지해야 하네. 너희도 명심하거라.”

“알겠습니다.”

진파와 철정, 선지애가 태인 도장에게 공손히 포권을 취하고 관제묘를 떴다.

그들이 멀리 사라지자 태인 도장이 입을 열었다.

특정한 곳을 바라보는 것은 아니었지만 분명히 누군가를 향한 말이었다.

“이만들 나오시지요.”

태인 도장의 말에 화답이라도 하듯 관제묘의 벽 한쪽이 스르르 일어섰다. 벽이 그대로 형체를 이뤄 사람이 되는 듯한 모습이었다. 믿을 수 없을 만큼 놀라운 은신술이었다.

두 노인이 몸을 드러냈다.

진파를 소주인이라 부르던 공철과 세월의 흔적이 곱게 내려앉은 할머니, 손일연이었다.

"음양쌍선(陰陽雙仙)께서 은형대신공(隱形大神功)을 대성하셨군요. 감축드립니다, 공(孔) 노선배!"

공철은 너털웃음을 터뜨렸다. 진파를 대할 때와는 사뭇 다른 점잖은 목소리였다. 부드러운 음성 속에 숨겨진 칼이 날카롭게 느껴졌다.

"푸허허. 세월이 흐르니, 도사도 아부를 할 줄 아는구먼. 쌍괴(雙怪)라 하게. 금칠할 이유는 없느니. 양괴(陽怪) 공철(孔鐵), 아직 아부에 녹아들 만큼 녹록하진 않으이."

"너무 몰아세우지 마시우. 주인과 친분이 두터운 도장이시니."

"내겐 까마득한 후배일 뿐이야."

"손(孫) 부인께서는 아직도 미태(美態)가 여전하십니다."

태인 도장의 말에 손일연은 높은 웃음을 터뜨렸다. 젊을 때의 버릇인 듯 슬쩍 입가를 가리는 소매가 교태롭기까지 했다. 그래 봐야 할머니일 뿐이었지만.

"아직도 음괴 손일연을 기억하는 사람이 있을까요?"

"아주 아부에 녹는구만, 녹아."

공철의 못마땅한 음성에 손일연이 째려보자 태인 도장이 웃으며 포권을 취했다.

"저 때문에 화기(和氣)가 상하시면 곤란한 일이지요. 손부인의 옥

수… 공을 보고야 알았습니다. 제 눈썰미가 그동안 무뎌진 모양입니다."

손일연이 눈가에 가득 웃음을 띠고 물었다.

"옥수공은요, 그냥 옥수마공이라 하세요. 호호. 그래, 소수마후에 대해 궁금하신가요?"

태인 도장이 고개를 끄덕였다.

"그렇습니다. 시신들이 발견된 위치를 따라 북상(北上)하다 이곳에 우연히 오게 된지라 소수마후를 관찰할 기회는 없었습니다. 제 생각에는 소수마후가 분명한 듯싶습니다만, 두 분의 고견은 어떠신지요?"

"소수마공을 쓰면 소수마후지 또 뭐가 필요한가?"

공철의 반문에 태인 도장은 고개를 저었다.

"소수마공이나 부풍무영신법은 말로만 들은지라 선뜻 믿기지가 않습니다. 소수마후와 마제가 출현한 지 벌써 이백 년이 지났지 않습니까? 제 조카를 보니 분명 양기를 빼앗기긴 했는데 그리 심한 것도 아니었습니다. 진정 마제 출현의 전조인 그 소수마후인가 의심스럽습니다."

"하긴. 내 보기에도 좀 이상한 점이 있긴 했네. 나 역시 소수마후나 마제를 직접 본 것이 아니라 확언할 수는 없네만, 아까 그 여인은 왠지 인지력이 남아 있는 듯 보였네. 내 알기론 소수마후는 인지가 상실된 마녀인데 말야. 소주인을 공격할 때, 전력을 다하는 것 같지 않더군. 그리고… 왠지 소주를 보며 멈칫거렸네. 꼭 아는 사람을 대하는 듯하더군."

"다형(多兄)의 자제가 아는 여인이란 말씀입니까?"

공철은 고개를 저었다.

"그럴 리는 없네. 소주는 이번이 첫 강호행이고, 좀 전에도 보니 소주는 전혀 모르는 눈치더군."

"그렇다면… 혹시 소수마후가 다형을 본 것이 아닐까요? 다형의 얼굴과 꼭 닮았으니까요."

공철이 흠칫 놀란 듯 눈을 빛냈다.

"그럴 가능성도 있겠군!"

미간을 깊이 접은 태인 도장이 마음을 굳혔는지 얼굴을 폈다.

"아직 확실한 것이 하나도 없습니다. 다형을 보았을지 모른다는 것도 추측에 불과하지요. 일단 그 여인부터 사로잡고 볼 일입니다. 철가장에 가서 도움을 받아 추적대를 결성해야겠습니다."

"사안이 심각하니, 은밀히 움직이도록 하세요."

손일연의 충고에 태인 도장은 고개를 숙였다.

"명심하겠습니다."

"우리도 본가의 식구들을 통해 조사하겠네. 주인과 관계되었을 수도 있으니. 아직 추측에 불과하니 자네도 혼자만 알고 있으시게."

"그러겠습니다. 그런데… 다형의 소식은 아직 없습니까?"

공철은 후우 하고 한숨을 쉬었다.

"그렇다네. 아직도 본가의 고수들이 은밀히 찾고 있네만, 오리무중이로군."

"풍협(風俠) 다나철(多羅哲)을 누가 건드렸겠습니까? 그가 한 번 검을 떨쳐 들면 산천초목이 숨을 죽였습니다. 아마도 그 자신만이 스스로를 죽일 수 있을 것입니다."

주인을 칭찬하는 말에 어깨가 으쓱했으나 공철은 한마디 덧붙였다. 연락 한 번 없이 행방을 감춘 주인에 대한 은근한 원망이었다.

"어디서 또 여자나 꼬시고 있겠지. 그 피가 어디 가겠어?"

손일연이 공철의 옆구리를 푹 찔렀다. 외인 앞에서 주인을 헐뜯는 것은 별로 좋은 모양새가 아니었기에.

헛기침을 하며 분위기를 수습하려는 공철에게 태인 도장이 다시 물었다.

"그런데… 아까 들으니, 두 분이 키우신 것 같더군요. 육(陸) 부인은 어디를……?"

손일연은 침중한 목소리로 대답했다.

"주모께서는 소주인을 낳다 돌아가셨지요. 그 충격이었는지 주인이 훌쩍 떠났습니다."

태인 도장은 아— 하는 한숨을 흘렸다.

풍협이 강호에서 모습을 감춘 이면에 그런 사유가 있는 줄은 몰랐던 것이다. 그가 아니었다면 잠룡쟁패를 여는 한가한 강호란 상상할 수도 없었기에 그에 대한 생각이 남달랐다.

"뒤늦었지만 조의를 표합니다."

"고맙네……. 이 얘긴 그만 하지."

"훌륭히 키우셨으니 육 부인도 만족하고 계실 겁니다. 그나저나…… 그 유명한 무적다가(無敵多家)의 강호출도식이 시작된 것입니까?"

공철도 이번엔 웃음을 띠며 대답했다.

"그렇네. 이제부터 시작이지. 소수마후와 붙었으니 화려한 출정식이 되었어. 흐흐."

"그 전통이 옆에서 보기엔 참으로 재미있습니다만, 본인에겐 고통스러울 텐데요. 왜 꼭 자기 신분을 스스로 알아내야 하는 겁니까?"

"내가 만든 전통이 아닐세."

태인 도장은 고개를 갸웃거렸다.

"다형도 그렇지, 자기도 그렇게 맘 고생을 했으면서 아들에게 대물림시키다니, 원."

공 노인이 큭큭 웃음을 터뜨렸다.

"왜 그런 전통이 생겨났는지는 모르나, 왜 그 전통이 지속되고 있는지는 알고 있다네."

"이유가 무엇입니까?"

"간단하네."

엄숙히 얼굴을 굳힌 공철이 비밀을 전해준다는 듯 목소리를 낮추었다.

"자기만 고생하면 억울하다고 생각하는 게야. 한 번 당하고 나면 치가 떨리지만 자기 아들에게도 꼭 그 고생을 시키고 싶어한다네. 여태까지 예외였던 가주는 아무도 없었네. 주인만 하더라도 훌쩍 떠나면서도 '전통은 지키시오' 라고 글을 남겼는걸?"

태인 도장은 눈을 껌벅였다.

"협객으로 이름 높은 다형도 그렇다는 말입니까?"

"자네는 아직 무적다가(無敵多家)의 면모를 잘 몰라. 밖에 보여주는 면모야 언제나 대협객의 모습이지만 실제는 좀 다르네. 이 피를 타고 난 자치고 여자 안 밝히고 장난 안 좋아하는 가주가 없었네."

멍한 얼굴로 바라보는 태인 도장이 재미있었는지 공철은 한마디 덧붙였다.

"이 전통에는 꼭 필요한 요소가 있지. 그게 무엇인지 아는가?"

"뭡니까?"

"주인이 쉽게 자기 신분을 알지 못하도록 최대한 방해를 하는 하인이 뒤따른다는 것이네. 당대엔 바로 나지. 흐흐."

태인 도장이 설레설레 고개를 저었다.

"저로서는 이해가 가지 않는 전통입니다. 어쨌든 저도 다형의 신세를 많이 졌으니 입을 다물겠습니다. 강호에 무적다가(無敵多家)의 인망이 높으니 다형을 쏙 빼닮은 얼굴을 알아보는 자라고 할지라도 모른 체할 것입니다."

"당연히 그렇게 해야지. 어찌 보면 강호의 전통이라고도 할 수 있는데. 누가 밝히려 해도 내가 막을 것이니 걱정 말게나."

고개를 끄덕이는 공철에게 태인 도장은 포권을 취했다.

"저는 이만 철가장으로 떠나겠습니다. 같이 가시겠습니까?"

"먼저 가게. 우리야 알아서 갈 테니."

몸을 돌리려던 태인 도장은 문득 떠올랐는지 공철에게 다시 물었다.

"그런데 그 이름 다형이 지은 것입니까? 진파라고요."

"아명(兒名)이네. 당연히 주인이 지은 것이지."

"아니, 자식에게 그런 이름을 지어주었다는 겁니까?"

"자기 신분 알고 나면 다 바꾸는데 무슨 상관인가? 주인이 강호행을 할 때는 이름이 구리(具利)였네. 선주인보다는 훨씬 잘 지어줬는데 뭘 그러나?"

태인 도장은 설레설레 고개를 젓고는 포권을 취한 후, 몸을 날렸다.

공철과 손일연의 신형도 불이 꺼지듯 관제묘에서 사라졌다.

텅 빈 관제묘에 한줄기 바람이 불었다.

제3장 유붕락호(有朋樂好)

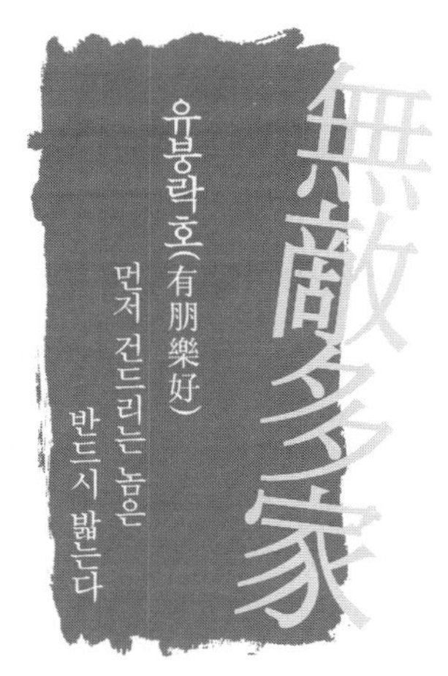

아직은

깜깜한 밤, 여명이 밝으려면 한 시진쯤 있어야 했다.

철가장으로 가고자 관제묘를 나섰으나 진파는 철가장으로 가지 않았다. 갈 수 없었다는 게 정확하다고 할까.

관제묘에서 한참 떨어지자, 꼬옥 손을 붙들고 경공을 펼치던 철정과 선지애가 제자리에 선 것이다. 두 사람을 따라 느긋하게 몸을 날리던 진파도 따라서 설 수밖에.

'이것들이 왜 이래?'

멀뚱히 바라보니, 둘이 말다툼을 하고 있다. 태인 도장 앞에서 얌전하게만 있던 두 사람이 아니었다.

선지애가 팩팩 소리를 질렀다.

"그래? 그년이랑 하니 좋던? 좋아?"

"왜 그래? 난 피해자라구!"

억울하다는 듯 철정이 변명하자, 선지애는 쌍심지에 불을 밝혔다.

"하! 피해자아?"

소매를 둥둥 걷는 품이 성깔있어 뵌다.

"웃기지 마! 그년은 마혈하고 아혈만 짚었어! 움직이지 못하고 말만 못하게 한 거야. 너도 정신은 멀쩡했잖아! 그래 놓고 그년이 마혈을 푸니까 좋아서 헬렐레냐?"

"무슨 소리야? 난 제정신이 아니었다구. 백부님이 손을 써서 정신을 차린 걸 너도 알잖아? 억지 좀 부리지 마!"

섬서에서 난다 긴다 하는 철가장과 검선장의 두 자식. 무가(武家)의 자제가 가져야 할 최소한의 교양도 안 갖춘 속된 어휘가 불을 뿜었다.

진파는 한심하기도 했지만 사실은…… 재밌었다.

자기 일 아니면 싸움이란 것은 말싸움이든 개싸움이든 멋진 비무든 다 재미있는 법이다. 더구나 진파에게는 남는 게 시간이요, 보고픈 게 구경거리다.

'누가 먼저 칠까? 아무래도 여자 쪽이겠지. 무식하게 생겼잖아.'

"억지? 지금 억지라고 했어? 억지이?"

불룩하게 부어 있는 선지애의 눈이 일순간 커졌다.

무섭다.

"그럼 억지지! 증거있어? 내가 정신 차리고 있었다는?"

진파는 속으로 '잘한다!' 라고 외쳤다.

공철 부부의 싸움을 신물나도록 구경해 온 진파였다. 남자는 우겨야, 여자는 울어야 이긴다는 사실을 진파는 잘 알고 있었다. 그가 보기에 철정은 현재 잘하고 있었다. 승리를 눈앞에 둔 듯 보였다.

"그럼, 그년이 위에 올라탔을 때 니가 허리 돌린 건 뭐니? 정신 잃은 놈이 어떻게 허리를 돌려? 정신 나간 놈이 어떻게 좌우로 규칙적으로 돌리냐구! 아냐? 아냐?"

철정은 순간, 할 말을 잊은 듯했다.

뒤에서 떨어진 채 관전하던 진파도 경악했다. 그도 알고 있었다. 철정은 분명 허리를 돌렸다. 정신없는 놈이 무의식 중에 돌린다기에는 좀 과하게 돌렸다. 뿐인가. 다리도 배배 꼬았다.

'다리는 못 본 모양이네. 다리 얘기 해주면 단번에 대세가 기울 텐데. 얘기해, 말어?'

진파는 망설였다.

진파가 보기엔 철정이 너무 아까웠다. 그 얼굴에 뭐가 아쉬워서 메기가 환생한 여자와 사귄단 말인가. 차라리 확 찢어지게 해주는 것이 적선하는 게 아닐까.

'그래도 몸을 섞은 사이인데, 내가 나설 자리는 아닐 거야.'

집에서 공철과 손일연이 부부 싸움할 때 말리려고 끼어들었다가 된서리 맞은 게 한두 번이 아니었다. 죽일 듯이 싸우다가도 어느 한쪽 편을 들면 둘 다 난리를 피워댔다. 진파는 지난 교훈을 떠올리고 지켜만 보기로 맘을 굳혔다.

그러나… 원래 인생은 맘먹은 대로 되는 게 아닌 법.

"진 소협, 이 억지를 좀 말려주십시오. 제가 소수마후에게 양기를 빨려 지금 몸도 좋지 않은데 이런 오해까지 받고 있습니다. 제가 정신을 잃고 있었다는 걸 좀 말씀해 주십시오."

철정이 돌연 진파에게 화살을 돌리는 게 아닌가.

덩달아 선지애의 무서운 얼굴도 진파를 향했다.

'이… 이런 빌어먹을 자식! 왜 날 물고 늘어지냐……!'

선지애는 잊었던 사실을 깨달았다는 듯 목소리를 높였다.

“맞아요! 진 소협은 소수마후의 주의를 돌리기 전에 저이가 어쨌는지 확실히 보셨죠? 허리 돌렸죠? 돌렸죠?”

진파는 열일곱 생애를 살며 자신이 겁쟁이라고 생각해 본 적은 한 번도 없는, 자신이 꽤 강단있는 놈이라고 믿고 산 녀석이었다.

하지만 지금 눈앞에 보이는 선지애의 얼굴은…… 무서웠다.

잔뜩 부은 얼굴을 칼로 짼 듯 보이는 찢어진 눈에 얼마나 빨아댔는지 시뻘겋게 부푼 입술이 무겁게 진파를 압박했다.

‘돌렸죠? 돌렸죠?’ 하는 듣기 거북한 말들이 진파의 귓속에 콰악 틀어박혀 울려 퍼졌다.

잠시 떠났던 정신을 차려보니, 여전히 선지애는 ‘돌렸죠’를 연발하는 중이었다.

‘빌어먹을! 그게 처음 본 사내에게 쓸 말이냐! 그래! 니네 이참에 확 째져라!’

그래, 엄청나게 돌렸다!라고 말하려는 그 순간,

“진 소협, 제발 아니라고 말씀해 주십시오. 저는 지애 없이는 못 삽니다.”

귀를 파고드는 철정의 전음성이 들렸다.

선지애가 계속 ‘돌렸죠’를 외치는 그 순간에도 진파는 멍하니 철정을 바라보았다.

철정의 얼굴에는 약하고 여린 애원의 빛이 간절히 떠올라 있었다.

‘이 새끼, 진짜 미친놈 아냐?

저런 여자가 뭐가 좋다고 죽고 못 사냐? 완전 맛이 갔구나! 그런 생각을 하면서도 진파는 간절한 철정의 눈빛을 외면할 수 없었다. 이런 눈빛에 진파는 정말 약했다.

진파는 내심 한숨을 쉬며 부드러운 목소리로 입을 열었다.

"선 소저."

기대에 찬 얼굴로 자신을 바라보는 선지애의 얼굴을 보자, 확 사실을 까발리고 싶다는 욕구가 다시 치솟아올랐다.

그러나 철정의 간절한 눈빛이 왼쪽 볼에 따갑게 느껴졌다.

더구나 선지애조차 진파의 입에서 긍정의 말이 떨어지는 것은 원치 않아 보였다.

'정말 타고난 꼴값들이구나…….'

"제가 듣기론 소수마후가 사내의 정기를 갈취할 때는 마치 그 사내가 살아 있는 듯 움직이게 한다더군요. 그런데 분명 제정신은 아니랍니다. 철 소협은 소수마후의 희생자일 뿐입니다. 자기 의지로 한 일이 아니니 너그러이 용서해 주시길 바랍니다. 그리고 제가 분명히 봤지만 소수마후는 옷을 단단히 입고 있었습니다. 철 소협은 혼미한 와중에 입을 통해 양기를 빼앗긴 것뿐일 겁니다. 정혼하신 사이라니 계속 함께 남은 나날을 보내셔야 하지 않겠습니까?"

진파의 간곡한 말에 선지애의 기분이 좀 풀린 듯했다.

"그 말, 확실한 것인가요?"

'너 죽을래?'

진파는 확 짜증이 치밀었으나 다시 한 번 확실히 말해 주었다.

"제가 어릴 때부터 강호사(江湖史)를 많이 듣고 자랐습니다. 확실하니 믿으십시오."

진파의 확신에 찬 얼굴을 보다 선지애는 고개를 끄덕였다.

"알겠습니다. 진 소협께서 그렇게까지 말씀해 주시니 믿겠습니다."

선지애의 말을 들은 철정의 얼굴이 활짝 퍼졌다.

“지애!”

“그렇다고 완전히 마음이 풀린 건 아니에요. 앞으로 어찌하나 두고 보겠어요.”

“고… 고맙소. 내 앞으로 신명을 다 바쳐 그대만을 위해 살리다.”

정상적인 무가의 자손들다운 어투로 돌아가 두 사람은 말다툼을 끝냈다.

두 사람을 바라보는 진파의 눈빛은 복잡했으나 낯빛은 별로 변화가 없었다. 이 정도의 표정 관리야 공철 부부와 부대끼며 신물이 나게 익혀온 터.

‘참… 불쌍한 놈도 다 있구나. 너 이제 완전히 코 낀 거야. 쯧쯧.’

선지애는 속으로 혀를 차고 있는 진파에게 고개를 숙였다.

“내일 다시 찾아뵙겠습니다. 그럼 그동안 철가장에서 편히 쉬시길.”

“아… 예.”

진파는 얼결에 마주 고개를 숙였다.

“지… 지애, 나와 함께 우리 장으로 가는 것 아니었소?”

당황한 듯 철정이 묻자, 선지애가 어이없다는 듯 콧김을 내뿜었다.

“그럼, 태인 도장도 가실 텐데 저보고 그분 얼굴을 오늘 밤 다시 보라는 말씀이세요? 말이 되는 소릴 하세요.”

“그… 그렇구려. 미안하오. 내가 생각이 모자랐소.”

선지애는 아이를 달래듯 철정의 머리를 툭툭 치곤 볼을 토닥거렸다.

“진 소협 잘 모시도록 하세요. 우리 둘의 은인이시니. 그럼 며칠 후에 봐요.”

휙 몸을 날려 사라지는 선지애의 뒷모습은 마치 한 마리 나비와 같았다. 진파도 인정했다. 몸매는 예술이다. 목소리도 끝내준다. 그렇게 뒷모습만을 보고 있자니 철정을 조금은 이해할 수도 있었다.

선지애가 시야에서 사라질 때까지 철정은 하염없이 그 뒷모습을 바라보았다.

마침내 선지애가 시야에서 사라지자 철정은 어깨를 쭉 펴며 목을 좌우로 꺾었다.

우두둑!

그리곤 철정이 입을 열었다.

"씨팔! 겨우 끝났군."

진파는 쩌억 하고 입을 벌렸다.

지금까지 온갖 아양을 떨며 선지애의 비위를 맞추던 철정이 아니던가. 전음으로 지애 없이는 못 산다는 낯간지러운 말을 서슴없이 했던 그놈이 아니던가. 그 애처로운 얼굴 때문에 선선히 편을 들어주었던 바로 그 자식이 아니던가…….

철정이 진파에게 고개를 돌렸다.

입을 벌리고 서 있는 진파를 보다 고개를 탁 하고 채더니 땅을 향해 찍 침을 뱉었다.

"뭘 째리냐?"

진파는 철정의 말에는 대답을 하지 않았다.

다만 그림같이 땅바닥에 침을 뱉던 철정의 아름다운 동작을 떠올렸다. 그것은 추호의 어색함도 없는, 그야말로 깨끗한 절초였다. 그렇게 침을 뱉고자 얼마나 노력했던가. 아직도 침을 뱉을 때면 진파는 옷깃에 침을 흘리거나 턱에 묻히기 일쑤였다. 철정처럼 깨끗하게 침이 나가는 경우는 열에 한둘을 넘지 못했다.

진파가 감탄한 듯한 시선으로 바라보자 철정은 고개를 갸웃거렸다.

약간 어이없다는 듯 철정이 툭 내뱉었다.

"너, 바보냐?"

진파는 그 말에 퍼뜩 정신을 차렸다.

슬슬 열불이 나기 시작했다. 지놈 때문에 팔자에 없는 거짓말까지 했건만 겨우 이따위 대우라니! 깍듯하게 진 소협 어쩌구 하던 자식이 완전히 안면 싹 바꿔 나오니 더 괘씸했다.

"생명의 은인한테 그따위로 말하냐?"

"뭐? 생명의 은인?"

같잖다는 듯 철정이 큭큭하고 웃었다.

철정은 웃음을 멈추고 진파를 노려보았다. 범인을 단죄하는 판관과도 같은 엄숙한 눈빛이었다. 철정의 손가락이 진파를 향해 꼿꼿이 곤두섰다.

"아까는 백부님이 계셔서 내 가만히 있었다. 내가 모를 줄 아냐? 너 우리 훔쳐본 거지? 훔쳐보다 들킨 게 무슨 협객질이냐! 생명의 은인? 이런 파렴치한 놈!"

'이 자식, 다 알고 있잖아?

진파가 당황한 듯하자 철정은 기세가 등등했다.

"염치를 아는 놈이면 썩 꺼져라!"

양손을 턱 옆구리에 얹은 진파가 돌연 하늘을 바라보며 웃음을 터뜨렸다.

"아하하하핫!"

"……?"

진파의 얼굴에는 진한 승리감이 떠올라 있었다.

"너 결국은 정신 완전히 차리고 있었구나. 소수마후는 그저 입만 빨았는데 너 혼자 허리 돌리고 다리 꼰 거지? 혹시나 했더니 역시나구나! 니 정혼녀가 알면 퍽이나 좋아하겠다!"

"그땐… 제정신이 아니었다."

"그래도 약간은 의식이 있었지? 반쯤은 있었을걸?"

찔끔한 표정을 지었던 철정은 으스스한 목소리를 내며 고개를 좌우로 꺾었다.

"니놈이 결국 매를 버는구나."

주먹을 쥐었다 펴는 것만으로도 관절이 꺾이는 소리가 우드득하고 허공을 울렸다.

"어쭈? 해보자는 거냐? 양기를 빨려서 내 상대가 안 될걸?"

"너 같은 건 마차로 덤벼도 한 손가락이면 충분하다."

"하! 자식, 자빠지네!"

생명의 은인이라 뻗댈 생각은 애당초 없었다.

그렇다고 거는 싸움 마다할 진파도 아니었다.

진파는 품속에 손을 넣어 철비갑을 꺼냈다. 이미 소수마후와 손을 섞으며 색깔 맞춘다고 무기를 품속에 넣어둔 게 얼마나 멍청한 짓인지 깨달은 진파였다.

검붉은색을 띠고 있는 철비갑은 과연 그리 보기 좋은 빛깔은 아니었다. 덕지덕지 녹이 앉은 듯 울긋불긋하여 검은색으로 쫘악 빼 입은 진파의 차림새 중엔 그야말로 옥의 티였다. 아끼는 무기이면서도 품속에 넣어둘 만한 초라한 외양이었다.

철컥 하며 양 팔목에 철비갑을 채운 진파는 두 손을 앞으로 모았다.

양 주먹을 모두 앞세운 다분히 뒷골목 건달 같은 자세였다.

“와라.”

“맨손으로 하자는 거냐?”

“맨손 아니니 걱정 마. 니놈이나 무기 들어라. 아작내 주마.”

철정은 픽픽 웃더니 두 팔을 빙글 휘저으며 요란한 기수식을 취하기 시작했다.

허리의 탄력을 이용해 호쾌하게 허공을 가르는 두 주먹은 화산파의 그 유명한 복호권(伏虎拳)이었다. 화산파의 속가제자가 터를 닦은 곳이 철가장이었기에 그리 놀랄 일도 아니었다.

궁보를 밟는 철정의 발길을 따라 흙먼지가 자욱하게 피어올랐다.

권풍이 쉭쉭대며 허공을 갈랐다.

절도있는 투로와 호쾌한 동작은 과연 명가의 자제다운 기품을 물씬 풍겼다.

멋들어지게 일권복호(一拳伏虎)부터 연권타호심(連拳打虎心)까지 연달아 전개한 철정은 씨익 웃었다.

어떠냐? 하는 표정이었다.

진파는 피식하고 헛웃음을 흘렸다.

“미친놈! 이게 잠룡쟁패 줄 아냐? 왜 혼자 헛지랄이야?”

주먹질하자던 놈이 무슨 놈의 시무냐!

“어려움을 알았으면 물러날 일이지 끝까지 구차한 꼴을 보일 셈이더냐?”

철정의 당당한 꾸짖음에 진파는 코웃음 쳤다.

“너 쫄았냐?”

철정의 얼굴이 딱딱하게 굳었다.

“좋게 봐주려고 했더니 하늘 높은 줄 모르는구나.”

"아… 정말 짜증난다. 싸우자는 거야, 말자는 거야? 너… 혹시 잠룡 쟁패 도전 수칙 땜에 그러는 거냐?"

철정의 얼굴에 흠칫한 빛이 떠올랐다.

진파는 퉤 하고 침을 뱉었다.

잠룡쟁패에 출전하는 후기지수는 엄숙한 사전 심사를 거친다.

이유없이 결투를 한 일이 밝혀질 경우 참가 자격은 박탈된다. 사사로운 결투를 엄금한 정파의 기둥 무맹의 결정 때문이었다.

진파는 갑자기 맹렬한 적개심이 솟구치는 것을 느꼈다.

철정을 향한 것은 아니었다.

뭔지 모르지만 더러운 기분이 가슴을 치밀고 올라왔다.

'이게 도대체 뭐야? 강호인이 싸움도 맘대로 못해?

수 틀리면 주먹이 나갈 수도 있고 칼부림이 있을 수도 있다.

그게 강호 아닌가?

토끼장에 가둔 토끼 새끼들도 아니고 이 무슨 맥 빠지는 짓이란 말인가.

진파는 팽 하고 코를 풀었다.

침은 잘 못 뱉지만 코는 잘 풀었다.

시원하게 일직선으로 땅바닥에 꽂히는 콧물은 호쾌하기 짝이 없었다.

"야야, 관두자! 니 비밀 지켜주면 되는 거냐? 걱정 마라. 니 정혼녀와 말 섞을 이유도 없으니까."

철정은 진파를 묵묵히 바라볼 뿐이었다.

그의 눈빛에는 별다른 적의가 보이질 않았다.

'이 자식이 내 코 푸는 모습에 반했나? 하긴, 내가 좀 멋지게 풀지.'

철정은 천천히 입을 벌렸다.

“이대로는 못 간다.”

“왜?”

“이유는… 나도 잘 모르겠다. 어쨌든 이대로는 못 간다.”

“그럼 나랑 치구 받구 한판 할 테냐?”

“…….”

“제엔장! 진짜 답답하네! 한판 할래 말래? 뭘 어쩌자는 거야?”

“이런… 더러운 기분으로 널 그냥 보낼 수는 없다.”

진파는 묵묵히 철정을 응시했다.

철정의 더러운 기분을 그대로 느낄 수 있었다. 서로에 대한 적의가 아니었다. 그 무언가를 향한 더러운 느낌이었다.

“좋아. 그럼 이렇게 하자.”

“…….”

“난 사실 잠룡쟁패 때려치웠다. 너랑 치구 받아도 아무 상관 없는 자유로운 몸이시다. 하지만 넌 올가을 시험에 응시해야 할 테니 나랑 싸우진 못하겠지. 니 사정 이해한다.”

“…….”

“서로 손을 섞는 게 아니라 한 사람씩 치자. 내공은 쓰지 않는다. 얼굴도 안 친다. 피하기는 없다. 버티지 못하고 쓰러지는 놈이 지는 거다.”

“그게 싸우는 거랑 뭐가 다르냐?”

“다르지, 임마! 누가 봤다고 해도 외공 수련했다고 하면 그만이다. 얼굴은 멀쩡할 테니 싸운 티도 안 나! 어떠냐?”

내외공을 고루 연마할 목적으로 몸을 혹사하는 것은 흔한 수련 방법

중 하나였다. 물론 사람이 치는 주먹으로 외공 단련을 하는 일은 거의 없었지만 그 정도야 우기면 될 일.

태인 도장에게 혼이 날 때는 세상사 모든 게 귀찮다는 얼굴을 했던 철정의 얼굴에 생기가 돌기 시작했다. 철정의 입에 환한 웃음이 걸렸다.

"좋아!"

진파는 씨익 웃음을 흘렸다.

철정이 점점 마음에 들기 시작했다. 하지만 승부는 승부, 호감은 호감. 진파는 우두둑 손가락을 꺾었다.

철정과 진파는 서로 마주 섰다.

"그런데 누가 먼저 치지?"

"니가 먼저 쳐라. 내가 치면 넌 한 방에 기절할 거다."

진파의 말에 철정은 코웃음을 쳤다.

"남 말하네. 니가 먼저 쳐라. 내가 치면 넌 피 토하구 죽을 거다!"

진파의 얼굴에 진한 미소가 드리워졌다.

"그래? 그럼 내가 먼저 치지."

"뭐?"

"딴말 할래? 내가 먼저 친다구. 니가 그렇게 하라며?"

철정의 얼굴이 일그러졌다.

"제길!"

"준비나 해라."

철정은 크게 오른발을 내디디며 마보를 취했다. 마보를 취한 상태에서 몸을 비틀며 양손을 옆구리에 대었다. 화살이 나는 듯한 자세, 궁보였다.

"쳐라!"

단단히 결심한 듯 꽉 다문 철정의 입가에 결기가 묻어났다.

진파는 제자리에서 겅충겅충 뛰며 몸을 풀었다.

'이 자식 진짜 순진하네. 맘에 드니 한 방에 끝내주마.'

두 팔을 휘휘 저어 매섭게 주먹을 내뻗었다. 쉭쉭 하는 바람 가르는 소리가 위협적으로 울려 퍼졌다.

"배!"

진파는 자신있었다.

무림인이라고 해도 특별히 맷집이 센 것은 아니다. 미리 치는 장소를 알려주었으니 내공을 모을 수 있다고 해도 맞는 쪽이 형편없이 불리한 것은 자명한 이치. 애초에 이 싸움의 성패는 누가 먼저 치냐에 달려 있다 해도 과언이 아니었다. 한 방을 견디더라도 다음에 칠 힘은 현저히 줄어들 터.

"씩—!"

꽉 다문 이 사이로 한줄기 날카로운 기성이 터져 나왔다.

진파의 주먹은 정확히 철정의 왼쪽 배에 꽂혔다. 비장과 간장이 있기에 방비를 한다 해도 엄청난 타격을 줄 수 있는 곳이었다.

"커억!"

철정은 궁보를 풀고 새우등처럼 몸을 오그리며 열두 걸음이나 물러났다. 다행히 주저앉진 않았으나 무릎이 휘청거렸다.

뚜욱—

철정의 입에서 한줄기 침이 흘러내려 바닥에 떨어졌다.

"쯧쯧, 바닥에 앉아서 숨을 돌려라. 좀 나아질 게다."

휘청거리던 철정의 두 다리에 돌연 힘이 들어갔다. 막 쓰러지려는 찰나 진파의 한소리가 오히려 오기를 북돋은 것이다.

"우욱."

철정은 얼굴이 시뻘게지도록 힘을 쓰며 허리를 펴기 시작했다.

마침내 고개를 들고 허리를 꼿꼿이 세운 철정은 한줄기 숨을 들이켜 깊숙이 호흡을 하기 시작했다.

'어어… 이게 아닌데…….'

"준비… 해… 라……."

"야야, 숨이나 좀 돌리고……."

"그냥 친다."

"아, 알았다."

진파도 궁보를 취했다.

'철가장은 철검으로 이름 높은 집안인데 권법 수련은 얼마 안 했겠지? 아니지, 아까 복호권 보니까 저놈도 꽤……. 아… 내가 왜 이따위 걸 하자고…….'

"타앗!"

좀 전까지 쓰러질 듯 보이던 그놈이 아니었다.

진파는 배를 파고드는 뜨거운 기운에 정신이 번쩍 들었다. 진파도 정신없이 뒤로 물러섰다.

"우욱……."

쓰러지진 않았다.

그래도 아프다.

무지하게 아프다.

온몸이 심장으로 변한 듯 전신에서 맥박 뛰는 소리가 쿵쿵쿵 울렸다. 다리가 휘청거렸다.

“힘들면 바닥에 앉아 숨 돌려라. 좀 나아질 거다.”

진파의 눈에서 불똥이 튀었다.

한 말 그대로 돌려먹는 기분은 진짜 더러운 법.

진파의 다리에 오드득 힘이 가해졌다.

“주, 준비… 해라.”

철정은 질 수 없다는 각오와 결의에 얼룩져 궁보를 힘있게 밟았다.

더럽게 아프지만 아까 전 느꼈던 진짜 더러운 무언가를 향한 적개심은 희미해졌다. 아프지만 기분은 좋았다.

“쳐!”

퍼억!

“우욱……!”

멀리서 진파와 철정을 지켜보던 태인 도장은 실실 웃음을 흘렸다. 명문의 도사답지 않은 유쾌한 웃음이었다.

“역시 젊은이들은 무모하군. 돈 주고 하라고 해도 저 짓은 안 하겠다.”

고개를 휘휘 저은 태인 도장은 몸을 날렸다.

“먼저 가야겠군. 걸어서들 오긴 하려나…….”

태인 도장마저 떠난 자리에는 요란한 기성과 두드려 패는 소리, 비명 소리가 주기적으로 울리고 있었다.

“헉… 헉…….”

철정은 비틀대고 있었다.

어느덧 뿌옇게 동이 트는 중이다.

진파와 한 대씩 돌려가며 주먹을 나누기 시작한 지 벌써 한 시진이 훌쩍 지난 모양이다.

내력이 실린 주먹이었다면 아마도 이 승부는 진작 가려졌을 것이다. 소수마후에게 양기를 빼앗긴 철정은 내력을 사용했다면 이렇게 오래 버티지 못했을 터였다.

진파…….

묘하게 정이 가는 놈이다.

하지만 이게 한계다. 눈앞이 빙글빙글 돌고 있었다.

털썩!

철정은 더 버티지 못하고 무릎을 꿇었다.

"젠장……."

철정은 네 활개를 활짝 펴고 땅바닥에 누워버렸다.

이마에서는 번들거리며 땀방울이 흘러내렸고 입에서는 단내가 물씬 풍겼다.

"졌지?"

눈앞에 진파의 얼굴이 불쑥 거꾸로 나타났다.

철정의 머리맡에 쪼그리고 앉아 바싹 얼굴을 들이댄 진파의 콧잔등에서도 땀방울이 떨어져 내렸다.

톡.

철정은 이마에 떨어지는 진파의 땀방울이 불쾌하지 않았다.

거꾸로 보이는 진파의 얼굴은 장난스럽게 웃고 있었다.

철정은 큭큭 하고 웃기 시작했다.

순수한 주먹과 주먹의 대결이었고, 순수한 힘의 사귐이었다.

그리고 졌다.

그뿐이다.

묘하게 가슴속이 시원했다. 이렇게 통쾌한 기분이 된 것이 얼마 만이던가.

얻어맞고도 이리 상쾌한 기분이라니.

"큭큭."

"임마, 웃지만 말고 졌다고 해. 그래야 나도 쉴 거 아니냐!"

"이번 판은… 내가… 졌다."

"이번 판? 야야, 사내대장부가 단판 승부지, 무슨 놈의 이번 판이야!"

진파는 그제야 철정의 머리맡에 털썩 주저앉았다.

철정은 고개를 돌려 옆에 앉은 진파를 보며 툴툴 웃었다.

"다음엔 정식으로…… 겨뤄보자."

"다음에 언제?"

"집에 가서 몸이 회복되면…… 그때."

먼동이 터오는 중이다.

맨주먹으로 맞았다지만 타격이 전혀 없는 것은 아니다. 온몸이 욱신거리며 비명을 지르고 있었다.

"도전 수칙은 어쩌구?"

"그까짓 거……."

철정은 눈을 감았다.

"에라, 일단 한숨 자고 생각해 보자."

진파는 철정의 옆에 벌렁 누웠다.

"여기서?"

"너 그럼 집에 갈 기운 있나?"

"아니."

"나도 그래. 지금은 너 업고 갈 힘 없어. 좀만 자면 회복될 거야. 좀 있다 니네 집 가서 밥 좀 먹자."

철정의 얼굴에 흰 선이 그어졌다.

"사람 패구… 밥 얻어먹냐?"

진파는 대답없이 눈을 감더니 곧 드르렁거리며 코를 골기 시작했다.

철정은 큭큭거리며 웃었다.

철가장의 귀한 오대 손 철정, 길바닥에서 그냥 잔다.

"큭큭."

떠오르는 여명 속에 철정도 곧 잠이 들었다.

참으로 오랜만의 단잠이었다.

*　　　　*　　　　*

아침 댓바람부터 사부에게 호출된 하오광(何五光)은 사부인 철극양과 함께 있는 인물을 보고 급히 허리를 숙였다.

사부의 의형이자 강호에 그 명성을 떨어 울리는 태인 도장이었다.

"오랜만에 뵙습니다, 사백님."

"기태가 더 헌앙해졌구나."

"감사합니다."

천천히 고개를 드는 하오광을 바라보며 철극양은 얼굴 가득 흐뭇한 웃음을 지었다.

"갈수록 자네를 닮아가는군."

"허허. 제자도 자식 아닙니까?"

아닌 게 아니라 철극양과 하오광은 모르는 사람이 보면 부자 간이라

착각할 만큼 닮았다.

팔 척에 이르는 체구와 꼭 닮은 고리눈. 자신의 키에 필적하는 거검을 차고 있는 것까지.

철극양이 하오광을 바라보았다.

"네게 시킬 일이 있어 불렀다."

"하명하십시오."

가슴에 새긴 '잠(潛)' 자가 꿈틀거리며 물결쳤다.

이 년 전, 잠룡쟁패대회를 통과한 하오광. 그 때문에 철가장의 명예를 높여주었다고 철극양의 총애가 극진했다. 아들인 철정은 가문의 검법을 채 삼성도 익히지도 못했지만 하오광이 있어 그나마 마음 든든한 철극양이었다.

"글쎄, 정이 녀석이 말이다."

"정이요?"

하오광의 반문에 철극양은 한숨부터 쉬었다.

"그 녀석이 또 야행(夜行)을 한 모양이다."

"선 소저를 만났겠지요. 그거야 양가에서도 다 알고 있는 일 아닙니까?"

"잠룡쟁패가 얼마나 남았다고…… 좀 더 수련에 매진하면 좀 좋겠느냐?"

"정이도 나름대로 힘들 겁니다."

"힘들긴 뭐가 힘들어? 제놈이 못난 것을!"

철극양의 목소리가 높아졌다.

태인 도장이 철극양을 달랬다.

"사람에겐 다 그 그릇의 크기가 정해져 있는 법이라네. 너무 닦달하지 말게나. 나도 오랜만에 정이를 보았지만 아이가 좀 이상해졌더군. 꾸짖으면 무슨 반응이 있어야 하는데 말이지."

철극양이 푸 하고 한숨을 쉬었다.

"요즘 그놈 때문에 아주 죽겠습니다. 매사에 반항만 하고……. 그놈 반항하는 방법이 그겁니다. 도통 말을 안 해요. 얼마나 답답한지 아십니까? 게다가 무공 수련엔 도통 열의를 보이지 않습니다."

"이번 일이 좋은 계기가 될지도 모르지."

"그랬으면 좋겠군요."

'정이 놈한테 무슨 일이?'

하오광의 눈이 번쩍했다. 덩치에 어울리지 않는 교활한 눈빛이었지만 철극양과 태인 도장은 서로 마주 보고 이야기하고 있어 하오광의 눈빛을 보지 못했다.

철극양이 하오광에게 눈을 돌렸다.

"북쪽 관도로 가다 보면 정이하고 어떤 소협하고 싸움을 하고 있을 거다. 지금쯤 끝났을지도 모르고."

"싸움이요? 아니, 잠룡쟁패를 통과하지도 않고 함부로 비무를 하다니요! 누가 보기라도 하면 어쩌려고?"

하오광의 말에 철극양이 크게 고개를 끄덕였다.

"그러게 말이다. 형님 말씀으로는 괜찮다 하시지만 어디 세상의 눈이 다 우리 맘 같겠느냐? 철가장을 시기하는 자라도 있어 무맹에 이 사실을 찌르기라도 한다면 잠룡쟁패를 통과하더라도 불합격이야."

'그 자식이 통과는 할 것 같습니까?'

하오광은 마음을 숨긴 채 철극양에게 물었다.

"그런데 정이랑 싸운다는 녀석은 누굽니까?"

"음……. 형님께서 아는 친구라 하더구나. 이번에 처음 강호에 나온 친구야. 별일 아니고 투닥거리는 정도라니까 아직도 싸우고 있다면 네가 적당히 말려라. 정이 놈 한번 혼내주고. 내 말은 도통 듣지를 않으니 말이다."

"알겠습니다. 몇 명 데리고 다녀오겠습니다."

"그래, 잘 처리해 주리라 믿는다."

"그럼."

하오광은 등을 돌려 나가며 싸늘한 미소를 지었다.

'싸움을 했다는 말이지? 흐흐. 이걸로 장주 자리는 내 것이 될 거다. 흐흐흐.'

북쪽 관도를 따라 말을 달려오니 과연 철극양의 말대로 철정이 있었다. 하오광은 네 명의 수하를 대동한 상태였다.

길바닥이 편한 침대라도 되는 양 곤히 잠든 철정과 진파를 내려다보며 하오광은 미간을 찡그렸다.

'뭐야? 싸움을 했다더니 왜 이리 얼굴이 멀쩡해? 이래 갖고는 무맹에 찌르기는 좀 약한데…….'

코를 드르렁거리며 자고 있는 진파를 보다 하오광은 문득 좋은 생각이 떠올랐다.

'이 녀석을 증인으로 쓰면 되겠구나. 중간에 내 대신 적당한 인물을 세우면 내 정체는 드러내지 않아도 될 테고. 철정, 네놈은 이제 끝이다. 흐흐.'

하오광은 철정이 철가장의 무공을 제대로 수습하지 못했기에 다음 대 장주 자리를 욕심 내고 있었다.

대대로 철가(鐵家)가 세습해 온 장주 자리였지만 그것은 어디까지나 장주의 능력이 대대로 탁월했기 때문이다.

철정으로서는 철검십이식(鐵劍十二式)을 십이성 익힌다는 것은 불가능에 가까웠다. 하지만 전통이란 그렇게 쉽게 바꿀 수 있는 것이 아닌 법. 다음 장주의 위를 노리는 하오광에게 철정은 그래서 거추장스러운 눈엣가시였다.

이번 일은 실로 다시 오지 않을 절호의 기회였다.

하오광은 수하들을 남겨둔 채 홀로 말에서 내려 철정의 상태를 걱정이라도 하듯 몸을 굽혔다.

팔 척에 가까운 장신 때문에 뒤에서 대기하고 있는 수하들은 철정의 모습을 보기 힘들었다.

'자, 우선!'

하오광은 철정의 수혈을 가볍게 점혈했다.

곤히 잠들어 있던 철정은 그대로 하오광에게 제압당했다.

철정의 볼을 만지는 척하며 하오광은 진력을 끌어내 철정의 뺨을 후려갈겼다.

격타음은 울리지 않았으나 철정의 뺨이 휙 돌아갔다.

얼마나 맹렬한 타격이었는지 뺨이 찢어져 피가 흘러내렸다.

철정의 볼이 삽시간에 부풀어 올랐다.

'흐흐. 이 정도면 잠룡대회 전까진 흉터가 사라지지 않을 거다.'

하오광의 입이 열렸다.

"아니, 정아! 이게 어찌 된 일이냐? 정아!'

수혈을 짚힌 철정은 하오광이 흔들어도 당연히 일어나지 못했다.

하오광은 철정을 자신의 말안장에 얹어놓고는 뚜벅뚜벅 진파를 향해 다가갔다.

　그렇게 큰 소리를 냈는데도 진파는 여전히 드르렁 코를 골고 있었다.

　'태평한 놈이군. 일단 완벽하게 제압해 놔야겠다.'

"일어나라."

드릉— 드르렁—

"일어나!"

"할아… 범, 나 졸려. 건들지 마."

어이가 없어진 하오광은 피식 웃고 말았다.

　'이 자식 긴장감이라고는 하나도 없구나. 이번이 초출이라더니.'

하오광은 진파의 몸을 발로 툭툭 건들기 시작했다.

"일어나!"

진파는 꿀맛 같은 단잠에서 서서히 깨어나기 시작했다.

뭔가가 툭툭 몸을 치고 있었다.

빌어먹을 노인네가 또 툭툭 치는구나.

"우씨… 하지… 마. 좀 더 잔다니까."

퍽!

이번엔 좀 강한 충격이 옆구리에 전해졌다.

"이런, 썅! 일어난다고 했잖아! 말로 해! 말로!"

진파는 벌떡 상체를 일으켰다. 여전히 눈은 감은 채였다.

퍼억!

진파는 머리가 돌아가는 강력한 충격에 후르륵 일 장여를 뒹굴었다.

"뭐, 뭐야? 해보자는 거야!"

잠이 확 달아났다. 이건 해도 해도 너무하잖아! 이 영감탱이를 그냥!

진파는 두 눈을 부릅떴다.

"잉?"

집인 줄 알았는데 아니었다.

화창한 창공이 내려다보고 있는 황망한 관도 위.

진파는 그제야 상황 파악이 되었다.

철정과 기분 좋게 몸을 풀고 곤히 잠이 든 곳이었다.

그런데 철정이 눈에 띄지 않았다.

보이는 것은 투레질을 하고 있는 몇 필의 말과 안장에 앉은 무사들뿐이었다.

진파는 벌떡 일어섰다.

자신의 잠을 깨운 것은 정면에 떡 버티고 선 철탑 같은 몸집의 거한인 듯했다. 부리부리한 고리눈에 떡 벌어진 어깨가 위압적으로 보이는 사내였다. 진파를 잔뜩 쏘아보고 있는 사내의 눈은 차갑기 그지없었다.

"이런 젠장! 니가 날 쳤냐?"

진파는 찍 하고 침을 뱉었다.

다행히도 호쾌하게 사내의 발등에 턱 하니 달라붙었다.

'그렇지!'

맘먹은 대로 침이 날아가 기분이 좋아진 진파와는 달리 하오광은 어이가 없었다.

'아주 죽여달라 생떼를 쓰는군.'

하오광은 아무 말 없이 옆구리에서 검을 뽑았다.

그것은 검신이 너무나 두터워 검이라기보다는 칼에, 아니, 칼이라고 보기에도 너무 거대한 쇳덩어리였다. 하오광 같은 거한이 아니라면 혼자 뽑을 수조차 없을 만한 거대한 검. 양쪽에 날이 세워진 것으로 보아 검임에 틀림없었으나 육 척을 넘어 칠 척에 가까운 길이는 검이라기보다는 쇠몽둥이에 가까웠다. 그 검을 가볍게 한 손으로 들고 정면을 겨눈 모습이 너무나 자연스러웠다.

진파는 황당했다.

"야! 자는 사람 두드려 패놓고 이제는 검이냐? 너 도대체 뭐 하는 놈이야?"

진파가 집 나선 지 이제 사 일째.

소수마후, 철정과 손을 섞었다지만 그것을 진정한 비무라 할 수는 없었다. 소수마후의 손에서는 도망치기 바빴고 철정과는 그저 기세 싸움이라 할 수 있었다. 하지만 이번엔 달랐다. 하오광의 눈빛은 명백한 살기를 내뿜고 있었다.

'이 자식, 도대체 왜 이래?'

"야! 이름이나 말해! 너 누구냐?"

"하오광."

'더럽게 무게 잡는 놈이네.'

"날 왜 팬 거냐? 비겁하게 자는 사람을 패?"

"비겁? 아직 애송이였군."

하오광이 피식하고 웃었다.

"강호에 산다는 놈이 자다 죽으면 그것도 실력 부족인 거야. 한칼에 해치우려다 손만 더럽힐 것 같아 깨워준 거다. 고맙게 여겨라, 애송이."

진파는 말문이 막혔다. 하오광의 말은 한 치도 틀림이 없었다. 자면서도 깨어 있어야 함은 무인의 기본. 확실히 진파는 애송이 같은 실수를 저질렀다. 할 말이 없었다.

"그건 그렇다 치고 나한테 왜 그러는 거냐? 난 머리털 나고 오늘 너 처음 본다."

하오광은 뒤편에서 투레질을 하고 있는 말들을 손으로 가리켰다.

"나는 네놈이 저렇게 만들어놓은 철정이 사형이다."

그제야 진파의 눈에 검은 말의 안장에 곱게 걸쳐 있는 철정이 보였다. 하체만 보여 언뜻 알아보지 못했던 것이다.

'저 자식, 저러구 자는 거야? 나보다 더한 놈이네. 가만, 철정이 사형이면 이거 오해잖아! 오해는 풀어야……'

어떻게 된 것인지 상황을 설명하려던 진파는 하오광의 가슴에 수놓아진 한 글자를 보고 그만 입을 다물었다.

잠(潛)

그것은 잠룡쟁패를 통과한 자만이 수놓을 수 있는 영예로운 표지였다. 정파의 후기지수에게 있어 최고의 영예라 할 수 있는 표지. 그 표지를 달기 위해 오늘도 수많은 후기지수들이 피땀을 흘리고 있었다. 며칠 전까지는 진파도 그중 하나였다.

진파는 홀린 듯 그 한 글자를 바라보았다.

얼마나 선망하던 표지였던가.

하오광은 진파가 무엇을 보고 있는지 알아차린 듯했다. 가슴을 불쑥 내밀며 한껏 거들먹거렸다. 그것은 잠룡쟁패를 통과한 명예로운 후기지수의 모습이라기엔 다소 거만한 태도였다.

"이제야 알아봤냐? 네놈 처지를 알았으면 냉큼 무릎을 끓어라. 정이가 깨어나면 스스로 징치하게 해야겠다. 정이도 정이지, 어디서 저런 어리숙한 병신한테……."

하오광은 자신의 의도대로 일이 진행되자 만족한 웃음을 흘렸다.

이제 이 멍청한 애송이를 제압하면 끝날 일이었다.

진파는 하오광이 잠룡쟁패 출신이라는 것을 알자 머리가 뜨거워졌다.

'그래? 잠룡쟁패 출신이라 이거지? 잘난 놈이라 이거지? 그래서 제멋대로 생각한다 이거지? 그래서 사람을 함부로 팬다 이거지?'

부글부글 속에서 무언가 끓어올랐다.

그것은 철정과 주먹을 나누기 전에 느꼈던 더러운 감정과 흡사했다.

대상을 알 수 없는 증오에 선명한 표적이 나타났다는 것만 다를 뿐.

차갑게 굳은 진파의 표정에는 조금 전까지 건들거리던 기색이 하나도 내비쳐지지 않았다. 어리숙한 표정도 사라졌다.

진파는 돌연 훌쩍 뒤로 몸을 날렸다.

하오광과의 거리가 삼 장 정도로 순식간에 멀어졌다. 잔상이 남을 정도로 놀라운 신법. 유혼신법의 번개 같은 움직임에 하오광은 흠칫 놀랐지만 여전히 거만한 말투로 내뱉었다.

"도망가겠다는 건가? 어림없는 수작이다. 너는 결코 이곳을 벗어나지 못해."

진파는 고개를 우두둑 꺾고 전신을 부드럽게 풀었다. 관절이 부딪치는 두둑 하는 소리가 곳곳에서 튀어 올랐다. 철정과 어떻게 된 일인지 구구하게 설명할 마음은 멀리 사라졌다. 눈앞에서 시건방을 떨고 있는 놈과 한판 붙지 않으면 밥을 먹어도 소화가 되지 않을 것만 같았다.

"자빠지네! 누가 도망간데?"

말이 끝남과 동시에 진파는 오른팔을 번개처럼 뻗었다. 창을 내뻗듯 안에서 밖으로 튕겨지며 뻗은 진파의 팔목에서 무언가가 튀어 나갔다.

츄릿―!

공기를 찢는 날카로운 파공음이 울렸다.

하오광의 머리를 향해 엄지손톱만한 쇠뭉치가 쏘아져 날아갔다. 연혼사에 매달린 연혼추(練魂鎚)였다.

하오광은 눈앞으로 날아오는 쇳조각을 가볍게 검으로 튕겨내었다.

"이런 조잡한…… 큭!"

하오광의 뺨은 손톱에 긁힌 듯 굵은 상처가 선명하게 나 있었다. 빨갛게 속살을 드러낸 상처에서 곧 피가 고여 흘러내리기 시작했다.

하오광은 연혼추를 튕겨냈으나 연혼사의 조정을 받은 연혼추는 살아 있는 뱀처럼 꿈틀거리며 허공에서 회전해 하오광의 뺨을 갈라놓았던 것이다.

어느새 연혼추를 회수한 진파가 오른손으로 연혼사를 잡고 빙글빙글 연혼추를 회전시키고 있었다.

왼뺨에 흘러내리는 피를 손가락으로 찍어 확인한 하오광의 눈에서 불길이 치솟아올랐다.

"이런 비겁한 놈!"

"뭐? 비겁? 큭큭……."

진파는 뚫어지게 하오광을 쳐다보며 픽픽 웃었다.

진파가 둥글게 휘휘 젓고 있는 연혼추에서는 고막을 울리는 날카로운 소리가 츄리리릿 하면서 점점 커지고 있었다. 그에 반해 연혼사를 돌리는 진파의 손은 움직임이 점차 작아지더니 마침내 조금도 움직이지 않았다. 마치 연혼추 혼자 살아 있어 빙글빙글 돌며 비명을 토해내는 것처럼 보였다.

"기병(奇兵)으로 득수를 했다고 의기양양한 것이냐! 그게 비겁하지 않으면 무엇이냐!"

"기병? 지금 방심한 걸 내 연혼사 탓으로 돌리는. 거냐? 잠룡쟁패를 통과했다고 해서 대단한 놈인 줄 알았더니 아직 애송이군! 강호를 산다는 놈이 무기 탓을 해? 병기는 무인에게 몸의 연장과도 같은 법이야! 니놈 말대로 하면 그 커다란 덩치로 싸우는 것도 비겁한 일이겠네? 평생 당당하게 비무할 수 있게 다리라도 잘라주랴?"

하오광의 얼굴이 딱딱하게 굳었다.

하오광은 한소리 긴 기합과 함께 대붕전시(大鵬展翅)의 기세로 몸을 날렸다.

팔 척에 가까운 거한의 동작이라고는 믿을 수 없을 정도로 재빠른 움직임.

허공으로 떠올라 단숨에 삼 장여를 건너뛰는 신법도 놀라웠지만 좌에서 우로 내리긋는 맹렬한 검격은 산이라도 쪼갤 듯한 엄청난 기세를 담고 있었다.

"그래 갖고 거북이라도 베겠나?"

진파는 하오광의 검세가 어깨로 떨어지기 직전, 사전 동작도 없이 번쩍 왼쪽으로 빠져나갔다.

하오광의 검이 진파가 빠져나간 허공을 무지막지하게 갈랐다.

이미 왼편으로 돌아 공간을 제압한 진파가 크게 고함을 질렀다.

"긇어!"

빙글빙글 회전하고 있던 연혼추가 츄릿 하고 날카로운 기성을 내며 하오광의 무릎을 향해 내뻗었다.

"헉!"

목표를 놓쳐 땅바닥을 향해 내리 꽂히던 하오광의 검이 빙글 회전했다. 양손으로 잡았던 검병에서 한 손을 떼며 한 팔로 검을 휘둘러 쳐 올렸다.

무릎을 노리고 쇄도하던 연혼추는 하오광의 검에 부딪쳐 땅— 소리를 내며 허공으로 날아올랐다.

하오광은 한 번의 검격으로 그치지 않고 손목을 휘돌려 철검난무(鐵劍亂舞)를 어지럽게 펼쳤다.

그러나 후속타는 없었다.

진파는 한 손으로 빙글빙글 회수한 연혼추를 돌리며 삼 장 정도 떨어져 하오광을 주시하고 있었다. 또다시 츄리리릿 하는 파공음 소리가 연혼추에서 위협적으로 새어 나오기 시작했다.

"아주 혼자 지랄 춤을 추는구나! 과연 잠룡쟁패 통과자다운 춤 솜씨다!"

진파의 놀림에도 하오광은 대꾸하지 않았다. 하오광은 이마에서 땀방울이 솟는 것을 느꼈다. 조금만 대응이 늦었다면 무릎을 강타당할 뻔했다. 스쳐 지난 기세에 뺨이 찢어진 것으로 보아 무시할 수 있는 타격이 아니었다.

'애송이가 아니다! 대전 경험이 없는 놈이라면 이럴 수 없어!'

거리와 방위를 확실히 제압하는 진파의 모습은 강호에 갓 출도한 애송이라고는 도저히 믿을 수 없는 것이었다.

하오광은 진파가 손에 잡고 돌리고 있는 흰 선, 연혼사를 주시했다.

재질이 무엇인지 알 수 없었으나 노끈 같은 것은 분명 아니었다. 쇠

사슬로 보기에는 너무 가늘었다. 저 정도로 가늘게 철사를 뽑아낸다면 강도를 유지하기 힘들었다. 더구나 허공에서 자유자재로 움직이는 실 같은 움직임을 보인다는 것은 굉장히 부드럽다는 증거이기도 했다. 일단 저 실 같은 것을 끊어버리는 것이 급선무였다.

하오광이 진파를 향해 돌진하기 시작했다.

"하앗—!"

언뜻 백사토신(白蛇吐信)을 연상케 하는 강렬한 찌르기의 연속기가 하오광의 검을 통해 펼쳐졌다. 육 척을 넘는 거검이 부르르 요동치며 수없이 많은 동그라미를 그려냈다.

진파는 번개같이 뒤로 몸을 날렸다.

진파의 일갈이 대기를 갈랐다.

"끊어!"

귀를 멀게 할 정도로 날카로운 파공음을 뿜어내는 연혼추가 하오광의 무릎을 노리고 쏘아졌다.

'이놈이!'

끝까지 무릎을 끊게 할 작정인지 자신의 무릎만 노리는 연혼추를 피해 하오광의 신형이 좌우로 흔들리며 돌진했다.

끝에 눈이라도 달렸는지 끊임없이 방향을 바꾸며 무릎을 노리던 연혼추를 재친 순간, 하오광은 좌에서 우로 거검을 올려치며 연혼사를 노렸다.

"흡!"

하오광은 헛바람을 들이켰다.

검에 무언가 걸리는 감은 있었으나 베어지는 감촉이 전혀 없었다.

뒤편으로 흘린 연혼추가 허공으로 치솟으며 자신의 머리를 노리고 되돌아오는 소리가 날카롭게 울렸다.

츄리리릿.

'회류수까지!'

하오광은 정신없이 몸을 굴렸다.

"야~ 너 잘 구르는구나! 굴러다니며 찌르는 검법 만들면 막강하겠는걸?"

"이익!"

하오광은 벌떡 몸을 일으키고 진파에게 무작정 돌진했다.

연혼추가 또다시 하오광의 무릎을 노리고 쏘아졌다.

어느 정도 궤도에 익숙해진 하오광은 손쉽게 연혼추를 뒤로 흘려보내고 진파의 품속으로 파고들었다.

진파의 가슴팍을 향해 수없는 검광을 쏘아내던 하오광은 진파의 회류수를 최대한 경계했다. 아니나 다를까, 뒤통수를 노리고 날아드는 연혼추의 츄리릿 하는 소리가 들렸다.

하오광은 얼른 고개를 숙이며 좌측으로 몸을 틀었다.

핏— 하는 소리와 함께 연혼추가 귓전을 스쳐 진파에게 날아가는 것이 보였다.

'끝났어!'

"타핫—!"

하오광이 쇄도하는 그 순간, 진파는 오른손으로 연혼추를 회수하며 왼손을 떨쳐 냈다.

하오광의 얼굴이 하얗게 질렸다.

연혼추는 오른손에 장착된 하나가 아니었던 것이다. 왼손에서 뻗어나온 연혼추가 하오광의 얼굴을 노리고 쇄도했다.

진파의 목소리가 허공을 뒤흔들었다.

"짜샤—! 꿇어!!

땅—! 하고 무쇠끼리 부딪칠 때나 나는 쇳소리가 울렸다.

"컥!"

종 모양의 연혼추에 미간을 강타당한 하오광은 눈앞이 깜깜해지며 천지가 뒤흔들리는 것을 느꼈다. 머리가 흔들리며 제대로 서 있을 수조차 없었다. 온몸에서 힘이 빠져나갔다. 하오광은 하늘이 노래지는 것을 느끼며 바닥에 털썩 무릎을 꿇었다.

"푸하하하! 이제야 말을 듣는구나. 그래, 이제 자는 사람 함부로 차면 어떻게 된다는 걸 잘 알았지? 인간에게 도리란 게 있지, 왜 자는 사람을 때려서 깨워! 엉?"

진파는 연혼사를 멋들어지게 휘젓더니 하늘을 향해 양팔을 쭈욱 뻗었다. 삼 장 정도 길이로 나와 있던 연혼사가 휘리리릭 소리를 내며 철 비갑으로 빨려 들어갔다.

"철정이 녀석 사형이라니 내 한번 봐준다. 앞으론 모르는 사람이라고 함부로 대하지 말라구. 강호는 넓고 풍진기인은 여기저기서 나타나는 거야! 므하하하하하!"

진파가 웃는 동안 하오광은 철검을 거꾸로 잡아 땅에 꽂고 점차 정신을 차려가고 있었다. 수치심이 물밀듯 밀려들었다. 병기의 운용에서 명백히 패한 것이지만 하오광의 마음은 그렇지 않았다. 눈앞에서 깔짝거리고 있는 진파는 기병에만 의존하는 잔챙이여야 했다.

자신은 이 년 전, 잠룡쟁패를 통과한 명예로운 정파의 후기지수였다. 수하 네 명도 눈을 빤히 뜨고 이 비무를 지켜보았다.

자신은 이런 식으로 저런 촌놈한테 져서는 안 되는 사람이었다. 앞으로 철가장의 장주가 되어 섬서를 호령할 사람이었다.

그런데 갓 출도한 애송이의 제물이 되고 말았다.

하오광은 이를 악물었다. 한소리 기합도 없었다. 땅바닥에 꽂아두었던 철검을 휘어 채며 마치 칼처럼 횡으로 휘둘렀다.

검끝을 따라 자욱한 흙덩어리가 진파를 향해 뿌려졌다.

한껏 턱을 내밀고 첫 승리에 도취되어 방정맞게 웃던 진파의 눈에 흙먼지가 듬뿍 들어갔다.

"억!"

슈웅 하는 엄청난 소리가 대기를 갈랐다.

하오광이 땅을 박차고 뛰어오르며 진파의 머리를 검으로 내리찍었다.

하오광의 머리에서 진파를 제압해 철정과 결투를 벌인 자백을 받겠다는 생각은 깨끗이 지워졌다. 치 떨리는 모욕감에 진파를 해치우겠다는 생각만이 머리를 가득 채우고 있었다.

"죽엇!"

콱! 하고 지축이 울리며 요란한 흙먼지가 피어올랐다. 얼마나 맹렬한 검격이었는지 두 치나 땅이 패였다.

하오광은 두 눈을 부릅떴다.

자신의 눈으로 방금 본 것을 믿을 수가 없었다. 눈앞이 보이지 않아 비틀거리던 진파가 마치 촛불이 꺼지듯 한순간에 시야에서 사라진 것이다.

"어, 어떻게?"

고개를 다급히 휘저으며 진파를 찾았지만 어느 곳에도 보이지 않았다.

당황한 하오광은 재빨리 가슴 앞으로 검을 끌어당겨 어떤 상황에서도 반응할 수 있게 자세를 갖추었다.

머리가 둥둥 울렸다. 연혼추에 강타당한 충격이 아직 완전히 회복되지 않아 시야가 흔들렸다. 절호의 기회를 잡았는데도 놓치고 말다니! 신법이 대단한 놈인 줄 알고는 있었지만 순간적으로 꺼져 버릴 정도일 줄은 몰랐다.

하오광의 뒤편에서 수하들이 다급히 외치는 소리가 들린 것은 그때였다.

"대주님! 위!"

고개를 들어 하늘을 바라본 하오광의 안색이 암담한 절망의 색을 띠었다.

소나기처럼 내리 꽂히는 연혼추의 검은 물결. 연혼추는 두 개도 아니었다.

벼락이 내리 꽂히듯 이십여 개의 연혼추가 빛살처럼 떨어지고 있었다. 그 끝에 검은 그림자가 두 팔을 쭈욱 뻗고 있었다. 진파였다.

귀청을 위협하는 날카로운 소리가 허공을 가득 메웠다.

"으아아아아!"

하오광은 고함을 지르며 거검을 머리 위로 들어 올려 마구 휘젓기 시작했다. 피하기에는 이미 늦었던 것.

따따땅 하는 쇳소리와 함께 몇 개의 연혼추가 허공으로 튀어 올랐으나 나머지는 모두 하오광의 전신에 고스란히 격중되었다. 허공으로 팅겨진 몇 개의 연혼추마저 진파의 손짓을 따라 선회하여 하오광의 얼굴을 찍었다.

"커컥!"

전신을 난타당한 하오광의 입에서 울컥 핏줄기가 터져 나왔다.

철검을 잡은 손에서 서서히 힘이 빠져나갔다.

쿵, 하고 바닥에 육중한 거검이 떨어지며 팔 척이 넘는 거구가 서서히 뒤로 넘어갔다.

바닥에 널브러진 하오광의 곁에 착지한 진파가 숨을 몰아쉬었다.

"헉헉!"

크게 치켜 뜬 진파의 두 눈은 새빨갛게 충혈되어 있었다. 시야는 안개 속에 서 있는 듯 뿌옇기만 했다.

"이런 개놈 새끼!"

진파는 쓰러진 하오광의 옆구리를 있는 힘껏 발로 찼다.

팔 척 거한의 몸이 들썩하고 튀어 올랐다 떨어졌다.

하오광은 꿈틀하고 몸을 움직였을 뿐 아무런 소리도 지르지 못했다. 내부를 휘젓는 고통에 꼼짝도 할 수 없었다.

진파는 두 팔을 휘휘 저어 연혼사를 회수한 후, 오른손을 등 뒤에 짊어진 행낭 속에 넣어 급하게 헤집었다. 물을 담은 양가죽 주머니가 만져지자 다급히 꺼내 뚜껑을 열었다.

"아, 씨……."

두 눈을 번쩍 뜨고 물을 흘려 흙먼지를 씻어냈다. 조금씩 시야가 밝아졌다. 눈을 깜박거려도 쓰리지 않았다. 진파는 물주머니를 다시 행낭 속에 넣었다.

밝아진 눈으로 주위를 둘러보니 경악한 기색으로 말에서 뛰어내린 네 명의 장한이 일제히 검을 빼어 드는 것이 보였다. 하오광을 따라온 철가장의 무사들이었다.

진파가 고함을 질렀다.

"거기 서!"

진파의 일갈에 네 명의 장한은 모두 얼어붙은 듯 그 자리에 우뚝 멈추어 섰다.

진파는 오른발로 하오광의 낭심을 콱 밟고 있었다.

하오광의 입에서 덩치와 어울리지 않는 새된 비명이 터졌다.

"흐아악!"

짓씹어 내뱉는 듯한 질겅질겅한 음색이 진파의 입에서 튀어 나왔다.

"한 발짝만 더 떼면 이 자식 거 터뜨려 버릴 줄 알아!"

제일 앞에 서 있던 무사가 인상을 잔뜩 찌푸린 채 입을 열었다. 흡사 자기 물건이 밟힌 듯한 기분이 들었는지 눈썹이 잔뜩 말려 올라가 있었다.

"고, 공자, 진정하시고… 승패가 이미 나지 않았습니까?"

진파는 사내가 입을 열자 오른 발목을 힘껏 돌렸다.

하오광의 입에서 새된 비명이 길게 터져 나왔다. 몸은 움직일 수 없었지만 아픔이야 어디 가겠는가.

"승부는 아까 났어! 이 자식이 어떻게 하는지 당신도 봤잖아!"

진파에게 말을 걸었던 철가장의 무사, 송현근(宋玄根)은 입을 다물었다.

할 말이 없었다.

누가 보아도 승패가 분명한 일장박투였지만 패배를 인정하지 않고 비겁한 수를 쓴 것은 분명 그의 상관인 하오광이었다.

하지만 하오광이 정신을 잃지 않고 듣고 있었다. 어디를 어떻게 당했는지 몸은 움직이지 못했지만 비명을 지르고 있지 않은가!

지금 기분 그대로 진파의 비위를 맞추다간 나중에 뭔 말을 들을지 몰랐다. 하오광의 밴댕이 소갈딱지야 철가장 내의 하급무사들 사이에선 유명한 터였다.

송현근이야 죽으라면 죽어야 하는 피라미 같은 처지, 어떻게든 하오광의 비위를 거스르지 않으면서도 진파를 말려야 했다.

"소, 소협! 저희 대주님이 장난으로 소협의 무공을 시험하신다는 게 좀 과했습니다. 철가장의 손님이신 걸 이미 알고 있습니다."

진파의 눈썹이 하늘로 치솟아올랐다.

"뭐야! 그럼 내가 손님인 걸 알면서도 발로 차서 잠을 깨웠다는 말이야! 이런 빌어먹을 새끼!"

진파의 오른 발목이 마구 돌아갔다.

하오광이 비명을 지르면서도 송현근을 잡아먹을 듯 노려보았다.

"아아아악! 송현근! 이 개 같은 새끼!"

"닥쳐! 이 자식아!"

한 번 더 발목이 마구 돌았다.

하오광이 입에 거품을 물었다.

송현근은 미간에 땀방울이 흘러내리는 것을 느꼈다.

여기서 수습을 잘 못하면 돌이킬 수 없는 화를 부를지도 몰랐다.

재빨리 머리를 굴렸다.

'다 같이 덤벼들어 충성심을 과시해? 아냐, 아냐. 대주 자식도 당하는데 우리끼리 뭔 수로? 그 쇳조각에 거시기라도 맞으면? 아그그그. 아서라, 아서.'

뒤에 있던 동료가 앞으로 나서려는 것을 송현근은 눈짓으로 다급히 말렸다.

머리를 써야 했다. 머리!

"소협의 경천동지할 무공에 진정 탄복했습니다. 존성대명이 어떻게 되십니까? 저희는 신분이 낮아 아직 귀하신 존함도 듣지 못한 상태입니다."

진파의 눈썹이 조금 내려갔다.

'오! 약발이 듣는구나!'

"진파야."

"오오! 정말 화끈하면서도 멋진 이름입니다. 깨부순다, 이거지요? 정말 무인답고 협객다운 존함입니다."

송현근의 약간 뒤에 서 있던 동료들도 그제야 눈치를 챘다. 뒤로 돌린 손으로 마구 신호를 보내는데 눈치 못 채면 바보라 할 수 있었다. 세 무사의 목소리가 이구동성으로 울렸다.

"정말 고귀한 이름이십니다."

"태어나서 처음 듣는 멋진 이름입니다."

"누가 지으셨는지 정말 어울리게 지으셨군요. 공자님의 멋진 외모와 딱 들어맞는 아름다운 이름입니다."

진파의 눈썹이 완전히 내려갔다.

"정말이오? 어제 만난 태인 도장께서는 어처구니없다는 듯 말씀하시던데……?"

송현근은 다급히 손을 저었다.

"아니! 그 무슨 말씀이십니까? 아마 태인 도장님이 세속과 거리가 멀어 그 이름의 매력을 알지 못하신 듯합니다. 얼마나 멋진 이름입니까? 진파! 캬ー! 저도 아들 낳으면 그 이름으로 지어주겠습니다."

진파의 얼굴에 다소 쑥스러운 웃음이 떠올랐다.

"헤헤, 그 정도는 아닙니다."

진파의 기분이 어느 정도 풀린 듯하자, 송현근이 진중한 음성으로 포권을 취하며 말했다.

"진 소협! 이미 승패가 분명히 가려졌으니 협객의 도량으로 발을 물려주시는 것이 어떠시겠습니까? 아름다운 영명이 천세에 울려 퍼질 것입니다."

진파의 눈썹이 다시 올라갔다.

"여러분도 보셨잖아요? 이 자식이 얼마나 싸가지없고 비겁한 놈인지. 이런 자식은 고자를 만들어 버려야 합니다. 이런 자식 씨가 퍼지면 얼마나 지저분한 자식들이 태어나겠습니까?"

진파는 할 일이 생각났다는 듯 다시 한 번 오른 발목을 팍팍 휘저었다.

하오광이 번쩍 머리만 치켜들었다. 입에서 하얀 거품이 새빨간 피에 섞여 흘러내렸다. 너무 아픈지 비명도 지르지 못했다.

송현근은 내심 고개를 크게 끄덕였다. 진파의 말에 전적으로 동감이었다. 그래도 어디 그런 티를 낼 수야 있는가.

"그래도 철가장의 손님으로 오신 것 아닙니까? 장주님도 소협을 기다리고 계십니다. 좋은 만남을 위해서 아량을 베풀어주시길 부탁드립니다."

"으음……."

진파가 생각에 잠길 때였다.

어디선가 분노에 찬 일갈이 터져 나왔다.

"이런 못난 놈들! 네놈들이 칼 찬 놈들이냐!"

어느새 나타났는지 하오광만한 덩치의 거한이 송현근과 세 무사들의 뺨을 정신없이 후려쳤다.

짜짜짜짝—!

흔한 청삼을 걸친 거한은 외팔이였다.

팔이 없는 옷자락으로 치는데도 마치 채찍으로 후려갈기듯 날카로운 소리가 울렸다.

"어억! 이장주(二莊主)님!"

송현근이 시뻘겋게 부푼 뺨을 안고 겁먹은 눈초리로 거한을 올려다보았다.

"그렇게 부르지 말랬지!"

송현근의 뺨이 다시 돌아갔다.

눈물이 핑 돈 얼굴로 송현근이 더듬거렸다.

"저, 저희가 뭘 잘못했다고……."

짝!

송현근은 다시 한 번 뺨을 얻어맞고 바닥에 나뒹굴었다.

"네놈이 아직도 정신을 못 차렸구나! 철가장의 위신을 땅에 떨어뜨려도 분수가 있지, 저런 애송이한테 일제히 고개를 조아려? 이 사실이 퍼진다면 어떻게 강호에서 얼굴을 들고 다니겠느냐!"

"그, 그건……."

"닥쳐라!"

끝까지 입을 놀리던 송현근은 거한이 내지른 발차기 한 방에 멀리 날아가며 정신을 잃었다.

외팔이 거한이 진파에게 홱 몸을 돌렸다.

"이놈! 당장 그 못난 자식을 풀어줘라!"

진파의 얼굴이 삐딱하게 숙여졌다. 눈빛이 다시 날카로워졌다.

"못 그러겠다면?"

“네놈과 여기서 생사결을 벌일 것이다.”

“겨우 이런 놈 때문에?”

“그놈은 내 형님의 제자다.”

진파와 거한의 눈빛이 날카롭게 부딪쳤다.

한 올의 거짓도 없어 보이는 당당하기 짝이 없는 거한의 태도가 진파의 마음을 다소 풀어지게 했다. 덩치는 비슷하지만 하오광이라는 놈과 달리 대장부 냄새가 물씬 풍기는 사내였다.

“당신은 누구요?”

외팔이 거한이 당당하게 외쳤다.

“나는 철가장주의 아우, 철극수(鐵極秀)라 한다.”

“그럼 철정이 녀석 숙부 되시오?”

“그렇다. 네가 그 녀석을 어찌 아느냐?”

“어젯밤, 서로 두드려 패며 사귀었소. 저기 말안장 위에서 퍼질러 자고 있소이다. 잠탱이 같은 놈.”

철극수는 고개를 돌려 한편에 몰려 서 있는 말들을 훑어보았다. 과연 눈에 잘 안 띄는 뒤쪽에 있는 말에 철정이 엎어져 있었다.

철극수의 안색이 눈에 띄게 풀어졌다.

오랜만에 철가장으로 돌아가는 길에 어처구니없는 광경을 보고 끼어든 참이었다.

기개를 무엇보다 중시하는 철가장의 수하들이 새파랗게 어린 녀석에게 머리를 조아리는 것을 보고 대뜸 달려들어 뺨을 날려 버린 것이다.

말을 들어보니 철정의 친구.

서로 패며 사귀었다는 말이 특히 맘에 들었다.

철극수의 얼굴에 희미한 웃음이 떠올랐다.

"내 조카와 친구 간이라면 이 무슨 행패인가?"

"이 자식이 잘 자고 있는데 다짜고짜 날 팼수다. 성질나서 뭐라 그랬더니 칼을 빼고 덤비지 뭡니까? 그래서 개박살 냈수. 그게 다요."

철극수의 얼굴에 꿈틀하고 주름살이 생겼다.

"그렇다면 이미 패한 상대를 희롱하고 있다는 말인가! 그 무슨 장부답지 않은 짓인가!"

진파는 고개를 좌우로 우득 꺾었다.

"내가 그런 놈으로 보이쇼? 이 자식이 지고 나서도 비겁하게 흙을 뿌리며 덤벼들었수. 꼼짝없이 당할 뻔했수다. 그 대가를 치러주는 참이오."

말을 마치면서 진파는 오른발을 다리 전체로 파파팍 회전시켰다.

널브러졌던 하오광의 머리가 번쩍 치솟더니, 하얗게 눈이 돌아갔다. 하오광은 그대로 기절하고 말았다.

하오광의 고통에는 관심이 없는지 철극수는 기절한 송현근을 돌보고 있는 철가장의 무사들에게 고개를 돌렸다.

"이 말이 사실이냐?"

날카로운 물음에 수하들은 서로 눈치를 보며 대답을 못했다.

철극수는 장탄식을 토하며 고개를 돌렸다. 더 들을 필요도 없었다.

철극수가 진파에게 정중히 포권을 취했다. 텅 빈 오른팔 소매가 바람에 펄럭였다.

"내 철가장을 대표할 수 있는 처지는 아니네만 진심으로 사과하네. 어쩌다 저런 망종이 되었는지 모르겠으나 단단히 버릇을 고쳐 놓도록 하겠네."

철극수가 정중히 나오자 진파가 오히려 당황했다. 크게 한판 할 각오를 다지던 참이었는데 갑자기 긴장이 풀려 버렸다.

"아… 네……."

"자네에게 정말 부끄럽네만, 철정이와 친구 사이라니 그 아이 얼굴을 봐서라도 한 번 양보해 주게. 철가장이 잊지 않을 것이네."

무게 섞인 철극수의 사과에 진파도 하오광에게서 발을 거두며 정중히 포권을 취했다.

"그러실 것까지는 없습니다. 이제 화도 풀렸고……."

철극수의 얼굴에 시원스런 웃음이 떠올랐다.

"고맙네. 내 잊지 않겠네."

철극수는 고개를 돌려 철가장의 무사들에게 명을 내렸다.

"어서 오광이를 말에 싣게."

진파에게 손짓한 철극수는 어깨를 나란히 하고 말들에게로 걸어갔다.

부산스레 세 명의 무사들이 움직여 거대한 몸짓의 하오광을 말에 실었다. 하오광의 엉덩이가 축축히 젖어 있는 게 눈에 띄었다.

"저게 뭔가?"

눈살을 찌푸리며 철극수가 묻자 무사 한 명이 고개를 숙였다.

"그게 저… 방뇨를……."

"못난!"

철극수는 더 보기도 싫다는 듯 고개를 돌렸다.

"우리 먼저 갈 테니 천천히 따라오게!"

한 팔로 안장을 짚은 철극수의 몸이 휙 하고 말 위로 올라섰다.

덩치에 걸맞지 않은 가벼운 운신이었다. 진파의 눈에 의외라는 빛이 떠올랐다.

철극수는 진파에게 고개를 돌렸다.

"가세."

"예."

철정을 얹은 말에 탄 진파는 철극수를 따라 고삐를 당겼다.

"이 자식 여태 자네……. 뭐, 이런 놈이 다……."

철정을 내려다보며 투덜대던 진파의 눈이 번쩍 빛났다.

'응?'

철정의 뺨이 새빨갛게 퉁퉁 부어 부풀어 있었다.

맹세코 자신은 철정의 얼굴을 갈긴 적이 없었다.

'어떻게 된 거지?'

철정의 몸을 조심스레 더듬던 진파는 정신을 잃고 말에 얹어진 하오광을 돌아보았다.

진파는 말을 끄는 철가장 무사에게 물었다.

"이 친구를 이 말에 얹은 사람이 누굽니까?"

"하 대주이십니다."

"이 녀석 몸에 손을 댄 사람이 그놈 말고 또 있나요?"

"없습니다만……."

"어서 오게. 뭐 하나?"

앞서 가던 철극수의 음성이 들리자 진파는 몸을 돌렸다.

"예. 갑니다!"

진파의 입꼬리 사이로 언뜻 하얀 이가 드러났다.

'하오광 이 자식, 아주 껍질을 벗겨주마!'

제4장 철가파문(鐵家波紋)

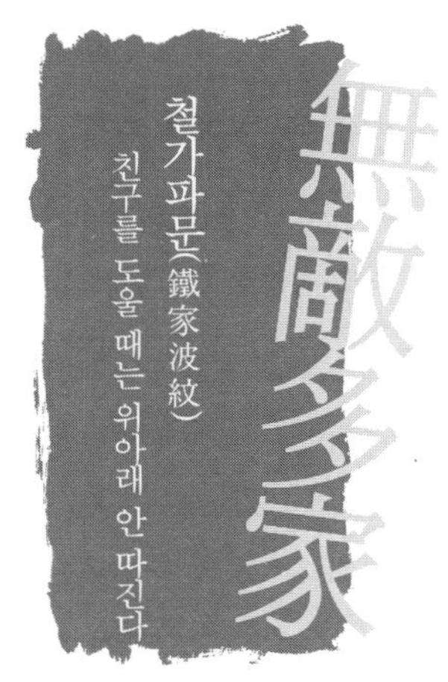

"자네가

…진파인가?"

"그런데요."

진파는 삐딱한 자세로 철극양을 꼬나보았다.

태인 도장은 철극양의 옆에 서서 그런 진파를 조용히 바라볼 뿐이었다.

이름을 물으면서 웃음을 참는 듯한 철극양의 태도가 진파의 신경을 건드렸다.

'내 이름이 그렇게 이상하냐!'

철가장에 도착해 철극양과 태인 도장이 있는 내전으로 안내받은 진파는 두 필의 말을 끌고 있는 송현근과 함께였다.

철극수도 곁에 있었으나 내전의 뜰에 나와 진파를 맞이하는 철극양은 동생을 보고도 없는 사람 취급하듯 눈길을 주지 않았다.

쓸쓸한 얼굴로 돌아서려는 철극수를, '잠시만요. 좀 기다려 주세요. 도와주실 게 있습니다' 라며 붙잡은 진파는 아우를 외면하는 철극양이 못마땅했다. 거기다 이름을 물으며 뭔가를 안다는 듯 묘한 웃음을 짓는 게 영 맘에 안 들었다.

팔 척 거한인 철극양은 거대한 근육으로 갑옷을 걸친 듯해 찔러도 피 한 방울 흐르지 않을 것만 같은 사내였다. 하오광과 키는 비슷했지만 덩치는 비교할 바가 못 되었다. 강호에 떠도는 호면철검(虎面鐵劍)이라는 별호보다는 흑웅철검(黑熊鐵劍)이 더 어울릴 것 같은 몸. 날렵한 철정과 부자 간이라는 게 좀체 믿기지 않았다.

"철정이 아버님으론 보이지 않는데요?"

철극양의 웃음이 쓴웃음으로 바뀌었다.

"그놈이 날 못 닮은 걸세."

'못 닮았다?'

진파는 철극양이 갖고 있는 철정에 대한 감정의 편린을 금세 알 수 있었다. 자신을 닮지 '못' 했다는 말은 철극양이 철정을 어떻게 생각하는지 한마디로 표현해 주었다.

그것이 진파의 감정을 건드렸다.

아비의 사랑이라는 걸 전혀 느껴보지 못하고 자란 진파였다.

그런데 멀쩡히 살아 있는 아비란 작자가 아들을 인정치 않고 있다.

'이러니 하오광이란 자식이 멋대로 날뛰었겠지.'

진파는 자신의 뒤에 엉거주춤 서 있는 송현근에게 고개를 돌렸다.

두 필의 말고삐를 쥔 송현근이 엉거주춤한 자세로 서 있다 괜스레 찔끔 눈치를 보았다.

진파의 시선을 따라 눈을 돌리던 철극양은 깜짝 놀랐다.

"아니!"

두 필의 말 등에는 철정과 하오광이 추욱 늘어져 걸려 있었다.

철극양은 피투성이로 늘어진 하오광에게 달려갔다.

"광아야, 이게 어찌 된 일이냐?"

철정이 아니라 하오광을 먼저 챙기는 철극양. 진파는 미간을 찡그렸다.

'자식은 보이지도 않나?'

말 위에서 하오광을 끌어내려 바닥에 누인 철극양은 바삐 상세를 돌보기 시작했다. 품속에서 요상단을 꺼내 하오광에게 먹이고 하오광의 뺨을 툭툭 쳤다.

"으음……."

하오광의 입에서 신음이 터졌다.

"광아야, 정신이 드느냐?"

"사, 사부님……."

"누구냐? 너를 이렇게 만든 자가?"

"그, 그 자식이……."

"그 자식이라니? 누굴 말하는 것이더냐?"

"정이와 함께 있던 놈이 다짜고짜 절……."

"무엇이!"

철극양은 진파를 향해 획 고개를 돌렸다.

날카롭게 노려보는 철극양의 시선을 진파는 피하지 않았다.

"자식보다도 제자가 중요한가 보네요?"

여전히 말에 걸려 있는 철정을 보며 진파는 분노를 숨기지 않았다.

철정이 집에서 어떤 대접을 받고 있는지 어렴풋이 눈치 채기야 했지만 이건 너무 심하지 않은가.

철극양은 이미 몸을 일으킨 상태였다.

진파를 노려보는 그의 시선에는 딱딱한 적의가 담겨 있었다.

"이게 무슨 짓인가? 형님의 손님이면 손님다운 처신을 해야 할 것이 아닌가? 마중을 나간 사람을 이렇게 다루다니!"

하오광이 무언가 말하려는 듯 입술을 달싹이려 했지만 진파가 더 빨랐다.

"철가장의 손님 접대는 무작정 두드려 패는 것부터 시작합니까?"

"그게 무슨 말인가?"

진파는 철극양에게서 눈을 떼고 송현근에게 말을 건넸다.

"본 대로 말씀하시면 됩니다. 제가 자고 있는데 저놈이 절 발로 차서 깨우지 않았습니까? 이유를 묻는 제게 먼저 칼을 뽑았구요."

철극양의 삼엄한 눈길이 송현근을 향했다.

"사실이냐?"

"에, 그게 저……."

송현근은 하오광의 눈치를 보며 눈알을 굴렸다.

송현근과 눈이 마주친 하오광이 두 눈을 크게 뜨고 위협적으로 미간을 찌푸렸다.

송현근의 이마에 땀방울이 돋아났다.

"저 그게……."

그때, 끄응 소리와 함께 하오광이 상체를 일으켰다.

하오광의 신음 소리에 철극양이 몸을 돌렸다.

"무리하지 않아도 된다. 조섭부터 하거라."

"아닙니다, 사부님. 제가 말씀드리겠습니다."

하오광은 적의에 찬 시선으로 진파를 노려보며 힘들게 입을 떼었다.

"저는 그저 선배 된 도리로 무공을 시험하고 싶었을 뿐입니다. 그런데 비무를 하던 중 기병의 힘을 빌어 비겁하게도 저를 암격했습니다. 저자는 철가장에 들어설 자격이 없는 자입니다."

"선배? 누가 선배야? 니가? 푸훗!"

진파는 하오광에게 빈정대더니 다시 송현근을 바라보았다.

"이봐요. 장주님보다 저놈이 더 무서운가 보죠? 사실대로 이야기해 봐요. 내 말이 맞아요? 저놈 말이 맞아요?"

송현근은 곤란한 듯 눈알만 굴리다 도움이라도 청하듯 철극수를 애처롭게 바라보았다.

철극수가 한숨을 내쉬었다.

"형님, 제가 장으로 돌아오다 이들을 만났습니다. 그때는 이미 모든 일이 끝나 있었지만 정황은 들을 수 있었습니다. 여기 이 청년의 말이 맞습니다."

철극양은 휙 고개를 돌려 아우인 철극수를 노려보았다.

씹어뱉는 듯한 말투가 튀어나왔다.

"누가 네게 장의 일에 참견하라 했더냐?"

"형님……."

"닥쳐라! 말도 없이 쏘다니다 온 녀석이 기껏 한다는 게 제자를 모략하는 것이더냐!"

철극수의 얼굴빛이 창백해졌다.

철극수의 출현에 놀라 흠칫했던 하오광의 입가에 회심의 미소가 흘렀다. 그 꼴을 보던 진파가 목소리를 높였다.

"동생 말도 믿지 않으십니까? 그렇게 저놈이 믿음직해요? 자고 있는 절 다짜고짜 공격하는 게 무공을 시험하는 겁니까? 비무에서 패하고 나서 흙덩이를 뿌려 암격하는 게 철가장의 비무 방식입니까? 아참 진짜 대단한 곳이네요!"

"진 소협!"

태인 도장이 진파를 말렸으나 진파의 목소리는 거침이 없었다.

"수하들이 장주께 진실을 말하지 못하고 눈치를 보는 게 안 보이십니까? 장주께서 그렇게 싸고도는 저 제자라는 놈은 정말 비겁한 놈입니다! 그렇게 앞뒤 구분이 안 가세요?"

"무엇이!"

철극양의 얼굴을 뒤덮고 있던 수염이 뻣뻣하게 곤두섰다. 호면철검이라는 그의 별호대로 성난 호랑이와 같은 몰골이었다. 그러나 진파는 쫄지 않았다.

"증거를 보여 드려요?"

증거라는 말에 하오광이 흠칫했다. 그러나 하오광은 곧 얼굴을 폈다. 겁쟁이 송현근이나 그가 데려갔던 수하들이 입을 열 위험은 없었다. 증거 따윈 있을 턱이 없었다.

하오광은 목청을 돋우었다.

"그래! 그 증거라는 걸 내놔보아라! 기병으로 득수를 했다고 이렇게 사람을 비참하게 만든 놈이 무슨 할 말이 있다는 것이냐?"

진파는 하오광을 쳐다보며 한심하다는 듯 고개를 저었다.

'저렇게 머리 나쁜 놈이 무슨 꿍꿍이를 꾸몄을까? 참나.'

진파의 시선이 철극양의 부리부리한 호목(虎目)에 꽂혔다.

"만약 장주께서 철정이를 조금만 더 유심히 살피셨다면 무언가 이상한 것을 곧 아셨을 겁니다. 지금이라도 늦지 않았으니 보시죠."

철극양은 진파를 노려보다 천천히 철정에게 다가가 그의 몸을 살폈다. 새빨갛게 부푼 볼을 보며 철극양은 미간을 찌푸렸다.

"자네가 이렇게 했나?"

"제가 했을 것 같아요?"

"지금 말장난하자는 것인가? 새벽에 정이와 싸운 사람은 바로 자네지 않는가?"

"싸움이요? 우린 단지 서로 얼마나 몸이 단단한지 시험만 했다구요. 얼굴 따윈 때린 적 없어요."

"그 말은 맞네. 두 사람은 서로 몸통만 치고 받았어. 내가 보았지."

태인 도장이 진파를 거들었다.

진파는 철극양을 보며 당당히 소리쳤다.

"들으셨죠?"

"그럼 누가 이랬다는 말인가?"

"저놈이죠."

"오광이가?"

"철정이 몸을 또 보세요. 또 뭔가 있지 않나요?"

"수혈을 짚혔군."

"제가 깨어났을 때는 이미 철정이는 수혈이 짚힌 상태였어요. 철정이를 말에 얹은 사람은 저놈이었다고 하더군요. 저놈 말고는 우리에게 접근한 사람도 없었대요. 자! 누가 철정이 뺨을 이 꼴로 만들고 점혈까지 했다고 생각하세요?"

"난 인정할 수 없네. 광이가 그럴 리가 없어."

"그럼 제가 거짓말을 했다는 겁니까?"

진파의 얼굴이 확 일그러졌다.

뭐, 이렇게 말이 안 통하는 인간이 다 있나!

"자네가 아무리 다형(多兄)의……."

철극양이 목소리를 높일 때, 갑자기 고막이 찢어질 듯한 전음성이 쾅 하고 울렸다.

"이놈! 당장 입 닥치지 않으면 나 공철의 이름을 걸고 철가장을 깡그리 불태워 버리겠다!"

철극양은 하마터면 내장이 뒤흔들려 울컥 피를 토할 뻔했다.

창백한 얼굴로 서 있는 철극양의 귀에 공철의 전음이 계속 들렸다.

"제자 사랑에 눈이 어두워져도 유분수지, 어찌 그렇게 벽창호야! 내가 다 보았다! 우리 소주의 말이 맞아! 네 큰제자가 네 아들 놈의 뺨을 갈기고 수혈을 짚었다. 그리고 소주와 싸운 게야. 결투에 지고도 흙을 뿌리며 암습한 것도 다 사실이다! 나 양괴 공철의 말도 못 믿겠느냐!"

철극양은 아무 말도 없었다.

그의 입가가 실룩거리며 움직였다. 눈꼬리가 파르르 떨렸다. 철극양은 한참을 그렇게 서 있었다. 철극양이 마침내 긴 한숨을 내뿜었다.

"휴우……."

말을 하다 말고 갑자기 무언가 충격이라도 받은 듯 한동안 가만있더니 돌연 한숨을 내쉬는 철극양을 보며 진파는 고개를 갸웃거렸다.

'이제야 인정하는 거야?'

철극양은 묵묵히 철정의 수혈을 풀어주었다. 낮은 신음과 함께 철정이 깨어나기 시작했다.

철극양은 침중한 눈빛으로 철정을 바라보다 하오광에게 시선을 돌렸다.

"광아야……."

“사, 사부님……..”

“네놈에게 마지막 희망을 품었건만…….”

“사부님!”

철극양은 얼굴을 돌려 하오광을 외면하고는 창백한 얼굴로 자신의 앞에 부동 자세로 서 있는 송현근을 바라보았다. 송현근에게 묻는 그의 목소리는 음울하기까지 했다.

“철정이를 점혈하고…… 자고 있는 진 소협을 광이가 먼저 공격하고…… 비무에 패했는데도 암습을 하고…… 이 모두 사실인가……?”

“자, 장주님, 그것이…….”

“사실대로 말하지 않으면 지금 네놈을 죽여 버리겠다…….”

차분한 철극양의 목소리는 분노와 허탈함이 얼룩진 그의 얼굴과 너무 달랐기에 오히려 거부할 수 없는 묵직함을 송현근에게 안겨주었다.

송현근은 떨리는 고개를 흔들었다.

아래위로.

철극양은 질끈 눈을 감으며 한숨을 내뱉었다.

“결국 제자도 잘못 키웠군…….”

“사, 사부님, 제자는 다만 정이가 피곤한 듯하여 편히 쉬라고…….”

“닥쳐, 짜식아!”

진파의 신형이 번개처럼 쇄도해 하오광의 턱주가리를 발로 날려 버렸다.

“캑!”

진파는 뒤로 날아가 처박힌 하오광을 잘근잘근 밟기 시작했다.

머리부터 발끝까지 아주 뭉개 버리며 밟는 진파의 발은 추호의 사정도 없었다.

"끝까지 추하게 굴래? 철정이를 패고 나서 강제로 잠재워 놓고 날 제압하려 한 거 아니냐? 무슨 꿍꿍이가 있었잖아, 자식아! 이제 그만 솔직히 토해놓으라구! 잠룡쟁패 통과했다는 놈이 정말 그거밖에 안 되냐!"

"악! 악! 끄아악!"

철극양은 짓밟히는 제자를 보면서도 아무 말도 없이 물끄러미 진파를 바라보고만 있었다.

'정이가 저 녀석 반만 닮았어도……'

어깨를 늘어뜨린 철극양은 힘없이 철극수를 바라보았다.

허탈해하는 형을 바라보면서도 철극수는 아무런 말도 하지 못했다.

"네가 여기 일을 처리해 주겠느냐?"

"형님……."

"부탁한다. 쉬고 싶구나."

십 년은 늙은 듯한 형을 보며 철극수는 한숨을 쉬었다.

"알겠습니다."

"광아가 어찌 그런 짓을 했는지 알아봐다오. 처리는 다 네가 해라. 알려만다오."

"형님……."

철극양은 철극수의 어깨를 가볍게 두드리고 태인 도장에게 몸을 돌렸다.

"형님… 좀 쉬겠습니다……."

"그러시게."

그 말을 끝으로 철극양은 조용히 내전으로 발길을 옮겼다.

커다란 그의 등이 휑하기 짝이 없었다.

철극수가 진파를 말렸다.

"이제 그만 하시게."

씩씩대며 철극수를 짓밟던 진파는 퉤 하고 침을 뱉고는 발을 떼었다.

철극수는 태인 도장에게 포권을 취하고 송현근에게 명해 하오광을 데리고 어디론가 사라졌다.

그제야 정신을 차린 철정이 말에서 내려와 어리둥절한 표정으로 좌우를 돌아보았다.

진파가 철정에게 다가가 어깨를 두드렸다.

"깼냐?"

"어떻게 된 거야? 여기는 우리 집이잖아? 아야! 내 얼굴이……."

"내가 다 설명해 주마. 일단 밥 좀 먹고 오자. 배고파 뒈지겠다."

태인 도장이 고개를 끄덕였다.

"그게 좋겠네. 우리 일은 조금 후에 의논하지. 나도 아우에게 좀 가 봐야겠네."

진파는 어리둥절해하는 철정과 함께 철정의 처소로 발길을 옮겼다.

태인 도장은 천천히 철극양의 내실로 발걸음을 옮겼다. 문을 열고 들어가 보니 세 사람이 있었다.

"선배님들 오셨습니까?"

태인 도장이 공철과 손일연에게 웃음을 띠며 인사했다.

손일연이 곱게 웃으며 고개를 숙였다.

공철은 태인 도장의 인사도 받지 않고 철극양을 꾸짖고 있었다.

"이놈! 네놈이 감히 무적다가(無敵多家)를 무시하는 것이냐? 어디서 함부로 소주의 신분을 발설하려 해?"

"제 주의가 부족했습니다."

철극양은 자신의 어깨에도 미치지 못하는 공철에게 머리를 조아렸다.

자신의 심정도 참담하기 짝이 없었지만 공철을 무시할 수는 없었다.

음양쌍괴라 하면 한때 대강남북을 호령했던 초거물들. 풍협 다나철에게 합공하여 패하자 스스로 종복을 자처했지만, 다나철을 제외하고는 누구에게도 패한 적이 없다던 일대의 괴걸이 바로 공철이었다.

공철과 손일연 개인의 힘도 무시할 수 없었지만 풍협의 얼굴을 보아서도 철극양이 함부로 대할 수 있는 인물들이 절대 아니었다. 현 강호의 누구도 풍협을 무시할 수는 없었다.

"니놈은 아주 마음에 안 들어! 제자는 왜 그따위로 키워놓은 것이냐? 아들 놈은 꽤 괜찮게 키웠더만."

"예?"

예상과는 전혀 다른 평가에 철극양은 의아했다. 지금은 완전히 실망한 상태였지만 조금 전까지만 해도 하오광이야말로 자신이 제대로 키웠다 자부하는 제자였다. 잠룡쟁패까지 통과했고 섬서에서도 후기지수들 중 손꼽히는 수재였기에. 그에 반해 아들인 철정은 어디 하나 마음에 드는 곳이 없었기에 그는 공철의 평가가 의외였다.

"네 아들 놈을 왜 마땅치 않게 생각하는 것이냐?"

"철가장의 무공을 삼성도 수습하지 못했습니다."

"그게 다야?"

"장을 물려받아야 할 놈이 가전무공을 수습하지 못하는데 그것보다 더한 이유가 있겠습니까?"

공철이 끌끌 혀를 찼다.

"정말 나무만 보느라 숲을 보지 못하는구만."

"무슨 말씀이신지?"

"우리 소주와 무식하게 서로 주먹질하는 걸 끝까지 보았네. 자네 아들의 근기와 근성은 소주 못지않았어. 게다가 밤을 새도록 서로 격돌할 수 있었던 것을 보면 기력도 만만치 않아. 왜 자네 아들이 자네 무공만 익혔다고 생각하는가? 내 보기엔 자네 큰제자보다 오히려 나은 수준이던데."

"그게 정말이십니까?"

철극양의 안색이 돌연 딱딱하게 굳었다.

"정말 다른 무공을 익힌 듯 보이셨습니까?"

"철검십이식을 삼성밖에 익히지 못한 아이라면 소주의 주먹에 그런 식으로 버틸 수 없네. 자네가 잘못 알고 있거나 다른 무공을 익혔거나 둘 중 하나일 게야."

"그렇다면……."

철극양은 태인 도장의 얼굴을 보다 무언가 결심한 듯 공철에게 포권을 취했다.

"잠시 다녀올 곳이 있습니다. 선배님들은 여기서 쉬십시오."

의아한 듯 철극양을 보던 공철은 더 묻지 않고 고개를 끄덕였다. 철극양의 안색이 너무 심각해 보였던 것이다.

태인 도장이 철극양에게 당부했다.

"차분히 알아보게. 부디."

"알겠습니다, 형님."

철극양이 내전에서 사라지자 공철은 태인 도장을 바라보았다.

연유를 묻는 공철의 시선에 태인 도장이 입을 열었다.

"선배님, 철가장에 철검십이식 말고 또 다른 검법이 있다는 것 기억하십니까?"

"다른 검법? 그런 게 어디… 아! 그렇다면?"

"선배님이 잘못 보셨을 리는 없고… 제가 보기에도 정이에게는 철검십이식이 어울리지 않을 듯 보이니… 아마도 그 검법을 익혔을 겁니다."

"부자 간 갈등이 더 심해질지도 모르겠군."

"그것까지 참견할 수는 없는 문제지요……. 어쩌면 좋은 기회가 될지도 모르겠습니다. 저도 아우를 오랜만에 만났는데… 아들에 대해 이야기하는 아우가 안쓰러웠습니다."

"안 좋던가?"

"아들에 대한 실망이 지나쳐 그 사랑이 모두 제자에게 돌아간 모양이더군요."

"쯧쯧. 사람에겐 다 자기 몸에 맞는 무공이 있건만."

"어쨌든 선배님이 잘 말씀해 주셨습니다. 한 번 부러진 뼈가 더 튼튼히 아무는 법이니 좋은 계기가 될지도 모르겠습니다. 적어도 부자 간에 솔직해질 수 있는 기회는 되겠지요. 아우를 대신해 감사드립니다."

공철은 약간 옆으로 몸을 틀며 태인 도장의 인사를 받았다. 그도 태인 도장은 어느 정도 공경해 주는 태도였다.

"괜찮네. 주인과 소주 이대가 철가장과 인연을 맺었으니 이 또한 보통 인연은 아닌 터, 이 정도 배려야 당연한 것이네."

"다시 한 번 감사드립니다."

태인 도장이 웃으며 말을 건네자 공철이 고개를 돌렸다.

공철의 얼굴이 진지하게 굳었다.

“정말 고맙나?”

“그렇습니다.”

“좋아, 그럼 부탁 하나 하세.”

“말씀하십시오.”

“밤새 애들 짓거리 지켜보았더니 배고파 못 견디겠구만. 자네가 명해서 기름진 음식으로 한상 차려오게 하게나. 여기서 요기 좀 하세.”

태인 도장의 얼굴에 난감한 기색이 스쳤다.

“기름진 음식이라 하셨습니까?”

“그렇네. 우리 같은 늙은이들은 기름지고 맛난 음식을 많이 먹어야 해.”

“그렇죠.”

손일연도 동감이라는 듯 미소를 지었다.

“제가 그래도 명색이 도사인데…… 어찌 기름진 음식을……. 그것도 이 인분이나…….”

공철이 눈을 부릅떴다.

“아니, 늙은이 부탁도 안 들어줄 셈인가? 어차피 눈 돌리면 피안인데 무어 그런 걸 따져?”

“그 말은 스님들한테나 할 말씀이죠.”

손일연이 끼어들자 공철은 못마땅한 듯 미간을 찌푸렸다.

“당신, 왜 그렇게 태인 도장을 감싸고 도는 거요?”

손일연이 부드럽게 입가로 손을 가져가며 미소 지었다.

“잘생겼잖수.”

"이런, 할망구가……."

"진실은 나이와 상관없는 거라우."

둘의 대화를 더 이상 듣지 못하고 태인 도장이 밖으로 나섰다.

"곧 대령하도록 하겠습니다."

손일연과 공철의 홍소(哄笑)가 터져 나왔다.

*　　　*　　　*

철정은 자신의 처소로 돌아와 진파에게 어찌 된 일인지 캐묻기 시작했다.

"도대체 어떻게 된 거냐?"

진파는 휘휘 손을 저었다.

"말하려면 기니까 일단 밥부터 다우."

"아니, 어떻게 된 일인지……."

"밥부터 줘! 배고파 미칠 지경이란 말이다!"

진파가 빽 소리를 질렀다.

철정이 혀를 찼다.

"전생에 배고파 뒈졌냐? 세상에 밥보다 중요한 게 얼마나 많은데!"

"웃기지 마! 밥보다 중요한 게 뭐가 있냐? 제일 중요한 건 밥이다!"

"쯧쯧. 무식한 놈 같으니."

"니가 아직 배고파 본 적이 없구나. 헛소리 그만 하고 밥부터 줘. 밥 올 동안 어찌 된 건지 얘기해 주마."

"어, 그러자."

철정이 밖으로 나가 두런두런 이야기를 하는 소리가 들렸다.

잠시 후, 들어온 철정이 진파에게 물었다.

"밥은 곧 올 거다. 이제 말해 봐. 도대체 어떻게 된 거야?"

"배고픈데 꼭 그 얘기 지금 해줘야 하냐?"

"넌 유람한다는 놈이 양식도 안 갖고 다니냐?"

철정의 말에 진파는 자신의 머리를 짝 하고 소리나게 쳤다.

"맞다!"

아직 등에 메고 있던 행낭을 푸르더니, 그 안에서 육포 하나를 꺼내 잘게 뜯어 씹기 시작했다. 오는 길에 구해둔 말린 쇠고기였다.

배고프다고 난리 치던 것과는 달리 조신하게 육포를 씹는 진파를 보며 철정이 피식 웃었다.

"사내자식이 뭘 그리 좀스럽게 먹냐? 한꺼번에 팍팍 먹어라. 배고프다며?"

"역시 넌 부잣집 도련님이구나."

"뭔 소리냐?"

"밥보다 중요한 게 많다고 하는 것도 그렇고, 음식을 팍팍 먹어야 한다고 하는 것도 그렇고… 넌 한마디로 고생을 해본 적이 없는 놈이란 말이다."

입속에 넣은 육포 한 조각을 계속 오물거리며 진파가 말하자 철정은 피식하고 웃었다.

"그러는 넌 참 고생 많이 해봤겠다. 나이라고 해봐야 나랑 비슷할 거 같은데."

"올해 열일곱이나 됐어. 나이 먹을 만큼 먹었다. 그리고 이런 거는 나이랑 상관없는 거야."

"뭐?!"

철정의 얼굴이 묘하게 일그러졌다.

진파는 맛나게 육포를 질겅질겅 씹으며 왜 그러냐는 듯 철정을 올려다보았다.

"이, 임마! 난 올해 열아홉이란 말이다!"

"그게 뭐?"

"짜샤! 두 살 차이면 밥 그릇 차이가 얼마나 나는데 맞먹냐? 앞으로 형이라 불러!"

진파는 느긋하게 의자에 앉아 다리를 꼬았다.

"너 같으면 그러겠냐?"

"이 자식이!"

"나이랑 뭔 상관이야? 너, 나한테 깨졌잖아. 그럼 오히려 나한테 형이라 불러야 마땅한 거 아니냐?"

철정의 얼굴이 부르르 떨렸다.

진파는 선심 쓰듯이 고개를 까닥였다.

"나보고 형이라 부르라고 하진 않을 테니까 안심해."

"으으!"

"억울함 한판 더 붙던지."

철정이 눈을 반짝였다.

"좋다!"

"좋긴, 니 사형이라는 자식 보니까 별거 없던데? 너 정식으로 해도 나한테 안 되겠더라."

"사형?"

"그 하오광인지 곰새긴지 하는 놈 말야. 그 자식 나한테 개박살났다."

"그게 무슨 소리야?"

“밥 먹고 말해 주마.”

방으로 향하는 발소리를 듣고 진파가 입을 닫았다.

밥이 들어왔다.

진파가 먹기 시작했다.

밥에 대한 집착을 이미 보았던지라 철정도 더 묻지 않고 젓가락을 들었다. 배고프긴 철정도 마찬가지였다.

철정은 멍하니 진파를 바라보고 있었다.

자신은 이미 식사를 끝낸 후였지만 진파는 아직도 먹고 있었다.

한 입 물고 몇 번을 씹는 것인지 알 수 없었다. 지겹게도 느리게 먹었다.

철정이 어이없는 목소리로 물었다.

“너 배고픈 거 맞냐?”

입 안에 든 음식물 때문에 웅얼거리는 목소리가 들렸다.

“보면 모르냐? 이렇게 빨리 먹고 있는데.”

“그게 빨리 먹는 거야?”

“응. 말시키지 마. 밥 먹을 때 말하는 거 난 별로 안 좋아한다.”

철정은 입을 다물었다.

말을 시킬수록 더 늦게 먹을 거라는 데 생각이 미친 것이다.

한참이 지난 후, 진파가 배를 두드리며 끄윽 하고 트림을 했다.

“아, 이제 좀 살 거 같네.”

“무슨 놈의 밥을 그렇게 늦게 먹냐?”

한심하다는 투로 철정이 말하자 진파는 킥킥 웃었다.

“미안하다. 오래된 버릇이라서 말야. 원래 이렇지는 않았어.”

“그럼?”

“너도 단검 하나 가지고 밀림 같은 산이나 황야에서 보름씩 버티다 보면 이렇게 돼. 밥보다 귀한 게 없다는 것두 알게 되고, 한 번 얻은 거는 천천히 씹어 먹어야 오래 버틸 수 있다는 걸 저절로 알게 되지.”

“그렇게 살았냐?”

철정은 어이없는 듯 물었다. 어디서 어떻게 자란 녀석인지도 모르고 마음을 열긴 했지만 너무 의외였다.

“무공 수련의 일환이래나. 부모님 대신 나 키운 사람들이 그렇게 했어.”

“부모님은?”

“안 계서.”

잠시 침묵이 흘렀다.

“미안하다.”

진파가 싱긋 웃었다.

“니가 미안할 게 뭐 있냐.”

“밤 되면 술이나 한잔하자.”

“그러지.”

철정은 상체를 앞으로 기울이며 깍지를 끼었다.

“이제 말 좀 해봐. 내가 자는 동안 무슨 일이 있었던 거야?”

진파는 미간을 찌푸렸다.

“소화도 안 됐는데 벌써 말하라고? 차는 안 주냐?”

철정이 빽 소리를 질렀다.

“작작 좀 해, 자식아! 누구 피 말라 죽는 거 보고 싶냐?”

“그 자식 목소리 한번 크네.”

진파는 새끼손가락으로 귀를 팠다.

"너, 정말 이럴래?"

"알았어. 말하면 되잖냐."

철정의 얼굴을 보며 진파는 진지하게 표정을 굳혔다.

"내가 깨보니 눈앞에 그 하오광이란 놈이 있더라. 날 발로 차서 깨우더니 내가 기분 나빠서 침 한번 뱉었다고 칼을 빼 드는 거야."

"뭐?"

"그래서 한바탕 놀아줬지. 자식이 완전히 깨졌거든. 내 앞에 무릎까지 꿇었다구."

철정은 믿을 수 없다는 듯 눈을 크게 떴다.

"정말이냐? 하 사형이 어떤 사람인데 너한테……."

"어떤 사람은, 아주 비겁한 개자식이더만. 진 게 분명한데 흙까지 눈에 뿌리고 암습하더라. 그래서 완전히 밟아줬다."

"그럴 수가……."

"아주 고자를 만들려고 했는데 니 숙부가 오셔서 관뒀다."

"숙부?"

"철극수란 분 말야."

"철 숙부가 오셨어? 지금 장에 계시냐?"

"그럴 거다. 근데 말이다……."

진파는 철정의 얼굴을 들여다보며 진지하게 물었다.

"그 하오광이란 놈하고 니 사이는 평소에 어떠냐?"

철정의 얼굴이 다소 굳어졌다.

"그건 왜 물어?"

"말에 엎혀 자는 널 보니까 뺨까지 된통 터진 데다가 수혈을 짚혔더

라. 그 하오광이란 놈이 한 짓이야. 네가 깰 수 없게 해놓고는 날 제압하려 한 거지. 무슨 꿍꿍이가 있었을 거다."

"그 말, 책임질 수 있는 거냐?"

철정의 목소리가 탁탁 끊어졌다.

"물론이다. 네 아버지도 인정하셨다. 지금 하오광 녀석은 네 숙부님이 취조하고 계실 거다."

"아버지가?"

"그래, 네 아버지가 그 자식이 한 짓을 계속 인정하지 않으시다 마지막에 마음을 바꾸셨다. 뒤처리를 네 숙부께 맡기고 내실로 들어가셨어. 많이 실망하신 모양이더라."

"그렇겠지. 유일한 희망이 사라졌을 테니……."

"유일한 희망? 아들인 네가 있잖냐?"

"아버진 날 믿지 않아."

철정의 차가운 목소리에 진파는 입을 다물었다.

철정은 고개를 숙이고 두 손으로 머리를 붙들었다. 얼마나 힘을 주었는지 열 손가락이 파르르 떨렸다.

머리를 감싸 쥐었던 철정이 벌떡 일어섰다.

"소화나 시키자."

무슨 말이냐는 듯 바라보는 진파에게 철정은 억지로 미소를 지었다.

"진짜로 붙어보자."

"지금?"

"지금."

철정의 어색한 웃음을 가만히 보던 진파가 벌떡 몸을 일으켰다.

"좋아!"

후원으로 나온 진파는 잔뜩 얼굴을 찌푸렸다.

"너, 지금 그걸로 하겠다는 거냐?"

"그래. 내가 철검십이식을 보여주마."

철정은 하오광이 들었던 것과 같은 크기, 같은 모양의 거검을 들고 서 있었다. 육 척이 넘는 검, 철정의 키만한 검이었다. 들고 휘두를 수나 있을까 싶은 검을 가슴 앞에 세운 철정의 기세는 당당했다.

진파는 더 이상 아무 말도 하지 않고 묵묵히 자세를 취했다.

두 손을 앞으로 세운 진파의 몸에서는 날카로운 기세가 솟구쳤다.

"와라."

진파의 말이 떨어지기 무섭게 철정의 검이 백사토신(白蛇吐信)의 수법으로 찔러왔다.

그러나 그건 백사토신이 아니었다. 두 손으로 검병을 움켜쥐고 찌르는 둔한 초식은 백사의 기세가 아니라 낮잠을 자는 능구렁이의 그것이었다.

진파는 제자리에서 조용히 오른손을 휘둘렀다.

중지를 꼿꼿이 세워 강렬히 검신을 튕겼다.

쨍 하는 소리와 함께 거검의 방향이 슬쩍 바뀌었다.

검의 진행 방향을 슬쩍 틀고서 진파의 몸은 미끄러지듯 앞으로 향했다. 유혼신법의 눈부신 움직임이 아니라 슬쩍 앞으로 내디디는 궁보의 변형이었을 뿐이다.

그런데도 철정은 진파에게 목을 제압당하고 말았다.

검의 무게를 이기지 못한 철정은 진파가 검을 튕기자 중심을 잃고 검에 딸려오다 단 한 수에 제압당하고 만 것이었다.

철정의 얼굴에 억울함이나 답답함은 없었다.

진파는 철정을 조용히 바라보았다.

"이게… 내가 펼치는 철검십이식이야……."

"이 검법이 네게 맞는다고 생각하냐?"

"아니……."

진파는 철정의 목에서 손을 떼었다.

철정은 툴툴 웃었다.

"우습지?"

"아니, 화난다."

"화?"

"네게도, 네 아버지한테도."

"아버지가 강요한 건 아냐. 이 검으로 철검십이식을 익히겠다 다짐한 건 나야."

진파는 철정의 얼굴을 묵묵히 바라보았다.

철정의 무표정한 얼굴 이면에 깔린 섬연한 고통이 전염돼 날카롭게 가슴을 찔렀다. 다시 기분이 더러워졌다.

"너, 진짜로 붙자고 했지? 이게 네 진짜냐?"

철정의 얼굴에 건조한 웃음이 떠올랐다.

"아니라고 보는 거냐?"

"널 안 지 하루도 안 되었지만 이렇게 니 몸에 안 맞는 검법에 만족하진 않았을 거라 생각해."

"쿡쿡. 재밌구나."

"뭐가?"

"내 아버지보다 니가 더 날 이해해 주니 말야."

“보여줘.”

“좋다.”

진파가 철정에게서 휙 하고 멀어졌다.

하오광과 싸울 때처럼 삼 장 정도 떨어진 채였다. 그것이 진파의 거리였던 것이다.

철정은 가슴 앞으로 검을 세운 것이 아니라 왼쪽 아래로 검을 늘어뜨린 채였다. 검의 무게를 거스르지 않고 자연스레 바닥에 끌리게 한 모습이 자연스러워 보였다.

“간다.”

“얼마든지.”

“하아―!”

철정의 몸이 빙글 회전했다. 육 척 거검의 날카로운 검끝이 철정의 회전력을 빌어 휘돌기 시작했다.

폭풍과 같은 경기가 사방으로 비산했다.

검의 힘을 이기려는 검법이 아니었다. 검의 힘에 몸을 맡긴 검법.

진파는 두 눈을 부릅떴다.

같은 사람이 펼치는 검법이라고는 믿을 수 없었다.

왼쪽 어깨로 번개같이 떨어지는 철정의 철검은 단칼에 상대를 베겠다는 삼엄한 의지를 담고 있었다.

진파는 철정의 검세를 비스듬히 피하며 오른쪽으로 빠져나갔다.

“카아―!”

온 힘을 끌어 모으는 박력있는 기합성이 터졌다.

진파가 몸을 피해 그대로 바닥에 내리 꽂힐 듯하던 거검을 철정은 어깨로 튕겨냈다. 손목을 비틀어 검을 반(半)회전시킨 후 검신을 몸으로 튕겨냈던 것.

단숨에 반호흡을 단축한 철정의 검이 오른쪽으로 도는 진파를 노리고 다시 일도양단의 기세로 떨어져 내렸다.

"헛!"

진파는 특유의 유혼신법을 이용해 삽시간에 거리를 늘렸다. 이렇게 가까운 거리에선 연혼사가 제 위력을 발휘할 수 없었기 때문이다.

두 번이나 검을 튕겨내는 것은 무리였던지 철정의 검이 그대로 땅에 내리 꽂혔다.

콰앙!

바닥에 깔린 청석이 부서져 돌가루를 흩날렸다.

철정은 히죽 웃었다.

"어떠냐?"

진파도 마주 웃었다.

"그런대로. 아직까지 감동할 정도는 아냐."

"흥! 놀라서 소리까지 친 놈이!"

"다시 와봐. 아까보다 쓸 만한 건 확실하니까."

"곧 형님 소리 나오게 해주마. 하앗!"

철정의 몸이 다시 회전을 시작했다. 철검이 철정을 따라 휘돌기 시작했다. 이제까지 보였던 상하의 베기가 아니라 좌우로 갈라 들어오는 거검이 날카롭게 진파를 노렸다.

'멋지군.'

진파는 진정 감탄했다.

철검십이식을 펼칠 때는 검의 힘을 이기지 못해 어쩔 줄 모르던 철정이 검과 하나가 되어 광풍노도처럼 덮쳐 오고 있었다. 이런 검법을 갖고 있으면서도 왜 철검십이식을 고집하는 것일까? 진파는 알 수 없었다. 그것이 부자 간인 것일까? 진파로서는 느낄 수 없는 감정이었다.

진파가 드디어 오른 손목을 떨쳤다.

츄릿 하는 연혼추 특유의 사이한 소리가 허공을 찢었다.

철정은 머리를 노리고 날아오는 연혼추를 검으로 튕겨내지 않았다.

회전을 하면서도 어떻게 공간을 파악했는지 몸을 낮추며 그대로 진파의 배면으로 뛰어들었다.

"그렇겐 안 되지!"

진파의 몸이 퍽 하고 사라져 순간적으로 뒤로 이동했다. 하오광과 싸울 때 보여준 바로 그 움직임이었다.

철정의 뒤로 스치고 지나간 연혼추가 진파의 손짓을 따라 역으로 돌아 철정의 뒷머리를 노렸다.

츄릿 하는 소리가 따라오자 깜짝 놀란 철정이 거검의 회전을 한 치가량 높였다.

따앙 하는 쇳소리가 울리며 연혼추가 튕겨 올랐다.

그러나 진파의 얼굴에는 회심의 미소가 어렸다. 진정한 연혼추의 위력은 이때부터였기에.

허공으로 튕겨져 올랐으나 진파의 작은 손짓을 따라 연혼추가 급격히 방향을 바꾸었다.

츄릿 하는 소리가 울렸으나 철정은 연혼추의 공격을 무시하고 그대로 돌진했다.

'어쭈! 몸으로 때우시겠다?'

연혼추의 공격이 결코 몸으로 때울 정도로 시시한 게 아니라는 것은 진파 자신이 너무나 잘 알고 있었다. 연혼사를 조정하는 데 익숙하지 않을 때 얼마나 많이 맞았던가. 한 대 맞으면 삽시간에 정신이 몽롱할 정도로 강력한 강도를 가진 것이 바로 연혼추였다.

과연 철정의 입에서 고통 어린 비명이 터졌다.

"컥!"

그러나 철정은 멈추지 않았다.

등을 맞아 내부가 진동해 입가에 피를 흘리면서도 검의 손잡이를 놓지 않았다. 회전력에 검의 무게까지 더해진 철정의 철검이 진파의 허리를 노리고 쇄도했다.

"엇!"

진파의 몸이 뒤쪽 허공으로 훌쩍 떠올랐다. 철정의 검을 간발의 차이로 피한 진파는 그대로 양팔을 쫘악 펼쳤다.

하오광을 난타했던 바로 그 초식이었다. 연혼탄(練魂彈)!

철비갑 하나에 각각 열 개씩 내장된 연혼추 스무 개가 철정의 온몸을 노리고 쏘아졌다. 오른손에서 쏘아진 연혼추에서는 찢어질 듯한 귀곡성이 울렸지만 왼손에서 쏘아진 연혼추는 아무런 소리도 내지 않았다.

츄리리리리리릿—

철정의 눈이 찢어질 듯 부릅떠졌다.

"타핫—!"

철정의 몸이 그 자리에서 회오리바람처럼 휘돌았다. 철정의 몸이 한 번 돌 때마다 철검의 쾌도가 조금씩 변했다. 움푹 땅이 파일 정도로 맹렬히 회전하는 철정의 몸은 언뜻언뜻 형체가 드러나 연혼추를 모두 피할 것 같지는 않아 보였다.

바로 그때였다.

"멈춰랏!"

엄청난 고함이 터지며 시꺼먼 그림자가 둥실 바닥에 모습을 드러냈다. 하늘도 갈라 버릴 듯한 세찬 기세로 내리 꽂힌 그림자가 진파의 연혼추를 모두 튕겨냈다.

따따따따따따땅!

요란한 쇳소리가 울리며 진파의 연혼추가 허공으로 흩어졌다.

진파는 그대로 양팔을 뻗쳐 연혼사를 회수했다. 연혼사의 끝에 달린 연혼추가 모두 철비갑으로 빨려들어 장착되었다.

"이게 무슨 짓인가!"

삼엄한 목소리가 울렸다.

철가장의 장주, 철극양이었다.

"그냥 비무일 뿐입니다."

"비무? 마병(魔兵)을 쓰면서 지금 비무라 했나?"

"마병이라니오? 그냥 추의 일종일 뿐입니다."

"연혼사가 마병이 아니면 무엇이 마병인가?"

진파는 멈칫했다. 철극양이 연혼사의 이름을 알고 있는 것은 뜻밖이었다. 자신도 이 기병의 유래를 모르고 있었다. 그저 손에 맞고 흥미가 가서 열심히 익혔을 따름이었다.

"저는 무슨 말씀이신지 모르겠는데요."

철극양은 무언가를 말하려 하다가 꾸욱 입을 다물었다.

잠시 진파를 노려보던 철극양은 휙 몸을 돌려 철정에게 걸어갔다.

"아버지……."

짜악!

날카로운 소리가 울렸다.

회전을 멈추고 어깨를 헐떡대던 철정이 그대로 땅바닥에 나뒹굴었다.

"무슨 짓입니까!"

진파가 번개같이 몸을 날려 쓰러진 철정의 앞을 가로막았다.

순식간에 나타난 진파의 신법이 놀라웠는지 철극양은 눈썹을 꿈틀했으나 목소리에는 분노가 가득했다.

"자네가 상관할 바가 아니네. 비키게!"

"못 비킵니다!"

진파의 얼굴은 시뻘겋게 상기되어 있었다.

"이건 우리 부자 간의 문제네!"

"잠룡쟁패가 그리 중요합니까? 인정받지 못한 비무 좀 했다고 참가를 막는다는 게 말이 됩니까? 말도 안 되는 걸 바꾸려 하지는 않고 자식만 나무라다니! 비겁합니다!"

철극양의 얼굴이 싸늘하게 굳었다.

"사정을 모르면서 함부로 입을 놀리는군."

"그럼 다른 이유라도 있습니까? 그게 뭡니까? 그게 뭐기에 자식 뺨을 그렇게 마구 치는 겁니까?"

진파는 철극양에게 쏘아대다 말을 멈췄다. 어깨에 손길이 느껴졌기 때문이다. 철정의 손이었다.

"그만 해라. 아버지 말씀이 맞아."

"뭐? 야 임마!"

"아버지야."

진파는 더 이상 말을 잇지 못했다. 철정의 얼굴에 깔린 허탈한 기색에 아무 말도 할 수 없었다.

"그리고 다른 이유도 있어. 좀 비켜주라."

힘없는 철정의 말에 진파는 스르르 물러섰다.

철정이 포기한 듯한 눈으로 철극양을 바라보았다.

철극양의 눈은 불이라도 뿜을 듯 이글거렸다.

"언제부터냐?"

"……."

"언제부터 광풍검(狂風劍)을 익혔냔 말이다!"

"……."

"말을 하지 못할까!"

"…숙부님이 사 년 전, 장을 떠나시기 전에 전수해 주셨습니다. 제가 졸랐습니다."

철극양의 손이 번쩍 하늘로 치켜 올라갔다.

철정은 묵묵히 철극양을 바라볼 뿐이었다.

으스스한 음성이 울렸다.

"광풍검이 우리 장에 어떤 치욕을 가져왔는지 잊었느냐!"

"아버님은… 그것이 치욕스러우십니까?"

"네 숙부 덕에 철가장이 어떤 꼴을 당했는지 몰라서 하는 말이냐!"

철정은 철극양을 바라보며 또박또박 대답했다. 그의 음성엔 어느새 힘이 실려 있었다.

"압니다. 철검십이식을 기초로 광풍검을 창안하셔서 승승장구하셨던 숙부님을. 화산의 태현 진인에게 도전해 팔을 잘리셨지만 패하고도 진정 무인다웠던 그 모습을."

"이놈! 그 후에 화산의 속가인 우리가 어떤 핍박을 당했는지는 까맣게 잊었더냐! 그걸 막아내고자 내가 어떤 치욕을 겪었는지 잊었더냐!"

"잊지 않았습니다. 가문의 영광을 이끄신 숙부님을 내치시고 광풍검을 금하셨지요. 분노한 화산파를 달래시려고 온갖 개 같은 일을 다 하셨지요."

"이놈!"

철극양은 자신의 철검을 뽑아 들고 머리 위로 치켜들었다. 그의 얼굴이, 팔이, 검이, 온몸이 부들부들 떨렸다.

철정은 그런 아버지를 무방비 상태로 멍하니 바라보았다. 철정의 눈에서 한줄기 눈물이 흘러내렸다.

"철가장이 가장 철가장다웠을 때는 숙부님과 아버님이 함께 강호를 종횡하던 그때였습니다."

그 말을 끝으로 철정이 눈을 감았다.

철극양은 부들부들 손을 떨었지만 차마 검을 내려쳐 아들을 가르지는 못했다.

철극양이 홱 몸을 돌렸다. 비틀거리며 걸어가기 시작했다. 철정은 멀어지는 아비의 등을 물끄러미 바라보고 서 있었다.

그때, 진파의 고함이 철극양의 걸음을 붙들었다.

"그래, 사정이라는 게 겨우 그겁니까? 겨우 그따위 거였어요?"

철극양은 고개를 돌려 진파를 바라보았다.

그의 눈빛에는 한 점의 힘도 실려 있지 않았다.

진파는 목소리를 더 높였다.

"철정이가 얼마나 강한지 보셨죠? 그 하오광이란 놈보다 더 강해요! 그럼 된 것 아닙니까?"

"자네가… 생각하는 것처럼 강호는 간단하지 않네."

"뭐가 그리 복잡해요! 철정이는 철검십이식이 몸에 맞지 않아요! 광풍검을 쓸 때 제 실력을 발휘할 수 있다고요. 광풍검은 철가장의 무공이 아닙니까? 광풍검도 철가장 무공이잖아요!"

철극양의 얼굴에 씁쓸한 웃음이 맴돌았다.

"쓸 수 없는 무공이지."

"화산파 눈치를 보느라고요? 정말 답답하네요!"

"그게 강호일세……."

"그건 장주님의 강호지, 우리의 강호는 아니죠!"

"……."

철극양은 묵묵히 진파를 바라보았다. 어느새 몸을 완전히 돌려 진파를 마주 보고 있었다.

"자네들의 강호라 이건가……?"

"그렇죠! 소수마후가 나타난 것 들으셨지요? 더 이상 평화 어쩌구 하는 그런 강호가 아니란 말입니다! 이것저것 따질 필요가 없는 강호라구요! 그게 우리 강호라구요!"

철극양의 얼굴에 서서히 미소가 피어오르기 시작했다.

진파의 얼굴에도 미소가 떠올랐다.

"참 유치찬란, 단순무식한 구분이로군."

"뭐예요!"

"잘들 해보게."

철극양이 피식피식 웃으며 몸을 돌렸다.

"이봐요! 아저씨! 기다려요! 말을 끝까지 하고 가서야 할 것 아니에요!"

진파의 고함이 계속해서 들렸으나 철극양은 아무 말 없이 걸음을 옮겼다.

‘그래, 이제 평화의 시대가 끝난 것이지. 우리 시대도 끝난 것인가? 너희의 강호……. 그래, 그래야지.’

그의 얼굴에는 짙은 웃음이 떠올라 있었다.

‘고맙네…….’

철극양은 철정에게 전음을 보냈다.

“좋은 친구가 생겼구나……. 네 검은 확실히… 쓸 만했다…….”

눈물을 흘리던 철정의 얼굴에 감격의 빛이 떠올랐다.

진파의 악쓰는 소리가 철정의 처소를 계속 떠들썩하게 울리고 있었다.

제5장 장부이립(丈夫而立)

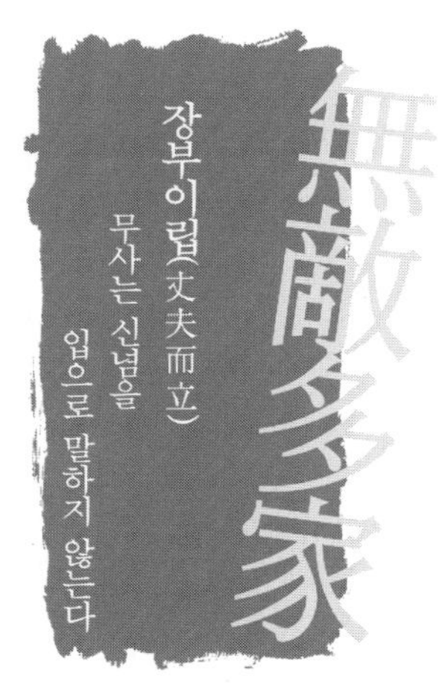

진파는

멀어지는 철극양의 뒷모습을 보며 계속 악을 쓰다 제풀에 지치고 말았다. 옆을 쳐다보니 철정이 하늘을 바라보고 있었다. 눈물을 흘리며 웃고 있었다. 환희에 가득 찬 웃음.

진파는 어이가 없었다.

"야, 너 뭐야? 왜 울다 웃어?"

철정의 정신 구조가 참으로 궁금했으나 진파는 더 이상 말을 잇지 못했다.

진파와 철정의 곁으로 다가오는 아리따운 두 명의 소저를 발견했기 때문이다.

눈이 휘둥그레졌다.

머리털 나고 처음 보는 미녀들이었다.

사뿐사뿐 다가오는 흰 경장을 걸친 소녀는 환한 웃음을 머금었고 끌려오듯 뒤따라오는 소녀는 다소 주춤거렸다. 진파의 시선은 재빨리 소녀들의 전신을 접수했다.

훌륭했다.

진파는 하늘을 보며 울다 웃는 칠정의 옆구리를 쿡쿡 찔렀다.

"야… 야……."

"응?"

재빨리 얼굴을 훔치며 진파를 바라본 칠정은 진파의 눈짓을 따라 고개를 돌리다 두 소녀를 발견했다.

"어? 이 시간에 어쩐 일이오?"

칠정의 얼굴이 환해졌다.

칠정이 앞으로 달려갔다.

아리따운 두 소저 중 앞서 오던 소녀가 마주 달려와 칠정의 손을 맞잡았다. 둘은 손을 맞잡고 서로 그윽한 눈빛으로 쳐다보았다. 소녀의 얼굴색이 확 변했다.

"얼굴이 왜 이래요?"

"무공 수련을 하다 좀 다쳤소. 금세 나을 거요."

소녀는 칠정의 얼굴을 쓰다듬다 그 품에 폭 안겼다.

"보고 싶었어요."

"나도 그렇소!"

두 명이나 보고 있건만 꽉 끌어안는다.

뒤따르던 소녀가 부끄러운지 슬쩍 고개를 틀었다.

진파는 헤 입을 벌리고 칠정을 바라보았다.

'저 자식, 정혼녀가 있는데도 버젓이!'

한편으론 이해도 갔다.

아마 선지애는 집안에서 맺어준 여자이리라.

가뜩이나 가문에 얽매여 사는 철정이 집안에서 정한 혼사를 거부할 수는 없었을 터.

진파는 철정을 이해하기로 했다.

친구의 여자 관계까지 관여할 필요는 없지 않은가. 더구나 선지애의 그 얼굴, 꿈에 볼까 두려웠다.

'그래… 고통스러웠을 거야. 자식, 장가도 맘대로 못 가다니.'

다시금 철정의 처지에 동정심이 솟구쳤다.

내심 고개를 끄덕이던 진파는 문득 무언가 어색함을 느꼈다.

'음?'

이상스럽게도 철정과 끌어안고 말을 하는 소녀의 목소리가 어디선가 들은 듯했다. 잘 잤느니, 밥은 먹었느니 하는 옥구슬 굴러가는 듯 영롱한 목소리.

'분명 들은 목소린데…….'

철정에게 안긴 채로 소녀가 빼죽 고개를 내밀었다. 티끌 하나 없는 깨끗한 얼굴이었다.

진파의 가슴이 두근! 하고 철렁였다. 그만큼 매력적인 얼굴이었다.

"진 소협, 밤새 안녕하셨나요?"

"아… 예. …예?"

'밤새? 저, 저 목소리는!'

진파는 영롱한 그 목소리를 어디에서 들은 것이었는지 그제야 깨달았다. 온몸에 소름이 쭈욱 돋았다. 그녀는 바로 철정의 정혼녀 선지애였다.

'저, 저 얼굴, 인피면구겠구나! 아…… 젠장, 원래 가면을 쓰고 다니는구나! 그래, 감추고 다니는 게 도와주는 거긴 하지. 젠장! 미리 말을 해줘야 했을 거 아냐! 아아아아악!'

벌써 두 번째다. 선지애의 목소리에 가슴이 떨린 것이.

전신에 맥이 쭉 빠졌다. 허탈했다.

잠시나마 두근거렸던 심장 고동이 급격히 식었다. 철정에 대한 동정심도 씻은 듯 사라졌다. 역시 취향이 괴상한 놈임에 틀림없다.

선지애가 진파를 향해 씽긋 웃었다. 너무나 자연스럽고 아름다운 웃음에 진파는 허탈한 와중에도 감탄했다.

'대단한 인피면구구나. 표정까지 저리 자연스럽다니.'

철정이 선지애를 안은 손을 풀고 진파에게 고개를 돌렸다.

"어제랑 얼굴이 달라서 못 알아보겠지? 이게 지애 본얼굴이야."

"뭐?"

진파는 경악성을 내뱉었다.

그럼 어제 그 얼굴이 인피면구란 말인가? 뭐가 어떻게 돌아가는 건가!

철정의 말이 이어졌다.

"낮에는 본얼굴이 되는데 밤에는 음기가 머리로 올라가 얼굴이 부어."

진파의 얼굴이 일그러졌다.

"지금 그 말을 나보고 믿으란 거냐?"

"아닌 거 같지? 근데 사실이야."

"처음 본 사람들은 모두 진 소협처럼 놀라요. 이상하게 들리겠지만 저희 가문 내력이랍니다. 몇 대에 한 번 나오는데 제가 그렇게 태어났어요."

선지애가 진지한 어투로 말하자 믿지 않을 수도 없었다. 자기 얼굴이 밤에는 메기로 변한다고 고백하는 여자도 있을 것인가.

진파가 선지애에게 물었다.

"평생 그렇다는 말입니까?"

"그렇진 않아요. 부부의 연을 맺은 사람이 음기를 제거해 주면 몇 년 후엔 깨끗이 증상이 사라지죠. 우리가 이렇게 자주 붙어 안는 것도 그 일환이에요. 양가에서도 인정해 주는 것이죠. 지금처럼 밤에만 얼굴이 붓는 것도 다 철랑이 열심히 치료해 준 덕이죠."

진파는 고개를 끄덕였다. 그제야 철정이 태인 도장의 꾸지람에도 동요가 없었던 것을 이해할 수 있었다.

철정이 선지애에게 고개를 돌리며 물었다.

"그런데 이분 소저는 누구시지?"

"오는 길에 봉변을 당하고 있기에 내가 도와줬어요. 별 이상한 놈이 추근대고 있더라구요. 몇 대 패줬는데도 계속 따라오는데 철랑이 빨리 보고 싶어서 그냥 무시하고 함께 왔어요."

철정이 언뜻 보니, 불량한 놈들이 집적대기 딱 좋은 순한 얼굴이었다. 어딘가 빈틈이 엿보이는 소녀였다.

"저… 죄송합니다. 너무 곤란해서 일단 따라오긴 했는데……."

"아니, 괜찮습니다. 서로 돕고 살아야지요. 지애와 동무가 되어주시면 좋지 않습니까?"

선지애가 철정의 팔짱을 끼었다.

"맞아요, 철랑. 오는 길에 벌써 많이 친해졌는걸요. 당분간 검선장에 머물기로 했어요."

"잘되었구려."

다정히 정담을 나누는 세 명의 선남선녀.

외따로 떨어져 그들과 유리된 진파는 부글부글 속이 끓어올랐다.

'자식, 여복은 타고난 놈이로구나! 으으! 빨리 그 소저한테 나를 소개시키란 말이다! 이 의리없는 놈!'

그러나 그럴 기회가 없었다.

헐레벌떡 달려온 몸종이 선지애에게 호들갑을 떨어 진파는 한마디 건넬 기회조차 놓치고 말았다.

"아가씨, 큰일났어요."

"무슨 일이야?"

선지애는 자신을 수행하여 따라온 청아에게 의아한 듯 물었다.

"아까 그 이상한 놈이 철가장까지 따라왔지 뭐예요?"

"뭐야?"

선지애의 눈썹이 날카롭게 올라갔다.

"그런 뒷골목 개뼉다귀 같은 놈이 감히 여기까지 쳐들어와? 정말 겁이 없는 놈이네. 좋게 끝내려 했더니!"

"어, 어쩌면 좋아요?"

선지애를 따라온 소녀가 겁에 질린 듯 지애의 소매를 붙잡았다.

철정이 미간을 찌푸리며 청아에게 물었다.

"호장무사들이 무얼 하기에?"

"그게… 보통 놈이 아닌 것 같아요."

"무슨 소리야? 영 별 볼일 없는 놈이던데……."

선지애의 말에 청아는 고개를 저었다.

"철가장 호장무사들이 손을 쓰지 못하고 있어요. 무서운 고수인가 봐요."

“그럴 리가?”

철정이 고개를 흔들었다. 철가장의 대문을 지키는 호장무사들의 무위는 얕잡아볼 수 있는 것이 결코 아니었다.

그때, 진파가 철정의 어깨를 잡았다.

철정이 돌아보자 진파는 낮게 깔린 저음의 목소리로 단호하게 말했다.

“가보세.”

대답을 기다리지 않고 진파가 휙 하니 몸을 날렸다.

선지애가 양손을 맞잡았다.

“정말 진 소협의 협기는 대단하다니까요.”

철정이 두 소녀를 보며 말을 건넸다.

“우리도 함께 가도록 하지요.”

청아를 대동한 채 천천히 걸어가며 철정은 실소를 지었다.

‘자식, 여자 앞에서 재고 싶다 이거지? 잘해봐라. 흐흐.’

진파는 서둘러 몸을 날렸다. 철가장의 대문에 도착하자 달리던 탄력을 이용해 그대로 담을 뛰어넘었다.

척 하고 담에서 뛰어내려 서니 세 명의 덩치 큰 철가장 호장무사들이 보였다.

인기척 소리에 뒤를 돌아보던 무사 하나가 진파를 알아보고 호들갑을 떨었다.

“아이구, 진 소협, 잘 오셨습니다.”

진파가 보니, 잔머리 대장 송현근이었다. 철극수를 따라가더니 하오광을 옮겨만 놓고 제자리로 온 모양이다.

“무슨 일입니까?”

“저놈이 자기 여자 내놓으라고 저 난리를 치지 뭡니까?”

시선을 돌리니, 뒤로 넘어질 듯 배를 내밀고 있는 장발의 사내가 보였다. 삼십대 초반쯤 되어 보이는 얼굴에 잔뜩 살이 올라 느끼한 기름이 흐르는 것이 한눈에도 호색한처럼 보였다.

“저놈인가요?”

“예. 한가락 하는지라 저희가 어쩔 줄을 모르고 있던 참입니다. 정말 잘 오셨습니다.”

진파는 사내의 발밑에 엿가락처럼 휘어져 꺾여 있는 철봉들을 발견할 수 있었다. 엄지손가락 네 개를 합친 듯한 굵은 철봉이 그야말로 다양한 곡선을 그리며 휘어져 있었다. 멀쩡한 철봉들도 흩어져 있는 것을 보니 힘 자랑을 하다 그만둔 모양이었다.

“저게 저자가 한 짓입니까?”

“예. 저희도 힘깨나 쓰지만 내공을 쓴다고 해도 저런 철봉을 휘지는 못합니다. 게다가 저걸 보십시오.”

송현근의 손끝을 따라 눈을 돌리니 십여 장 밖의 거대한 나무가 중동이가 뚝 끊어진 채 부러져 있었다.

“호~ 저것도 저자의 솜씨입니까?”

“예. 그 자리에서 장력을 발출했는데 아무런 기척도 없이 저런 결과를 만들어냈습니다. 방금 전 벌어진 일이지요.”

진파는 우두둑 목을 꺾었다.

전의가 불타올랐다.

그렇지 않아도 철정과 손을 섞다 말아 몸이 찌뿌드드하던 참이었다. 일석이조란 이런 것을 가리키는 말일 게다. 깨끗이 상황을 정리해 놓으면 선지애를 따라온 그 소저와 좀 더 가까워질지도 모른다.

진파가 뚜벅뚜벅 다가가 사내의 일 장 앞에 섰다.

호색스럽게 생긴 느끼한 사내가 진파를 향해 눈을 부라렸다.

"빨리 내 여자를 돌려주지 않고 뭘 하는 거냐!"

"당신 여자? 누가?"

"나를 향해 연모의 정을 불태우던 그 낭자를 이곳에서 납치하지 않았느냐! 그것은 있을 수 없는 일이다!"

턱을 젖히며 큰 소리로 말하는 사내의 태도는 어딘가 좀 어색했다.

진파는 산에서 수련하며 숱한 짐승과 마주쳐 봤기에 잘 알고 있었다. 맹수는 결코 쓸데없이 울부짖지 않는다. 똥개만 왕왕 짖을 뿐.

"그 소저는 그렇게 말하지 않던데?"

"무슨 소리! 온 세상의 여자들은 날 한 번 보기만 하면 반하게 되어 있어!"

진파의 얼굴이 묘하게 일그러졌다.

"당신 얼굴을 보고?"

"그렇다."

사내가 다시 배를 내밀었다. 자세히 보니 옆구리 살이 살짝 삐져 나와 있었다. 단련을 거듭하는 무인에겐 있을 수 없는 살이었다.

진파는 픽픽 웃기 시작했다.

"당신, 거울은 보나?"

"물론이다. 이 몸은 한시도 거울을 몸에서 떼지 않느니! 제대로 된 화화공자라면 누구나 그렇다!"

자기 입으로 자기가 화화공자라는 놈도 처음 보았다.

진파는 마침내 흐흐 하고 소리를 내어 웃었다.

“니 얼굴에 화화공자면 난 천하제일 화화대제다.”

“놈!”

사내의 얼굴이 갑자기 싸늘하게 굳었다.

“왜?”

“감히 내 앞에서 천하제일이라는 말을 내뱉다니!”

“그럼 니가 천하제일이냐?”

“그렇다! 이 몸은 천상천하 유아독존 화화대제 고전륜(高轉輪)님이시다! 음화화화화화화홧!”

진파는 고전륜의 엄청난 자화자찬에 배를 움켜잡았다.

“아하하! 지금 아는 말 다 쓰는 거야?”

고전륜이 싸늘한 눈으로 진파를 쏘아보았다.

“잘 봐라! 감히 이 몸에게 도전하면 어떻게 되는지!”

고전륜이 옆으로 몸을 틀며 오른손을 힘차게 떨쳤다. 그러나 아무 소리도 나지 않았다. 그저 옷소매가 한 번 펄럭 했을 뿐이었다. 주변에도 아무 변화가 없었다.

“응?”

고전륜이 다시 옷소매를 펄럭였다. 역시 아무런 일도 없었다.

파라라라락 옷소매를 펄럭이며 열심히 주먹을 내뻗었지만 고전륜이 쏘아보는 십여 장 밖의 나무에선 아무 일도 일어나지 않았다.

고전륜의 이마에서 땀방울이 흘러내렸다.

진파가 다정스레 말을 건넸다.

“힘들면 좀 쉬었다 하지 그래?”

고전륜이 슬쩍 눈을 꼬아 진파의 눈치를 보았다. 진파는 팔짱을 끼고 실실 웃기만 할 뿐, 아무런 동작도 취하지 않았다. 고전륜은 돌연 하늘을 바라보며 대소를 터뜨렸다.

"음화화화화화홧! 지금 네 눈에는 보이지 않겠지만 백 장 밖의 나무들이 모두 뿌리째 날아갔느니!"

"오~ 그러셔?"

"그렇다! 천상천하 유아독존 화화대제의 말씀은 모두가 진실뿐이로다!"

"발밑의 철봉들도 당신이 휘어놓은 건가?"

"그렇다!"

"그럼 다시 펼 수도 있겠네?"

"감히 천하제일 고전륜님을 시험하겠다는 거냐?"

"나는 못 봤으니 다시 한 번 보여줘. 뭔가 눈에 보이는 걸 보여줘야 당신의 실력을 알 거 아니겠어?"

고전륜은 팔짱을 끼고 턱에 손을 고였다. 무언가 진지하게 생각하듯 고개를 흔들기도 하고 끄덕이기도 하는 품이 제법 있어 보였다. 마침내 고전륜이 크게 선심을 쓴다는 듯 고개를 끄덕였다.

"알았다. 내 너에게 진정한 천하제일인의 힘을 보여주마."

"기대할게."

고전륜은 허리를 구부려 동그랗게 휘어진 철봉 하나를 들었다.

"아니, 천하제일인 정도 되면 허공섭물로 멋지게 봉을 잡아야 하는 거 아냐?"

고전륜은 얼른 허리를 폈다.

"음… 음화화화홧! 그런 쓸데없는 일에 진력을 낭비하는 것은 초보들이나 하는 짓이다."

"그렇구나. 좋은 걸 배웠네. 그럼 어서 보여줘."

"잘 봐라."

그때, 끼익 하며 대문이 열리는 소리가 들렸다. 철정과 선지애였다. 그들의 뒤에는 겁에 질린 표정의 소녀와 청아가 딱 붙어 있었다.

고전륜은 선지애와 청아, 그리고 선지애의 등 뒤에 숨어 있는 소녀를 보자 흡족한 웃음을 터뜨렸다.

"역시, 역시! 낭자들이 나를 그리워한 나머지 직접 마중을 나왔구려. 자, 어서 함께 푸른 나무 우거진 나의 집으로 갑시다!"

고전륜은 무대포로 어형 소리를 지르며 소녀에게 달려갔다.

진파가 얼른 앞을 가로막았다. 슬쩍 뒤를 살피니 선지애의 등 뒤에 숨은 소녀가 겁먹은 눈으로 진파를 바라보고 있었다. 처음 보는 눈길인데 어디선가 본 듯한 익숙한 눈빛이었다.

'어? 내가 저렇게 예쁜 소저를 기억 못할 리가 없는데? 어디서 봤지?'

진파는 소녀에게 안심하라는 듯 고개를 끄덕여 주었다. 소녀도 얼굴을 붉히며 살짝 고개를 끄덕였다.

'오! 저 표정!'

가슴이 콩 하는 것을 느끼며 진파는 흐뭇한 기분을 감출 수 없었다.

기분이 좋아진 진파는 고전륜에게 고개를 돌리며 은근한 어조로 권했다.

"그렇게 서두르면 어떻게 해? 일단 당신이 천하제일이란 걸 소저들 앞에서 증명해야지. 안 그래?"

"그, 그런가?"

"그럼! 천하제일인을 싫어하는 여자가 어디 있겠어?"

"암, 그렇지! 소저들, 나의 위대한 힘을 보시오!"

고전륜은 신이 난 표정으로 구부러진 철봉을 양손에 잡고 한소리 기
합을 질렀다.

"합!"

천천히 철봉이 펴지기 시작했다. 별다르게 힘을 쓰지도 않아 보였는
데 검은 광택이 도는 철봉이 엿가락처럼 움직였다.

"호……."

진파가 감탄한 듯 고개를 끄덕였다.

송현근이 기성을 질렀다.

"허억! 저럴 수가!"

완전히 철봉을 편 고전륜이 의기양양하게 턱을 젖혔다.

"봤냐?"

"그거 나 줘봐. 나도 좀 해보자."

"아, 안 된다. 이것은 내 무기기도 하다. 어, 어찌 타인에게 무기를
준단 말이냐? 강호도의에 어긋나는 요구를 하지 마라."

"강호도의 같은 소리 하네. 나 그런 거 몰라. 그리고 천하제일인이
치사하게 왜 그래? 나 도둑 아니야. 걱정 말고 줘봐."

진파가 한 걸음 다가서자 고전륜이 한 걸음 물러섰다.

순간 진파의 몸이 흐릿해졌다.

"엇!"

유혼신법을 써 순식간에 철봉을 빼앗은 진파가 양손으로 봉을 움켜
잡았다.

"도, 돌려줘!"

고전륜이 달려들었으나 진파는 슬쩍 몸을 돌리며 딴죽을 걸었다. 저
잣거리에서나 통할 수법이었으나 고전륜은 먼지를 풀썩이며 요란하게

딩굴었다.

"이, 이 자식!"

얼굴이 시뻘겋게 달아오른 고전륜은 갑자기 안색이 흙빛으로 변했다.

진파가 왼팔에 철봉을 둘둘 마는 것을 보았던 것이다.

세 명의 철가장 호장무사들이 탄성을 질렀다.

송현근의 함성이 제일 컸다.

"굉장하다—!"

철정이 쯧쯧 하며 혀를 찼다.

"왜 그러십니까, 소장주님?"

"저기 바닥에 뒹구는 철봉들 좀 가져와 보세요."

송현근이 서너 개의 철봉을 가져왔다.

철정은 선지애에게 한 개, 소녀에게 한 개, 그리고 청아에게 한 개를 주었다.

"자, 한번 휘어보시오."

무심결에 철봉에 힘을 주었던 청아가 교성을 질렀다.

"어머!"

철봉의 중동이가 단번에 휘어졌다.

선지애와 소녀도 철봉을 단번에 휘었다.

철정이 혀를 찼다.

"어떻게 이따위 하류 수법에 속았단 말입니까? 이건 보기만 그럴 듯하지 연철입니다. 이거 보세요."

철정은 목 뒤에 철봉을 얹고 휘휘 휘감았다. 두꺼운 목걸이처럼 철봉이 완벽히 원을 그리며 철정의 목에 감겼다.

송현근의 얼굴이 붉게 상기되었다.

"내 이 자식을!"

휙 고개를 돌렸으나 이미 고전륜은 발에서 불이 나라 달리고 있었다.

진파가 휙 손을 휘둘렀다.

"어이, 천하제일인! 이거 가져가야지?"

어느새 폈는지 곧게 뻗은 철봉이 투창처럼 날아갔다. 철봉은 고전륜의 엉덩이에 정확히 꽂혔다.

"아아아아아악!"

어딜 맞았는지 구슬픈 비명을 지르며 고전륜이 푹 하고 엎어졌다.

엎어진 고전륜의 양 엉덩이 사이에는 수직으로 철봉이 꽂혀 흔들리고 있었다.

"어? 왜 하필 거기야?"

진파가 어이없다는 듯 볼을 긁었다. 소저들 앞에서 보이기엔 다소 거시기한 광경이 연출된 것이다.

철정이 송현근에게 지시했다.

"적당히 혼내주고 다시는 장난치지 못하게 하세요."

송현근과 두 무사가 쓰러진 고전륜에게 달려가자 철정은 진파에게 손짓했다.

"우린 들어가자. 하하하! 지저분하게 왜 그런 델 쑤시고 그래?"

"우, 우연이야."

다소 얼굴이 붉어진 진파를 보며 선지애가 깔깔거리며 웃었다.

"속이 너무너무 시원해요. 잘하셨어요, 진 소협!"

철가장으로 들어가면서도 철정과 선지애는 웃음을 멈추지 않았다.

진파와 소녀의 얼굴은 붉게 달아올라 있었다.

그때쯤 쓰러진 고전륜을 포위한 송현근 등 삼 인도 피식거리며 웃고 있었다.

땅 냄새가 고소한지 바닥에 얼굴을 처박은 고전륜은 계속 아고고 소리를 외치고 있었다.

송현근이 철봉을 잡고 빙글 돌렸다.

"아아아아악!"

"아이구, 이거 깊숙이도 박혔구만."

송현근의 어깨를 툭 친 호장무사 한 명이 철봉을 건네받았다.

"자네, 내가 강남 출신인 거 알지?"

"알지. 왜?"

"오묘하게 박힌 이 철봉을 보니, 예전에 놀던 그 생각이 나는구만. 노래가 생각나."

"무슨 노랜가?"

호장무사는 곧 철봉을 두 손으로 휘저으며 구성진 목소리로 뱃노래를 부르기 시작했다.

박장대소가 터졌다.

고전륜의 비명 소리가 추임새를 넣듯 꽥꽥 이어졌다.

"에… 저는 진파… 라 합니다."

"저, 저는… 이(李)… 벽화(碧華)… 예요."

얼굴이 빨개진 채 고개를 숙이고 자기소개를 하는 진파와 이벽화를 보며 철정은 실소를 머금었다.

"이놈 이제 보니 아주 쑥맥이구나. 어제는 그렇게 뻔뻔스럽더니만."

"다 그런 거죠. 우리도 처음 만났을 때는 그랬잖아요."

철정과 선지애가 서로 마주 보았다.

"지애!"

"철랑!"

꽉 끌어안는 철정과 선지애를 보며 소녀는 더욱 얼굴을 붉혔다.

'이것들이 아무리 치료가 목적이라지만 틈만 나면! 왜 하필 지금이야! 빨리 날 도와줘야 할 거 아냐!'

이벽화에게 못 볼 꼴을 보여준 것만 같아 신경이 마구 쓰이는 참인데 철정과 선지애는 진파를 도와줄 생각이 전혀 없어 보였다.

진파가 더듬대면서도 나름대로 작업을 시작했다. 사실 솔직한 의문이기도 했다. 소녀의 눈빛이 꼭 어디서 본 듯했기에.

"저… 우리 어디서 서로 본 일 있습니까……?"

이벽화는 빠알개진 얼굴로 살짝 고개를 꼬았다. 하얀 목덜미가 눈부셨다.

"제가… 여쭙고 싶었는걸요. 혹시 절… 아세요? 저도 어디선가 뵌 분 같은……."

"오! 둘이 천생연분인가 보오이다. 전생에서라도 만났나 보죠?"

이벽화의 얼굴이 완전히 익은 홍시처럼 붉어졌다.

막 분위기가 무르익으려는 그때, 철가장의 무사 한 명이 바쁜 걸음으로 진파에게 다가왔다.

"진 소협! 태인 도장께서 부르십니다."

'젠장! 이제 시작인데!'

철정이 진파의 어깨를 툭 쳤다.

"가봐."

"…너, 너는?"

이 소저는? 하고 묻고 싶은 걸 돌려 물었으나 철정은 무정했다.

"난 숙부님 뵈러 가야겠다. 일 끝나면 남명정(南冥亭)으로 와. 숙부님 처소다."

"야, 야!"

"가시죠, 아름다운 소저들."

"예."

철정은 지애와 이벽화, 청아를 대동하고 천천히 사라졌다.

낭랑한 웃음을 터뜨리는 철정의 등을 보며 진파는 인상을 와락 구겼다.

"가시죠."

"알았소이다!"

크게 고함을 지른 진파는 쿵쾅대는 걸음으로 철극양의 내전을 향해 발걸음을 옮겼다.

태인 도장과 철극양은 잔뜩 찌푸린 인상을 한 진파를 보고 있었다.

태인 도장이 철극양에게 전음을 보냈다.

"아무래도 자네가 고마워하는 마음이 전달이 안 된 모양이군."

"부자 이대에게 신세를 졌으니 기분이 묘하군요. 꼭 보답을 할 생각입니다. 그나저나 어째서 마병 연혼사를 쓰고 있는지 모르겠군요. 형님이 알아봐 주시죠."

"그래야겠지."

태인 도장이 진파를 불렀다.

"진 소협."

“예.”

퉁명스러운 목소리로 진파가 대답하자 태인 도장은 신중하게 물었다.

“자네가 연혼사를 쓰고 있다는 것이 정말인가?”

“그렇습니다.”

“연혼사가 어떤 무기인 줄 알면서도 쓰는 것인가?”

“제게 무공을 가르친 할배가 자신이 우연히 얻은 거라며 선물해 준 건데요. 신기하고 재미있기에 계속 가지고 놀다 보니 손에 익숙해진 것뿐입니다. 연혼사가 왜요?”

태인 도장은 내심 한숨을 쉴 수밖에 없었다.

연혼사(練魂絲).

그것은 광마(狂魔) 이종(李鍾)이 오십여 년 전에 사용하던 절대마병이었다. 스치기만 해도 팔다리가 그대로 잘려 나가는 피를 부르는 마병. 실처럼 보이지만 내공을 주입하면 전가의 보도가 따로 없다 전해진다.

사용하는 자의 능력에 따라 경천동지할 위력을 지니는 악마의 병기. 광마 당대에 연혼사에 당한 이들이 흘린 피가 호수를 이룰 정도라 하니 얼마나 많은 이를 해쳤는지 셀 수도 없을 터였다.

무적다가(無敵多家)의 당대 가주였던 광협(光俠) 다가인(多佳人)이 광마를 죽이고 봉인한 무기로 태인 도장도 선대의 어른께 들어서만 아는 기병이었다.

그런 마병을 진파에게 주었다니, 양괴 공철의 장난이 지나치다 생각되었다.

“보여줄 수 있겠나?”

“어렵지 않죠.”

진파는 왼팔의 철비갑에 장착된 연혼추 하나를 손으로 잡아 뺐다.

엄지손톱만한 연혼추가 고개를 내밀며 끝에 매달린 연혼사가 길게 늘어졌다.

연혼추를 받아 든 태인 도장은 고개를 끄덕였다.

‘그래도 연혼사의 마력을 조금은 봉인해 놓았군. 유성추처럼 쓸 수 있게 만들다니.’

그가 들은 연혼사는 끝에 아무것도 달려 있지 않았다. 아무 기척도 없이 접근해 사람의 목을 끊어버리는 흉악한 마병이라 알려졌을 뿐이었다.

슬쩍 연혼사를 만지던 태인 도장은 깜짝 놀랐다.

어느새 손가락 끝이 베여 핏방울이 뚝뚝 떨어졌다.

“형님!”

“별것 아니네. 조금 스친 것뿐이야.”

손가락을 지혈한 태인 도장은 진파에게 눈을 돌리며 연혼추를 건네주었다.

철극양이 물었다.

“자넨 장갑도 끼지 않았는데 연혼사를 어떻게 다루나?”

진파는 연혼사를 잡아 빙글빙글 돌리는 시범을 보여주었다. 진파의 손에서는 한 방울의 피도 튀지 않았다.

“할멈이 옥수공(玉手功)이라는 절기를 전해주었지요. 손이 단단해지면서도 감각은 그대로 남아 있어서 연혼사를 다루기엔 딱이에요. 까딱없죠?”

철극양이 고개를 끄덕이더니 다시 물었다.

"그 마병을 계속 사용할 셈인가? 그건 살인 무기네."

진파는 고개를 갸웃거렸다.

"살인 무기요? 그렇게 따지자면 모든 병기는 살상을 목적으로 만들어진 것이죠. 아저씨가 사용하는 철검은 사람을 아주 뭉개 죽일 수도 있지 않나요?"

"무어라? 아저씨? 자네 자꾸 아저씨라 부를 텐가!"

"그럼, 친구 아버지께 아저씨라 부르지 뭐라 부릅니까?"

"허……."

철극양은 아저씨란 소리에 혀를 차면서도 딱히 할 말이 없었다. 진파의 말이 아주 틀린 것이 아니었기 때문이다. 심신의 수양이니, 득도의 수단이니 하지만 무공과 무기는 엄격히 말하면 모두 살상을 위한 것. 어떤 마음으로 사용하는가가 가장 중요한 것이었기에.

태인 도장이 입을 열었다.

"내 자네에게 당부하고 싶은 게 있네."

"예."

"자네도 알겠지만 연혼사는 자르지 못하는 것이 없는 절대마병이라 할 수 있는 병기네. 그 자체를 사도(絲刀)라고 보아도 무방하지."

"그렇죠."

"자네가 연혼사를 갖게 된 것도 인연이 있어 그리 되었을 터. 무인에게 병기란 몸과 같은 것이네. 하지만 때로는 병기의 힘에 마음을 빼앗겨 자신을 잃기도 한다네. 부디 생명을 아끼는 마음을 가져 주게나."

진파는 태인 도장을 바라보며 고개를 끄덕였다.

"그 문제라면 걱정 마세요. 저도 피를 좋아하지는 않습니다. 아직까지 연혼사로 누굴 공격한 적은 없습니다. 연혼추만 사용할 뿐이죠."

"그 마음 변치 말게나."

우려하는 마음이 없지는 않았으나 태인 도장은 고개를 끄덕였다.

음양쌍괴가 따르는 이상 그가 강제로 연혼사를 압수할 수는 없었다. 어찌 된 일인지 나중에 물어볼 생각을 하며 곧 진파를 부른 본론으로 들어갔다.

"그럼 소수마후의 화상(畵像)을 그려보세나."

철극양이 목청을 돋우자 곧 사십여 세 정도 되어 보이는 장년인이 화구를 챙겨 들고 안으로 들어섰다.

장년 사내는 가볍게 고개를 숙여 태인 도장과 철극양에게 예를 표했다.

철극양이 진파에게 장년인을 소개해 주었다.

"이분은 장우(長吁)라는 분일세. 운이 좋게도 마침 댁에 계서 곧 모셔올 수 있었네. 섬서제일필로 이름 높으신 분이네."

"진파입니다."

"장우라 하외다."

장우는 곧 자리를 잡고 앉아 준비해 온 화구를 펼쳤다.

태인 도장이 진파에게 전음을 보냈다.

"저분은 소수마후의 존재를 모르시네. 그저 행방불명된 속가의 여인을 찾는다 했으니 유념하시게."

진파는 간단히 고개를 끄덕였다.

장우의 눈이 진파를 향했다.

"기다린 지 오래되었으니 곧 시작하도록 하겠소. 그려야 할 상대를 말씀해 보시오."

진파가 다소 곤란한 얼굴을 했다.

"아… 이런 일은 처음이라……. 어떻게 말씀드리면 될까요?"

장우는 시종 엄숙한 얼굴을 풀지 않았다.

"눈을 감고 생각나는 대로 말해 주면 되오이다. 얼굴의 형태, 머리 모양, 이목구비에 대해 차례로 말해 주시오. 가끔 내가 질문하는 대로 대답을 해주면 되오이다."

진파로서는 신기하기만 했다.

어찌 생겼는지 말만 해주면 그대로 그릴 수 있다는 말일까?

진파는 눈을 감고 소수마후의 모습을 떠올렸다.

하루도 채 지나지 않았건만 먼 과거의 일처럼만 느껴졌다. 소수마후와 처음 만났던 순간부터 입술을 빼앗겼던 순간, 소수마후의 하얀 손에서 뿜어져 나오는 수강을 피해 정신없이 피하던 순간이 주마등처럼 스쳐 지나갔다.

"그녀의 얼굴 형태는 계란과 같았습니다. 부드러우며 둥근 턱에 얼굴이 작은 편이었지요……."

나직한 진파의 목소리와 붓을 놀리는 소리만이 실내를 떠돌 뿐 일체의 소리도 없었다.

가끔씩 장우가 질문을 하면 진파가 대답을 하곤 했다.

세심하게 붓을 놀리던 장우가 눈을 감은 진파를 보며 질문했다.

"소협, 거의 다 되었소이다. 이제 마지막으로 그 여인의 눈빛에 대해 설명을 해보시오. 이제까지 한 소협의 말대로라면 거의 무표정한 얼굴일 터. 눈빛에도 아무 감정이 담겨 있지 않았소이까?"

장우의 말을 듣자 진파의 머리에는 소수마후가 천장을 부수고 관제묘를 벗어나기 직전 보냈던 아련한 눈빛이 떠올랐다.

무언가 수백 수천의 말을 담고 있는 듯한 아련한 눈빛.

물기 젖은 그 눈빛을 떠올리는 순간 진파의 가슴에선 쿵 소리가 들렸다.

'이제 보니 그 눈빛은……?'

방금 인사를 나눈 이벽화의 눈빛과 비슷했다. 어딘가 모호한 감정이 마구 뒤섞여 있는 듯한 복잡한 눈빛.

'그래서 어디서 본 것 같았구나……. 이상하네. 얼굴은 전혀 안 닮았는데…….'

진파는 미간을 찡그렸다.

"소협!"

진파는 장우의 말에 번쩍 눈을 떴다.

태인 도장과 철극양, 장우의 눈이 모조리 자신을 향하고 있었다.

"대답을 해주셔야 그림을 완성할 수 있소이다. 아무 감정도 담겨 있지 않았소이까?"

태인 도장이 장우를 향해 말했다.

"그 여인은 인지력이 희미해져 있을 것입니다. 눈빛도 그저 몽롱한 상태라 보면 될 것입니다."

장우가 고개를 흔들었다.

"인지력과 감정은 아무 상관이 없소이다. 사람의 눈빛에는 어떤 감정이든 간에 담기기 마련이외다. 백치를 생각해 보십시오. 아무 것도 생각 안 하는 사람들의 눈일수록 몽롱한 동경을 담고 있기 마련입니다. 제가 알고 싶은 것은 그 여인의 눈빛에 어떤 종류의 감정이 있는가, 아니면 아예 무감동한 눈빛이었나 하는 거외다."

장우는 답을 구하는 듯 진파를 바라보았다.

진파는 소수마후와 이벽화의 눈빛이 비슷하다는 사실은 입 밖에 내지 않기로 했다.

'이 소저는 내 또래던데 뭘. 소수마후는 절대 아니야. 게다가 무공도 모르는 것 같았고. 알려봐야 어른들 귀찮게나 하겠지.'

"제가 만난 시간 동안 대부분 무감동한 눈빛이었습니다. 꼭 옥구슬을 박아놓은 듯 인형 같은 눈이었죠. 다만 마지막에는 어떤 감정이 담겨 있었습니다. 그런데 그것이 어떤 감정이었는지는 설명하기 힘들군요."

"흥미있구려."

장우는 붓을 놓고 조용히 진파를 바라보았다.

"다른 이의 감정을 읽어낸다는 것은 나이를 꽤 먹은 사람이라 할지라도 익숙한 것이 아니외다. 그럴 경우, 그 사람의 감정을 추측하기보다는 그 사람의 눈을 보고 자신이 느낀 것을 말하는 것이 더 진실에 가깝소이다. 그 여인의 눈빛을 보고 소협은 어떤 기분이었소?"

진파는 다소 머뭇거리다 입을 열었다.

"그것이 저… 어떤 이유인지 모르겠으나 그 여인과 눈이 마주쳤을 때…… 제 마음이 아팠습니다."

장우는 진파를 주시하다가 조용히 고개를 끄덕였다.

"그럼 내가 한번 그 여인의 마음을 추측해 그려보겠소이다. 소협이 비교해 보고 같은지 다른지 말해 주시오."

"알겠습니다."

장우는 세필을 들어 마지막 손질을 하기 시작했다.

장우가 붓을 놓고 일어서자 태인 도장과 철극양, 그리고 진파가 그림 주위로 둘러섰다.

진파의 눈은 그림에 못 박혀 있었다.

“어떻소? 맞소이까?”

장우가 그린 그림 속의 여인은 진파의 마음 속에 남아 있던 아련한 눈길을 한 소수마후의 그것이었다. 마치 실제 인물을 보고 그린 듯 생생하기 그지없는 그림이었다.

진파는 저도 모르게 고개를 끄덕였다.

“바로 이 얼굴입니다.”

“똑같은가?”

“예.”

태인 도장과 철극양이 서로의 얼굴을 보며 고개를 끄덕였다.

태인 도장이 장우에게 치하를 보냈다.

“정말 감사드립니다. 큰 도움이 되었습니다.”

“빨리 찾으시길 바랄 뿐입니다.”

장우는 진파에게 고개를 돌렸다.

“그리고 소협은 이 여인의 마음을 받아주시길 바라오.”

“예?”

“이 눈빛은 연심(戀心)을 받아주지 않은 상대에게 보내는 원망의 눈빛을 그린 것이외다.”

“예?”

“이렇게 어여쁜 낭자의 마음을 받아주지 않는다는 것은 무정한 일이오. 소협보다 나이가 많은 듯하지만 크게 문제가 되지는 않을 것이오. 한(恨)을 남기지 않으려면 부디 이 여인의 마음을 살펴주시오.”

장우는 멍한 표정의 진파를 뒤로하고 철극양과 함께 방을 나섰다.

태인 도장과 진파의 눈은 그림 속 소수마후에 못 박혀 있었다.

남명정(南冥亭)으로 들어서면서도 진파의 머리 속은 안개 속에 빠진 듯 흐릿했다.

태인 도장은 소수마후의 마안공(魔眼功)일 것이라 했지만 그림 속 소수마후의 눈빛이 심중에서 떠나질 않았다.

떠올리면 떠올릴수록 가슴속 어딘가가 찌르르 아파왔다.

진파로서는 당황스러운 감정이었다.

'정말 마안공에 당한 것일까?'

"야! 그러다 부딪쳐!"

"헛!"

진파는 철정의 목소리에 퍼뜩 상념에서 깨어났다.

철정의 말대로 바로 눈앞에 묵직한 기둥이 서 있었다. 꼼짝없이 흉한 꼴을 보일 뻔했다.

둥그렇게 둘러앉아 차를 마시던 철극수와 철정, 선지애가 멍한 진파의 얼굴에 폭소를 터뜨렸다. 선지애의 곁에 다소곳하게 앉아 있던 이벽화만이 고개를 숙이고 있을 뿐이었다.

철극수가 소매를 휘둘렀다.

"어서 오게."

진파는 뒷머리를 긁고는 철극수에게 포권을 취했다.

"인사가 늦었습니다."

"늦긴. 이리 오게나."

진파가 철극수의 곁에 자리를 잡고 앉았다.

이벽화의 맞은편이었다.

철극수는 진파에게 한 손으로 익숙하게 차를 따라주었다.

"감사합니다."

"그래, 광풍검을 펼친 철정이를 꺾었다며?"

"숙부님! 승부가 나지 않았다니까요!"

철정의 말에 진파가 웃으며 긍정했다.

"맞습니다. 아직 승부가 나지 않았죠."

철극수는 진파의 팔목을 슬쩍 바라보았다.

"그게 연혼사인가?"

"예. 아시는군요."

"음."

철극수는 간단히 고개를 끄덕이곤 철정에게 웃음을 보냈다.

"이 친구가 연혼사를 사용해 끝에 달린 추로 광풍검의 틈새를 노렸다고 했지?"

"예. 한 대 맞긴 했지만 그걸로 승부를 결정했다 할 수는 없지요."

철정은 아직도 아픈 듯 등줄기를 으쓱했다.

"그럼 넌 진 거야."

"예?"

"그렇지 않은가?"

철극수가 의미 깊은 눈빛으로 진파를 바라보았다.

진파가 다소 당황한 표정을 지었다.

진파의 표정을 보던 철정의 안색이 진지하게 굳었다.

"숙부님 말씀이 사실이냐?"

"……."

"날 친구로 생각한다면 사실을 말해라. 사정을 보아준 거냐?"

철정의 얼굴은 분노한 기색이 역력했다.

진파가 정색을 한 채 손을 내저었다.

"그건 아니야. 하지만 네게는 펼칠 수 없는 연혼사의 위력이 있는
건 사실이다."

"내가 그걸 막을 실력이 안 돼서 펼치지 않았다 이거냐!"

"아, 아냐. 그런 게……."

"다시 한 번 겨뤄보자! 이번엔 반드시 그걸 써!"

철정이 탁자 옆에 세워놓은 검을 잡으며 몸을 일으켰다.

철극수가 철정을 제지했다.

"앉거라."

"숙부님! 이 친구는 친구인 저를 모욕한 겁니다!"

"일단 앉아."

철정이 시뻘게진 얼굴로 자리에 앉았으나 진파를 외면한 채 고개를
꼬았다.

"한 번 보여줘야 정이가 납득하겠군. 저 나무는 어떤가?"

철극수는 조용히 손가락으로 이 장 정도 떨어진 아름드리 나무를 가
리켰다.

"꼭… 그래야 합니까?"

"보여주면 정이도 납득할 걸세."

"할 수 없군요."

진파는 자신을 외면하고 앉아 있는 철정을 보다 몸을 일으켰다.

탁자에서 조금 떨어져 선 채로 두 팔을 늘어뜨린 채 나무를 마주 보
았다.

"정아, 잘 보아라."

철극수의 말에 철정은 못마땅한 표정으로 고개만 돌려 진파의 등을
바라보았다.

진파의 오른팔이 휙 떨쳐졌다.

진파의 손목에서 연혼사 한줄기가 쏘아져 나무를 향해 날아갔다.

츄릿!

정확하게 나무 둥치를 감은 연혼사의 끝에서 연혼추가 달랑거렸다.

“저게 뭐…….”

선지애는 그게 뭐냐고 말하려다 진파의 기합성에 입을 다물었다.

“하앗!”

진파의 몸이 빙글 회전했다.

츄릿—!

팽팽하게 당겨진 연혼사가 진파의 손길에 다시 회수되었다.

철극수의 눈이 꿈틀했다.

‘역시!’

“저게 뭐예요? 나무엔 아무 이상도…….”

선지애의 말이 끝나기 전, 아름드리 나무가 스르르 미끄러지기 시작했다. 쿵 하는 소리를 내며 나무가 쓰러지자 매끄러운 절단면이 모습을 드러냈다.

연혼사를 잡아채는 것만으로 장정 두 사람이 끌어안아야 할 아름드리 나무가 그대로 잘라진 것이다.

포물선을 그리며 날아오던 연혼추는 진파가 팔을 흔들자 철비갑 안으로 소리를 내며 사라졌다.

철정의 이마에서 땀방울이 흘러내렸다.

저 수법은 그와의 대전 시 한 번도 보여주지 않았다.

만약 연혼사를 저와 같이 사용했다면…….

철정은 등골이 오싹했다. 팔다리에라도 연혼사가 닿았다면 그대로 잘려 나갔을 것이었다.

진파가 다소 쑥스러운 표정으로 자리에 앉았다.

"대, 대단하구나!"

"그저… 기병의 위력일 뿐이야."

"그렇지는 않지."

철극수가 희미한 웃음을 머금었다.

"가르침을 주십시오, 숙부님."

"진 소협의 손을 보거라. 장갑 같은 것을 끼고 있느냐?"

"그게 어떤 의미가 있는데요?"

선지애는 이해가 가지 않는다는 듯 갸우뚱 고개를 기울였다.

"연혼사는 무엇이든 베어버릴 수 있는 기병이야. 그걸 진 소협은 맨손으로 다루고 있다. 그렇게 되기까지 얼마나 각고의 노력을 기울였겠느냐? 기병이라 해서 아무나 다룰 수 있는 물건이 아니란다."

"아하!"

모두가 새삼스러운 눈으로 진파를 바라보았다.

진파는 얼굴이 벌겋게 달아올라 있었다.

이런 식의 칭찬은 너무 낯설었다.

등줄기로 개미가 기어올라 마구 물어뜯는 듯했다. 한 십만 마리쯤 되는 듯했다.

"이런 엉큼한 놈! 어쨌든 이 소저가 보고 있으니 어깨를 펴, 임마!"

철정의 기분 좋은 전음이 들려왔다.

그제야 진파는 퍼뜩 이벽화를 의식했다.

그의 맞은편에 앉아 있던 이벽화는 진파와 눈이 마주치자 얼굴을 살짝 붉혔다.

'역시 닮았어……. 그렇다고 당신 눈빛이 마녀랑 비슷하다고 할 수는 없잖아?'

"저……."

이벽화가 무언가 망설이는 듯하자 진파는 얼른 되물었다.

"뭐든 물어보세요."

그 모습에 철정과 선지애가 고개를 숙이며 쿡쿡 웃음을 터뜨렸다.

진파는 귀가 뜨거워짐을 느꼈지만 똑바로 이벽화를 바라보았다.

"진… 소협, 정말 저를 보신 적 없나요?"

"…예. 저도 어디서 뵌 분 같긴 한데 만난 적은 없을 겁니다. 이 소저 같은 분을 기억 못할 리가 없지요."

"그렇군요……."

이벽화의 얼굴에 다소 실망한 기색이 스쳤다. 이벽화는 고개를 옆으로 돌리며 살짝 숙였다.

이벽화의 시리도록 하얀 목덜미가 진파의 눈앞에 드러났다. 곱게 머리를 빗어 올려 앙증맞은 귀밑머리가 작은 귀 옆에 매달려 있었다. 진파는 심하게 가슴이 뛰는 것을 느꼈다.

'주, 죽인다…….'

이벽화는 고개를 숙인 채 있다가 갑자기 얼굴을 찡그리며 신음 소리를 냈다.

"아……!"

"왜 그래요?"

선지애가 걱정스러운 듯 묻자 이벽화는 손으로 머리를 짚으며 고통스럽게 대답했다.

"머, 머리가 갑자기… 많이… 아파요."

“이, 이런.”

진파가 어찌할 바를 모르고 당황하고 있을 때, 선지애가 나섰다.

“철랑, 이 소저가 아까 많이 놀랐나 봐요. 저흰 일단 검선장으로 돌아가 있을게요.”

“그러는 게 좋겠네. 내일 보지 뭐.”

“죄, 죄송… 합니… 다.”

“무슨 죄송까지야. 시간은 많으니 내일 우리가 검선장으로 찾아뵙도록 하지요. 오늘은 편히 쉬시기 바랍니다.”

이벽화와 선지애는 철극수에게 예를 표하고 자리에서 일어섰다.

진파와 철정이 그들을 바래다주기 위해 일어섰다.

그때, 철극수가 진파를 붙잡았다.

“진 소협, 자네에게 좀 물어볼 게 있네만.”

“예?”

진파가 망설이는 사이 철정이 어깨를 툭 쳤다.

“걱정 마. 내일 볼 건데, 뭘. 너무 아쉬워 마라. 시간 많다.”

‘이, 이런.’

뭐라 말할 사이도 없이 이벽화를 부축한 선지애와 함께 철정이 남명정을 빠져나갔다.

세 사람이 남명정에서 사라지자 철극수의 눈이 진파를 향했다.

진파는 진한 아쉬움을 간신히 달래고 철극수의 앞에 마주 앉았다.

‘중요한 말이겠지? 그래야 할 거야!’

“진 소협.”

“편하게 말씀하십시오.”

철극수는 가볍게 웃음을 띠었다.

"그래도 되겠는가?"

"철정이에게 대협의 말씀을 들었습니다. 굳이 철정이 숙부님이 아니시더라도 제가 먼저 가르침을 청하고 싶었습니다."

"자네에게 쉽게 말을 할 수 있는 사람은 강호에 그리 많지 않다네."

"예?"

"그건 중요한 게 아니고… 자넨 검은 익히지 않았나?"

진파는 한숨을 푸욱 내쉬었다.

"익혔죠. 저도 잠룡쟁패를 준비하던 놈인데 검법 하나 익히지 않았겠습니까?"

"가전무공인가?"

"어? 어떻게 아셨어요? 대부분의 무공은 절 키운 할배와 할멈에게 배웠는데 검법만은 기초만 가르쳐 주고 검보(劍譜) 하나 툭 던져 주고 말더군요."

"훗! 얼마나 익혔나?"

"별로요. 제목만 거창한 검보였어요. 무적검보(無敵劍譜)라고 하죠. 혼자 낑낑대니 배우기도 힘들고, 이상하게 할아범이나 할멈은 그 검법에 대해선 자세히 가르쳐 주지 않았어요. 그러다가 잠룡쟁패 준비한다고 이 파, 저 파 검법을 섞느라고 완전히 취미를 잃었습니다."

"그래서 가출한 건가?"

진파는 뜨끔한 표정으로 철극수를 바라보았다.

마치 마음속을 손가락으로 헤집어 들여다보는 듯했다.

"사내가 뜻을 세우면 집을 나오는 건 당연하겠지."

철극수는 더 이상 묻지 않고 진파를 가만히 보기만 했다.

"얼굴에 뭐가 묻었나요?"

"아닐… 세. 내가 어릴 때 뵌 분을 생각했을 뿐이야."

철극수의 얼굴에 아련한 동경이 떠오르자 진파는 몹시 궁금해졌다.

"어떤 분이셨나요? 저랑 닮았어요?"

"풍협이란 분일세. 들어보았나?"

진파가 고개를 흔들었다.

"웬만한 분들은 거의 할아범에게 들어보았는데 처음 듣는 별호인데요. 별로 유명한 사람은 아니었나 보네요."

철극수가 픗 하고 웃음을 머금었다.

"꽤, 아니, 대단히 유명한 분일세. 아마 자네를 키운 그분이 별로 풍협을 좋아하지 않았나 보군."

"그래요?"

"내가 광풍검을 창안하기까지는 그분의 영향이 컸네."

진파는 궁금증이 치밀어 올랐다.

철정의 광풍검을 이미 본지라 젊은 나이에 그 검법을 혼자 만들어냈다는 사실에 몹시도 호기심이 동했던 참이었다.

"아, 그런 비사(秘事)가 있었군요."

"비사라기보다는 그저 뒷얘기지. 풍협의 검법을 본 사람이라면 누구나 나 같은 생각을 했을 것이네. 오직 스스로의 힘으로 자기 검을 세운 분이니까."

"그렇군요."

철극수는 웃음을 거두고 진지한 표정으로 진파를 바라보았다.

"난 자네가 다시 검을 들기를 권하고 싶네."

"왜요? 연혼사만으로도 강호행을 하는 데는 아무 문제가 없는데요."

철극수는 고개를 저었다.

"연혼사 같은 기병만으론 결코 자기 완성의 길을 걸을 수 없네. 더구나 연혼사는 본신의 실력을 끌어올리는 무기가 아니네. 자칫 무기에 종속되기 쉬운 법이지. 그래서 그걸 마병이라 부른다네."

진파가 잘 납득이 안 가는 표정을 짓자 철극수는 빙긋 웃음을 머금었다.

"무인이란 자신이 갖고 있는 힘을 최대한 발휘할 때, 살아 있는 신명을 느끼네. 그렇지 않은가?"

"그렇죠."

"자넨 지금도 연혼사의 힘을 금제하고 있어. 그렇지?"

진파가 고개를 끄덕였다.

"마음껏 자기 실력을 펼치며 스스로를 담금질하는 것이야말로 무인의 보람일세. 연혼사는 분명히 죽여야 할 적을 상대할 때는 무서운 위력을 발휘하겠지만 그렇지 않을 때는 자네에겐 족쇄에 불과할 걸세."

진파는 진지한 표정으로 고개를 끄덕였다. 자신을 생각해 주는 철극수의 마음이 고마웠다.

"그런데… 검을 집에 두고 왔는데요."

철극수의 말을 듣고 보니 갑자기 검이 절실했다. 그러나 어쩌리. 집에 버리고 침까지 뱉고 왔는데.

"일단 철가장의 공방에 가보세. 맘에 드는 검을 발견할지도 모르니."

"배려에 감사드립니다."

그때, 철정이 들어서며 말을 건넸다.

"아니, 저 없는 새에 무슨 정담을 그리 나누십니까?"

"마침 잘 왔다. 가서 술이나 내와라."

철극수의 목소리엔 유쾌한 심정이 그대로 묻어났다.

"예? 아직 대낮인데요?"

"맘에 드는 친구를 만났으니 마셔야겠다. 달리 할 일이라도 있느냐?"

"하하! 그럴 리가요."

잠시 후, 남명정에는 진한 주향(酒香)과 함께 웃음소리가 끊이질 않고 이어졌다.

휘황한 달이 뜬 밤, 낮부터 퍼마신 덕에 세 사람 모두 기분 좋게 취했다. 철극수와 철정의 주량도 대단했지만 진파도 만만치 않았다. 남명정에는 빈 술병이 여기저기 널려 있었다.

철극수가 진파의 어깨를 두드렸다.

"자네에게 철가장이 큰 신세를 졌네."

"별말씀을 다 하십니다."

철정이 고개를 저었다.

"아니, 그렇지 않아. 니 덕분에 아버지와 숙부님의 관계가 풀렸어. 아버지와 내 관계도 마찬가지고."

"어쩌다 그렇게 된 거지 뭐. 어쨌든 기분 좋다. 푸헤헤!"

철정과 철극수에게 철극양이 광풍검을 인정했다는 말을 들은 진파는 왠지 가슴이 뿌듯했다. 강호에 나와 처음 사귄 친구인 철정에게 뭔가 도움을 준 듯하여 스스로 대견하기도 했다. 하지만 약간 쑥스럽기도 해서 진파는 화제를 돌렸다.

"참, 하오광 녀석은 어떻게 되었어요?"

"대주 자리를 회수했네. 파문을 하고 싶었지만 형님이 한 번 더 기회를 주고 싶어하시더군. 이번에 크게 깨달았기를 바랄 뿐이지.”

“그 자식 음흉한 걸로 봐서는 파문해 버리는 게 좋을 텐데요.”

“파문을 한다면 무공을 회수하고 단전을 폐해야 하는데, 완전히 무인으로서 생명을 끊는 것이지. 기회를 한 번 더 주기로 했네. 앞으로는 그 녀석 하기 나름이야.”

철정은 묵묵히 고개를 끄덕였다.

진파는 너무 원칙을 따지는 것 같아 답답했으나 가만있었다. 문호를 정리하는 문제에 외인이 끼어드는 것은 강호의 금기. 더구나 하오광같이 멍청한 놈에게 신경을 쓰는 것이 귀찮았다.

철극수는 묵묵히 앉아 있는 철정에게 시선을 돌렸다.

“그래, 이제 우선 광풍검을 극성으로 익히려무나. 그렇게 되면 철검 십이식도 네 몸에 맞춰 펼칠 수 있을 게다.”

“알겠습니다. 제 신념을 따르겠습니다.”

“그 말 멋지다! 나도!”

얼큰하게 취한 철정과 진파가 호탕하게 웃으며 서로 잔을 부딪쳤다.

그들을 보던 철극수의 얼굴에 빙긋 웃음이 떠올랐다.

“신념이라… 네 신념은 무엇이지?”

철정이 대답했다.

“제 검을 익히고 싶습니다. 누구를 위한 것이 아니라 저만의 검을요.”

철극수의 눈이 진파를 향했다.

“자네는?”

진파는 눈을 빛냈다.

“하고 싶은 대로 하고 살 겁니다!”

"하고 싶은 대로라······."

철극수의 웃음이 짙어졌다.

"뭘 하고 싶나?"

"지금은 발길 닿는 대로 세상을 다 보고 싶습니다. 그러는 동안에 또 하고 싶은 게 생기겠죠."

진파의 대답을 들은 철극수가 호탕하게 웃음을 터뜨렸다.

철정도 함께 웃었다.

진파는 눈을 껌벅였다.

"이상한가요? 우리 할아범은 유치하다고 하는데 전 전혀 안 그렇거든요."

철극수가 웃으며 고개를 저었다.

"전혀 안 이상하네. 하지만 그렇게 사는 건 무척 어렵다네."

"왜요?"

"앞으로 자네에겐 무수한 선택의 순간이 올 것이네. 그건 정이도 마찬가지지. 사람이 사는 게 다 그러니까."

철극수는 술병을 입에 대 꿀꺽꿀꺽 시원히 마셨다.

"하지만 때론 하기 싫어도 그 일을 선택해야 할 때가 있네. 명분 때문이기도 하고, 도덕 때문이기도 하고, 다른 이들과의 관계 때문이기도 하지. 그런 선택의 순간 자기가 하고 싶은 대로 선택한다는 것은 무척 어렵다네."

"불가능하다는 말씀인가요?"

"그렇지는 않지. 다만 힘들다는 것이야. 그리고 자신이 진정 당당해야 하네. 그래야만 천만 인이 아니라 해도 당당히 이게 맞다고 외칠 수 있지. 그게 진짜 사내의 신념이라네."

진파는 단숨에 술 한 병을 꿀꺽꿀꺽 들이 삼켰다.

술기운 때문인지 철극수의 말 때문인지 가슴이 뜨거웠다.

철극수는 철정에게 고개를 돌렸다.

"정아, 너는 오늘 내게 한 말을 잊지 말아야 할 것이다."

"예."

"가볍게 대답하지 마라. 한 사람이 자신의 신념을 지킨다는 것이 얼마나 어려운지 너는 아직 모른다. 때로 그 신념에 목숨을 걸어야 한다. 때로 부모 형제의 처지도 외면해야 한다. 가장 사랑하는 이를 희생시킬지도 모른다."

철극수는 진파와 철정을 바라보며 말을 맺었다.

"십 년이 지난 후에도 자네들이 나와 술을 마시며 나는 신념을 지켰노라, 말할 수 있다면 내 인정해 주겠네. 그 전까지는 신념이라는 말을 함부로 입에 담지 말게. 무사는 입으로 신념을 말하지 않는다네. 지나온 일생이 그를 증명할 뿐이지."

잠시 침묵이 흘렀다.

"자, 마셔!"

셋은 묵묵히 술을 마시기 시작했다.

각자의 가슴에 서로 다른 신념이 꿈틀거리고 있었다.

제6장 급파서안(急派西安)

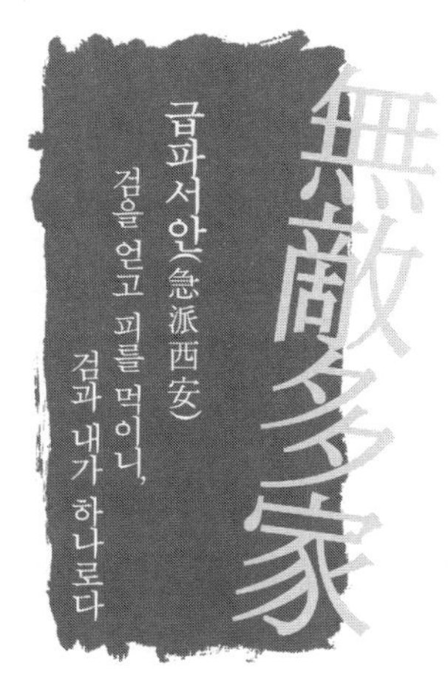

캄캄한 새벽,

동천(銅川)의 밤거리는 떠들썩한 소음으로 시끄러웠지만 후미진 뒷골목은 태풍의 눈처럼 적막하기만 했다.

색주가로 이어지는 후미진 골목에는 인적 하나 없었다.

"젠장! 흔들리잖아! 좀 천천히 걸으란 말야!"

"아직도 입은 살았군요."

"뭐야!"

양린(梁隣)은 입을 다물었다.

등에 업은 대형(大兄) 고전륜과 입씨름을 하기도 귀찮았다.

어느 날, 개뿔 같은 늙은이에게 이상한 수료증 한 장 달랑 받아와서 자신이 '천하제일' 이라고 할 때부터 알아봤어야 했다.

동천의 뒷거리에서 그런대로 먹고 살 만했던 '전륜파' 는 그때부터 나락을 걷기 시작했다.

구역을 순찰하는 외중에도 여자만 눈에 띄면 그 앞에 달려가 '음화 화화홧' 하고 웃어대는 데에 아주 질려 버렸다.

뭐, 자기를 본 여자들은 모두 확 간데나?

그 얼굴에 어디 될 법이나 한 소린가?

여자들 앞에서 치렁치렁하게 헝클어져 삼 년은 감지 않은 머리를 쓸어 올리질 않나, 삐져 나온 옆구리 살을 부르르 떨며 웃질 않나. 그 꼴을 보다 못한 삼십여 명의 알짜배기 수하들이 썰물 빠지듯 전륜파를 떠났다. 구역 관리에는 관심없고 여자만 쫓아다니니 말릴 명분조차 없었다.

그동안 여자 문제로 사고 친 것을 물어주느라 모아놨던 자금도 바닥을 드러낸 판.

그나마 의리를 지킨다고 남아 있는 '산적'과 '쌍도끼'는 자금을 충당하러 원정을 나간 상태였다. 그 정도로 고전륜의 낭비가 심했던 터였다.

오늘은 그나마 남아 있던 자금을 탈탈 털어야 했다.

잠시 한눈을 판 새 어떤 여자한테 집적거렸나 보다. 그게 하필 근동 제일의 무가, 철가장의 손님이었던 것.

철가장 앞에서 개 패듯 맞고 있다는 소식을 듣고 달려가 보니, 차마 눈 뜨고 볼 수 없는 광경이 펼쳐져 있었다.

옛 부하들마저 킥킥대며 구경을 하고 있는 걸 보며 양린의 얼굴은 절로 뜨거워졌다.

엉덩이 한복판에 철봉을 꽂아놓고 꽥꽥 비명을 질러대고 있는 사내는 분명 그의 대형 고전륜이었다. 퉁퉁 부어터져 멍투성이가 된 얼굴로 눈물 콧물을 잔뜩 흘린 모양을 보니 절로 외면하고 싶었다. 무슨 개

쪽이란 말인가.

배배 꼬인 철봉을 노라도 젓듯 휘저으며 뱃노래를 부르던 철가장 무사들한테 정말 손이 발이 되도록 빌었다. 그것만으로도 모자라 비장하고 있던 자금까지 탁탁 털어 바치고 말았다.

아무리 사기를 당한 것이라 말해 주어도 대형은 믿지 않았다. 한 알만 더 신단을 먹으면 무적고수, 천하제일 화화공자가 된다고 굳게 믿고 있었다.

밥풀떼기를 손가락으로 빚어놓은 것 같은 새까만 단환이 '천지건곤 음양무극신단'이란다. 빨리 먹고 사기라는 걸 깨달았으면 좋겠는데 보름달이 세 번 뜰 때를 기다려 먹어야 한다나.

양린은 저도 모르게 한숨을 길게 내쉬었다.

대형을 향한 사모의 마음이 아니었다면 진작 떠나고 말았을 것이다.

등 뒤에서 고전륜이 끄응 소리를 냈다.

"야, 왜 색주가로 가는 거야?"

고전륜을 돌아다보는 양린의 얼굴은 사내의 얼굴에 어울리지 않게 덕지덕지 분칠이 가득했다. 곱게 눈썹까지 다듬어놓은 것이 영락없는 남색가(男色家)의 그것이었다. 우락부락한 얼굴에 전혀 어울리지 않았으나 양린은 마치 여자처럼 미간을 오므렸다.

"형님 밑구멍이 아주 피투성이로 너덜너덜하지 않습니까. 그런 상처는 의원에게 가는 것보다는 기녀들한테 가는 게 더 나아요. 아직 삼월이 년이 우릴 잊지는 않았을 겁니다. 오늘쯤 산적 형님과 쌍도끼 형님도 오시기로 했으니 잘하면 명월루에서 합류할 수 있을 겁니다."

"거긴 우리 구역이 이미 아니잖나……."

양린은 울컥하는 마음이 솟아올랐으나 의기소침한 고전륜을 보니 마음이 약해졌다. 이런 모습은 고전륜에게 전혀 어울리지 않았다.

"삼월이라면 믿을 만해요. 걔가 우리에게 신세진 걸 잊을 애가 아닙니다."

"아니, 저 자식들이!"

"왜요?"

"저 자식들이 감히 나의 여자에게 집적대고 있지 않느냐!"

양린이 고개를 들어 보니, 달빛이 어슴푸레 비치는 후미진 골목의 귀퉁이에서 사내 놈 네다섯이 한 여인에게 추근대고 있었다. 검은 옷을 걸친 여인은 사내들의 노골적인 위협에도 불구하고 조용히 서 있었다. 겁을 먹은 듯도 보이고 방심한 듯도 보이는 이상한 태도였다.

양린은 어깨에 힘을 주었다.

"형님이 아시는 여잡니까?"

"아니."

"예?"

"말했지 않냐? 세상의 모든 여자들은 이 몸을 받들기 위해 태어난……"

"썅! 한 번만 더 그 입 놀리면 똥구멍을 확 찢어버리겠수!"

고전륜이 찔끔한 기색으로 입을 다물었다.

그것도 잠시.

눈치를 보다 다시 한마디 했다.

"그, 그래도 어떻게 하는지는 좀 보고 가자. 공부가 될지도……."

"어휴……."

양린은 한숨을 내쉬며 고개를 절레절레 흔들었다. 스스로 깨닫는 수밖에는 도리가 없어 보였다. 해서 될 일이 있고 안 될 일이 있지만 꼭 겪어봐야 아는 사람은 어디나 있었다. 그의 대형 고전륜이 바로 그런 사람이었다.

양린은 더 이상 말싸움하기도 귀찮아 고전륜을 업은 채 골목의 그늘로 몸을 옮겼다.

건너편은 잘 보이지만 자신들은 눈에 띄지 않는 은밀한 장소였다.

색주가 거리의 소음 때문이었는지 자신들의 목소리는 놈들에게 들리지 않은 듯했다.

골목의 담에 기대 있는 여자를 둘러싼 사내 놈들은 저희끼리 히죽대며 희롱을 계속하고 있었다.

무슨 말인지는 제대로 알아들을 수 없었지만 걸쭉한 욕지기를 내뱉고 있을 것이 뻔했다.

'도대체 뭘 배우겠다는 건지…….'

눈을 반짝이는 고전륜을 보며 양린은 고개를 숙이고 한숨을 내쉬었다.

날카로운 소리가 울린 것은 그때였다.

짜아악—!

'아주 여자를 작살 내려고 하는구나. 무식한 놈들.'

너무 심하다 싶어 고전륜을 내려놓고 달려가려 하는데 고전륜이 어깨를 꽉 잡았다.

"쉿! 움직이지 마!"

귓전을 간질이는 고전륜의 귀엣말에 양린은 온몸이 짜르르 떨리는 쾌감을 느끼며 움찔 몸을 떨었다.

고전륜이 떨리는 손을 들어 앞을 가리켰다.

양린이 헛바람을 내쉬며 소리를 내려 하자 고전륜이 다급히 입을 틀어막았다.

등 뒤에서 쿵쾅대는 고전륜의 심장 소리에 양린 자신의 심장 소리까지 뒤섞여 마구마구 뛰었다.

빰을 맞은 것은 여인이 아니었다.

사내였다.

그리고 그 사내의 빰, 아니, 머리는 저 멀리 딩굴고 있었다.

어떻게 했는지 사내의 머리가 짓이겨져 날아가 바닥에 딩굴었다.

머리를 잃은 사내의 동체가 피를 내뿜으며 비틀거리다 바닥에 쓰러졌다.

순식간에 일어난 참상에 얼어붙듯 굳어 있는 세 사내 머리 위로 여인의 검은 그림자가 떠올랐다.

슈슈슈슈슉!

날카로운 파공음과 함께 두 사내의 머리통이 산산이 부서져 흩어졌다.

보이는 것이라곤 눈처럼 하얀 손뿐이었다.

시뻘건 피와 회색 빛 뇌수가 달빛 아래 흩뿌려졌다.

살아남은 한 사내가 부들부들 떨며 그 자리에 털썩 주저앉았다.

너무도 급작스런 공포에 뱀 앞에 선 개구리처럼 뻣뻣이 굳어 있었다.

흑의여인은 무릎을 꿇고 있는 사내의 앞으로 귀신처럼 내려앉았다.

허공을 둥둥 떠다니는 귀신과도 같은 움직임.

흑의여인이 사내의 머리를 한 손으로 잡았다.

눈처럼 하얀 소수(素手)였다.

흑의여인은 사내의 머리를 치켜들고 허리를 굽혔다.

유리로 깎아놓은 듯 아무런 표정도 없는 얼굴이었다.

흑의여인이 사내에게 입을 맞추었다.

사내가 바르르 떨었다.

차 한 잔을 다 마실 시간까지 사내의 떨림은 계속 이어졌다.

온몸을 떨던 사내의 몸이 점차 쭈그러들기 시작했다.

흑의여인이 손을 놓자 사내의 몸이 털썩 바닥에 뒹굴었다.

달빛 아래 모습을 드러낸 사내의 얼굴은 무덤 속에서 꺼낸 시체와도 같이 창백하게 질려 오그라들어 있었다. 갑자기 몇십 년의 시간을 한꺼번에 맞은 듯 주름살투성이인 얼굴엔 말할 수 없는 공포가 떠올라 있었다.

양린의 입에서 저도 모르게 신음이 터져 나왔다. 비명 소리였지만 고전륜이 틀어막은 덕에 가녀린 신음 소리만 울렸다.

"크흑!"

그러나 그 소리도 들렸던지 흑의여인이 휙 고개를 돌렸다.

달빛과 같은 하얗고 창백한 얼굴.

붉은 입술이 아름답기 짝이 없었으나 양린이 보기엔 사신(死神)의 그것이었다.

흑의여인이 휙 몸을 날렸다.

양린의 눈엔 사라졌다 나타난 것으로만 보였다.

양린의 두 눈이 공포로 하얗게 돌아가기 시작했다.

"안 돼! 차라리 날 죽여라!"

어느새 등에서 내려선 고전륜이 양린의 앞을 가로막고 섰다.

'대형!'

고전륜의 몸은 은은히 떨리고 있었으나 꽉 다문 입은 결의에 차 있었다.

고전륜은 눈앞의 끔찍한 살인마가 여인이라는 것에 일말의 희망을 품고 있었다. 자신의 매력이 이 살인마에게도 통할지는 미지수였으나 그것만이 유일한 희망이었다.

고전륜의 얼굴을 바라보던 흑의여인의 눈빛이 갑자기 흔들렸다.

'역시!'

흑의여인의 얼굴이 고통스럽게 일그러졌다.

갑자기 흑의여인의 얼굴이 살아 있는 생명체처럼 멋대로 꿈틀거리며 움직이기 시작했다.

원래의 창백하기 짝이 없는 성숙한 여인의 얼굴과 앳된 소녀의 얼굴이 교차되며 흑의여인의 한 얼굴에 나타났다 사라졌다.

"끄아아아아아~!"

고개를 하늘로 치켜들고 짐승과도 같은 괴성을 지르던 흑의여인이 훌쩍 발을 굴렀다.

흑의여인은 지붕이나 담 위에 단 한 번 내려서지도 않은 채 마치 하늘을 날듯 쏜살같이 사라졌다.

"저… 저……."

고전륜이 벼락이라도 맞은 듯 부들부들 몸을 떨었다.

양린이 더듬거리며 고전륜의 허리를 잡고 끌었다.

"혀, 형님, 빨리 이곳에서 도, 도망가요. 또 올지 모, 몰라요."

"저, 저 얼굴……."

미친 사람처럼 중얼거리는 고전륜을 들쳐 업고 양린이 비틀거리며 골목을 뛰기 시작했다.

달빛이 은은한 골목에는 목 없는 시체 세 구와 피골이 상접한 노인의 시체 한 구만이 뒹굴고 있었다.

*　　　*　　　*

“어때? 마음에 드는 게 있는가?”

“에…….”

진파는 철극수의 질문에 고개를 갸웃거렸다.

아침에 냉수 마찰을 하여 술이 번쩍 깬 진파는 철정과 철극수와 함께 철가장 내에 있는 공방에 온 참이었다.

철가장의 병기가 모두 만들어지는 곳이라 혹시나 기대를 했건만 역시나였다.

대부분 검이라 부르기 힘들 정도로 크고 무거운 장검들밖에 없었다.

‘이런 것들을 검이라고 휘두르냐? 다들 무식하게 덩치만 커가지고!’

철극수의 호의를 생각하면 하나 고르는 것이 예의였으나 도대체 몸에 맞는 검이 없었다.

특별한 검을 원하는 것도 아니고 흔한 청강검이면 될 터인데, 철가장의 공방에선 그 흔한 검이 너무도 희귀한 검이었다.

“우리 장에 진파에게 맞는 검이 있기나 할까요?”

철정이 하품을 하며 고개를 흔들었다.

철극수는 공방을 지나는 일꾼 하나를 불러 세웠다.

“조 노인은 어디 계신가?”

“지금 풀무질을 하고 계십니다.”

공손히 고개를 숙이며 일꾼이 대답하자 철극수는 빈 소매를 펄럭이며 앞장서 걸어가기 시작했다. 진파와 철정도 그 뒤를 따랐다.

뚜당거리는 장인들의 망치질 소리 사이를 뚫고 우측의 후미진 구석
까지 걸어가자 대형 화로에 홀로 앉아 풀무질을 하고 있는 장대한 체
구의 노인이 보였다.

"조 노인."

철극수가 노인을 불렀으나 담금질하는 망치 소리에 묻혀 노인은 듣
지 못하는 듯했다. 오랜 세월 공방에서 지내온 노인의 청각은 이미 너
무도 둔감해져 있었다.

철극수가 왼손으로 노인의 등을 툭툭 건드렸다.

노인이 힐끔 고개를 뒤로 돌렸다.

한눈에 난 장인이야, 라고 말하고 있는 듯 고집스럽기 짝이 없는 얼
굴이었다.

"언 놈이 건드리는 거야!"

조 노인의 호통은 망치질 소리만큼이나 컸다.

검게 그을린 얼굴은 번들거렸고 하얗게 센 머리는 아무렇게나 방치
해 삐죽삐죽 하늘을 바라보고 올라섰다.

일하다 방해받는 것을 죽기보다 싫어하는 듯 온 얼굴에 짜증을 가득
드러냈던 조 노인은 철극수를 알아보자마자 얼굴빛이 싹 바뀌었다.

"도련님!"

"여전하시군요."

"드디어 오셨구려!"

조 노인은 화롯가에서 벌떡 일어나 철극수의 왼손을 덥석 잡았다.

두 사람의 만면엔 따뜻한 정감과 격동의 기쁨이 함께 묻어났다.

"저는 보이지도 않으십니까?"

"아, 소장주도 오셨소이까?"

“전 별로 반갑지 않으신가 보군요.”

“그럴 리 있소.”

진파는 다소 신기하게 세 사람을 바라보았다.

보통 무림세가의 공방이라면 고용인 대접밖에 받지 못하는데 이들의 관계는 그게 아닌 것으로 보였다.

조 노인의 눈에 진파는 보이지도 않는 듯했다.

철정에게 잠시 눈을 돌렸던 조 노인은 철극수만을 바라보고 있었다.

불을 가까이 하는 사람답게 형형한 눈빛 속에는 따뜻함과 안타까움, 그리움과 회한이 함께 섞여 있었다.

“회포는 밤에 실컷 풀기로 하지요. 먼저 여쭤볼 게 있습니다.”

조 노인이 눈을 빛냈다.

“드디어 검을 잡으실 준비가 되셨소이까?”

철극수는 빙긋 웃음을 내보였다.

“성공하셨구려!”

“완성되었습니까?”

“두 자루요.”

“보여주십시오.”

“허허, 드디어……! 갑시다!”

조 노인은 건너편에서 망치질을 하던 장인 한 명을 손으로 불러 화로를 맡겼다.

철극수의 어깨를 두드리며 연신 홍소를 터뜨리던 조 노인은 마음이 바쁜 듯 성큼성큼 앞장서 걷기 시작했다. 그의 걸음이 점차 빨라지더니 마침내 뛰기 시작했다.

공방을 빠져나와 자신의 처소로 한달음에 달려간 조 노인은 안으로 들어가더니 곧 나무로 만든 함을 들고 밖으로 나왔다.

철극수의 눈앞에 함을 열어 보여주는 조 노인의 눈은 자부심과 기대, 설레임으로 가득 차 있었다.

'우린 보이지도 않나 보군.'

내심 투덜거리면서도 진파는 조 노인에게 호감이 갔다. 한 사람에 대한 애정을 가감없이 그대로 드러내는 모습 속엔 외길을 걸어온 사람 특유의 고집이 느껴져 상쾌하기까지 했다.

조 노인의 모습은 어딘가 철극수와 비슷했다.

굳이 집어낸다면 그것은 당당함이었다.

'진짜 사내들이지……. 나도!'

생각에 잠겨 있는데 문득 철극수가 자신을 부르는 소리가 들렸다.

"진 소협."

"예?"

"둘 중 어느 것이 나아 보이나?"

진파의 눈은 함 속의 두 자루 검으로 향했다.

우람한 근육을 자랑하는 조 노인의 팔 위에 놓인 함 속에는 검 두 자루와 검집 두 개가 놓여 있었다.

공방에서 보았던 무식하게 큰 검들이 아니라 한 손으로도 충분히 다룰 수 있을 만한 길이였다.

삼 척 삼 촌쯤 되는 검신(劍身)은 아무 문양도 넣지 않은 투박한 모습 그대로였지만 예리하게 정련되어 있는 듯 시린 빛이 범상치 않았다.

검신의 끝을 감싸 호수(護手)와 연결된 동호인(銅護刃)에는 아무 문양도 보이지 않았다. 그것이 진파의 마음에 들었다. 검자루를 패옥으로 장식하고 용 무늬를 동호인에 잔뜩 새겨 넣은 모양만 그럴듯한 검은 별로 좋아하지 않았다. 검은 그 자체로 멋지면 그만이다. 그것이 진파의 지론이었고, 조 노인이 내보인 검들은 충분히 멋있었다.

"두 자루 다 멋진데요."

"정식으로 골라 보게."

"제가요?"

"자네 눈을 한번 보고 싶군."

진파는 고개를 끄덕이고 함의 아래쪽에 놓인 검을 먼저 들었다.

한 팔밖에 남지 않은 철극수가 휘둘러도 충분할 것 같은 무게였다.

'이걸로 광풍검을 시전할 수 있을까? 좀 가벼운 것 같은데?'

자신에게는 알맞은 무게였으나 중검(重劍)에 속한다 할 수 있는 광풍검엔 좀 가벼운 듯 느껴졌다.

'일단 검 자체만으로 우열을 가려보자.'

진파는 손가락으로 검신을 퉁퉁 튕기기 시작했다.

청명한 소리가 계속 이어졌다.

'강도가 끝내주는군.'

옥수공을 익힌 중지로 검신을 튕기자 투웅 하는 맑은 소리가 울리며 떨림이 검신 전체로 퍼져 나가 흩어졌다.

우우우웅…….

진파는 검지와 중지로 동호인의 끝에서 검봉(劍鋒)까지 검신을 주욱 훑었다. 우웅 하는 소리가 잦아지며 검의 떨림이 단숨에 멎었다.

'하아! 좋은데?'

검에서 나는 소리를 음미하던 진파는 함 속에 검을 넣고 다음 검을 보았다.

피가 흘러내리는 혈조(血漕)가 검신을 따라 길게 파인 것이 보다 실

전을 생각한 검인 듯했다

검병(劍柄)의 끝을 장식한 둥그스름한 운두(雲頭)만이 고풍스런 멋을 풍겼다. 길게 늘어뜨린 검수(劍穗)는 실용성을 생각한 듯 가죽으로 만들었다. 전체적으로 앞선 검보다 훨씬 더 실용성을 중시한 검.

진파는 검병을 움켜쥐었다.

"어?"

진파의 입에서 탄성이 터졌다.

검병을 움켜쥘 때 지이이잉 하는 울림이 뇌리를 울렸던 것.

"왜 그러나?"

고개를 돌려 철극수를 보았으나 듣지 못한 듯했다.

'잘못 들었나?'

"아, 아닙니다."

검을 들고 처음과 마찬가지로 검신을 통통 팅기며 강도와 재질을 시험한 진파는 함 속에 검을 내려놓았다.

"그래 어떤 게 더 좋은 검 같은가?"

"둘 다 훌륭합니다만… 굳이 따지자면 후에 시험한 검이 더 좋은 것 같습니다."

"어째서?"

"글쎄요…… 정확히 말씀드리긴 뭐하지만 그 검은 느낌이 있었습니다. 꼭 살아 있는 것 같았어요."

"그런가?"

빙긋 웃은 철극수는 조 노인을 향해 물었다.

"어떻소, 조 노인?"

조 노인은 아까부터 미간을 찌푸리고 진파를 보고 있었다.

"소협은 어디 대장간에 있었소?"

"예? 아닌데요."

"그런데 어찌 그리 검을 잘 아시오?"

"제가 아는 사람 중에 병기 감별이 특히 까다로운 분이 있었습니다."

공철을 슬쩍 떠올린 진파는 문득 떠오른 그리움에 피식 미소를 지었다.

공철의 놀림에 반발해 집을 뛰쳐나왔지만 어느새 그가 그리워졌다.

그리고 보니 그에게 배운 것이 참 많았다.

"조 노인이 감탄할 정도입니까?"

철극수의 물음에 조 노인은 고개를 끄덕였다.

"검을 시험하던 솜씨도 그렇고, 나중에 검의 품평을 한 것도 정확했소이다. 내 마음에도 그놈이 더 잘 만들어졌소."

철극수는 고개를 끄덕이곤 진파에게 고개를 돌렸다.

"그 검을 다시 잡아보게."

"예."

검을 손에 든 진파는 전신이 가뿐해지는 기분마저 들었다. 진짜 마음에 드는 검이었다.

"자네가 갖게."

"예?"

"도련님, 무슨 말씀이시오?"

진파와 조 노인이 동시에 철극수를 돌아보았다.

"자네에게 주는 선물일세. 앞으로 정진하게나."

"도련님!"

“조 노인이 이해해 주십시오. 애초에 우리 공방에서 검을 고르라 할 때부터 마음에 정한 바입니다.”

단호한 표정의 철극수를 보며 조 노인은 입을 다물었다.

철극수가 한 번 뱉은 말을 결코 물릴 사내가 아니란 것쯤은 조 노인도 알고 있었던 것.

“휴우… 딴 놈도 있는데…….”

“기왕 선사할 바에야 더 좋은 놈을 주는 것이 당연한 도리입니다.”

“이렇게까지…….”

진파는 고개를 숙였다.

철극수의 마음이 가슴 깊이 와 닿았다.

철극수가 진파의 말을 끊었다.

“앞으로 그 검을 아껴주기만 하면 나와 조 노인에게 성의를 다한 것이네. 어젯밤 나눈 얘기를 잊지 말게나.”

“알겠습니다…….”

진파는 말없이 고개를 숙였다.

더 이상 말로는 표현할 수 없는 고마움이었다.

조 노인은 다소 섭섭한 듯했지만 이내 얼굴을 폈다. 두 자루 검의 차이는 그야말로 우열을 가리기 힘들 정도로 미세한 차이. 어차피 두 자루 다 철극수를 위해 만든 것이니 그가 기쁘게 사용해 준다면 어떤 방식이라도 상관없었다.

“그래, 검의 이름은 무엇으로 하려오? 내가 새겨주겠소.”

진파는 잠시 생각하더니 고개를 들었다.

“철가장에서 얻었으니 철우(鐵友)라 짓겠습니다.”

조 노인의 얼굴에 만족한 웃음이 떠올랐다.

"그렇게 평생 친구로 여겨주시오."

"알겠습니다."

진파는 검을 다시 조 노인에게 전해주었다. 조 노인은 검을 소중히 함에 넣었다.

그때였다, 철극양의 시중을 드는 시비가 급히 달려 온 것은.

"무슨 일이냐?"

"태, 태인 도장께서 급히 진 소협을 찾으십니다."

"연유는 모르고?"

"아주 급한 일이라고 빨리 모셔오라고만……."

"너희는 그만 가보도록 해라."

"숙부님은요?"

"나는 조 노인과 회포를 풀어야겠다."

"허허, 암요."

철정과 진파는 두 사람에게 예를 표하고 급히 발걸음을 옮겼다.

천하의 태인 도장이 다급한 일이라고 했다면 아마도 소수마후와 관련된 일이리라.

소수마후의 뜻 모를 눈빛을 떠올린 진파의 발걸음이 빨라졌다.

"무슨 일입니까?"

철정과 진파가 철극양의 처소까지 오자 밖에 나와서 기다리고 있던 태인 도장과 철극양은 급히 둘을 이끌었다.

미리 준비해 놓았는지 투레질을 하는 말들이 기다리고 있었다.

"소수마후가 바로 근처의 동천현에 출현했네. 관에서 기별을 받았는데 아무래도 소수마후의 짓이 틀림없어."

태인 도장이 빠르게 말을 이었다.

"자네는 소수마후와 직접 손을 섞어보았으니 시신을 확인하면 무언가 단서를 잡을지도 모르네."

"시신이오?"

"어서 말에 오르게. 가면서 얘기해 주겠네."

"정이 너도 함께 간다."

아무 의미도 없는 듯 툭 내뱉은 철극양의 말에 철정의 얼굴엔 감격의 빛이 떠올랐다.

이것은 철가장주로서 공식적으로 관을 방문하는 것. 아들인 철정을 데리고 간다 함은 소장주로서 철정을 완전히 인정한 것이었다. 처음 있는 일이었다. 철정은 자신도 모르게 눈시울이 뜨거워지는 것을 느꼈다.

"뭐 하나? 빨리 가자!"

진파의 재촉에 철정도 격동 어린 가슴을 안고 묵묵히 말에 올랐다.

네 필의 말이 말발굽을 울리며 뛰쳐나갔다.

대문이 활짝 열리며 일렬로 세찬 먼지가 피어올랐다.

태인 도장의 옆을 바싹 달리며 진파가 빠르게 물었다.

"지금 어디로 가는 겁니까?"

"오늘 새벽에 살인 사건이 있었네. 네 명의 사내가 살해당했는데 셋은 머리가 터져 죽었고 한 명은 말라 죽었다 하네."

"과연!"

진파가 고개를 끄덕였다. 양기를 모두 빨려 바싹 마른 목내이(木乃伊:미이라)처럼 보이는 것이 소수마후에게 당한 자들의 공통점이었다.

"이해할 수 없는 시신이라고 철가장에 자문을 구하러 왔더군. 일단 직접 보아야 알겠다고 돌려보냈네. 소수마후에게 당한 것이 분명해.”

“제 생각도 같습니다.”

“더구나 소수마후가 도회에 나타났다는 것이 중요하네. 자칫 때를 놓치면 엄청난 혈겁이 일어날 수도 있어!”

철극양이 태인 도장에게 의문을 표했다.

“형님, 소수마후는 보통 무인들을 습격하지 않습니까? 아무래도 무인들의 정기가 더 빼앗을 가치가 있으니까요. 왜 일반 백성을 공격한 것일까요?”

“알 수 없네. 마지막에 소수마후가 출현한 것이 벌써 이백 년 전이야. 어쩌면 이번엔 무림뿐 아니라 무차별 살상극이 벌어질 수도 있네. 아니, 벌써 시작되고 있는지도 모르지.”

“이제 비밀리에 알아볼 단계가 지난 것 아닙니까?”

“거의 마음을 굳혔네만 일단 시신을 확인해 보세. 소수마후의 짓이 확실하다면 이는 최우선 상황이야. 무맹의 모든 힘을 동원해서라도 소수마후를 척살해야 하네. 배후를 밝히는 건 나중이야.”

다급한 태인 도장의 말은 일이 얼마나 급하게 돌아가는가를 웅변했다.

진파는 척살해야 한다는 태인 도장의 말을 떠올렸다.

문득 이벽화의 얼굴이 떠올랐다. 소수마후와 너무도 닮았던 그 눈빛……

‘말도 안 되는 생각이야!’

진파는 고개를 흔들고는 철정과 나란히 말 배를 걸어찼다.

“이쪽입니다.”

철극양이 앞장서고 태인 도장이 따랐다.

진파는 두 사람을 안내하는 포쾌로 보이는 관원의 뒤를 따르며 고개를 휘휘 돌려 좌우를 살피고 있었다. 철정 또한 진파의 곁을 걸으며 주변을 살폈다.

태인 도장의 전음이 들렸다.

"시신을 본 적이 있는가?"

"사람은… 처음인데요."

"일단 이들에게 소수마후의 존재를 알려서는 안 되네. 모른 척해야 해. 평정을 유지하게."

"걱정 마세요."

철극양도 철정에게 같은 당부를 하는지 철정이 고개를 가볍게 끄덕이는 것이 보였다.

골목을 가로막고 있던 포쾌들의 사이를 지나 마침내 사고 현장에 도착했다.

담벼락이 온통 검붉은 피로 잔뜩 얼룩져 있었다.

시신 위에 덮어놓았는지 여기저기 거적이 깔려 있었다.

철극양을 알아보았는지 날카로운 눈매의 중년 사내가 다가왔다.

"잘 오셨습니다, 장주. 직접 오셨군요."

동천현의 포두 섭일평(葉一平)은 무언가를 살피는 듯 날카로운 눈초리로 철극양을 바라보았다. 단단한 체구였지만 보통보다도 작은 체구였기에 철극양을 한참 올려다보면서도 한 점 비굴함이 없었다.

그러나 철극양의 안색엔 아무 변화가 없었다.

"마침 볼일이 있는 참이라 오랜만에 섭 포두도 만나볼 겸 해서 직접 왔소이다."

“우리가 자주 만나 좋을 일은 없지요.”

“여전히 깐깐하시구려.”

“동행하신 분들은 뉘십니까?”

“이쪽은 내 의형이시오. 견문이 넓으시니 도움이 되실 게요. 그 옆의 소협은 의형과 동행이외다. 이쪽은 내 아들 철정이오. 이참에 섭 포두와 안면이라도 익히라고 데려왔소이다.”

섭일평이 철정을 바라보자 철정이 포권을 취했다.

비굴하지도 뻣뻣하지도 않은 당당한 인사였다.

“철정입니다. 처음 뵙겠습니다.”

잠시 철정을 주시하던 섭일평도 마주 포권을 취했다.

“반갑소이다. 기태가 아주 헌앙하시오.”

“감사합니다.”

섭일평은 태인 도장과 진파에게는 간단히 목례를 하고 표정의 변화 없이 곧바로 본론으로 들어갔다. 그의 시선은 철극양에게 닿아 있었다.

“심각한 사건입니다. 무림인의 짓인 것은 틀림없는데 한 구의 시신은 사인을 알 수가 없더군요.”

“어디 좀 봅시다.”

“거적을 치워라.”

섭일평의 명령에 몇몇 포쾌들이 나서 거적을 걷어냈다.

모습을 드러낸 시신들의 잔해에 태인 도장은 눈살을 찌푸렸다.

세 구의 시신은 모두 들은 대로 목이 없는 상태였다.

태인 도장은 눈을 감으며 도호를 읊조렸다.

철극양이 중얼거렸다.

"뜯어낸 것 같은 자국이군요."

철극양의 말대로 세 시신의 목은 예리한 절단면을 드러낸 것이 아니라 마치 거대한 망치로 쳐 억지로 뜯어낸 듯 살점이 너덜거리는 상태였다.

"강력하긴 하지만 예리한 솜씨라곤 할 수 없소이다. 하지만 머리들이 거의 형체를 남기지 못했소이다. 이는 무림인이 아니면 불가능한 일이오."

"꼭 그렇게 단정할 수는 없지 않겠소?"

"시신과 머리의 잔해가 흩어진 위치로 보아 단 일격으로 그렇게 만든 게 분명하오. 어떤 무기를 썼는지는 모르지만 파락호의 짓으로는 절대 볼 수 없소."

섭일평의 말을 들으며 태인 도장은 내심 고개를 끄덕였다.

'세심한 자로군. 조심해야겠어.'

주의를 주려고 힐끔 진파를 보니, 진파의 얼굴은 딱딱하게 굳어 있었다. 철정도 마찬가지였다. 처음 시신을 본 충격이겠거니 하고 태인 도장은 고개를 돌렸다. 저 상태라면 굳이 주의를 주지 않아도 실수는 하지 않을 듯 보였다.

"문제의 시신은 바로 여기 있소이다."

섭일평이 가리키는 시신을 보니 과연 말라비틀어진 육포처럼 딱딱하게 뒤틀려 있었다.

태인 도장은 몸을 숙여 시신의 얼굴을 보았다.

말할 수 없는 공포가 담긴 시신의 표정은 두 눈을 치켜 뜬 채로 흉물스럽게 굳어 있었다.

태인 도장은 손으로 시신의 얼굴을 만져 보았다.

딱딱했다.

‘틀림없다!’

소수마후에게 정혈을 빼앗긴 시신은 부패할 틈도 없이 딱딱하게 전신이 굳는 것이 특징이었다. 의심할 나위 없는 소수마후의 짓이 분명했다.

‘아직 완성되지는 않은 게 틀림없어. 전력을 다해 잡아야 한다.’

소수마공이 완성되었다면 칼로 자른 듯 매끄럽게 목을 잘라냈을 것이다. 뜯어낸 듯 보이는 거친 면은 아직 소수마공의 화후가 십이성 절정의 경지에 달하지 않았다는 증거였다.

“무언가 알아내셨소이까?”

섭일평의 떠보는 듯한 물음에 태인 도장은 몸을 일으키며 고개를 저었다.

“저도 이런 시신은 처음 봅니다. 이 사람들은 어떤 이들입니까?”

섭일평이 눈을 가늘게 뜨고 태인 도장의 내면을 꿰뚫어 볼 듯 살폈다.

담담하기만 한 태인 도장의 태도에 섭일평은 돌연 사람 좋은 웃음을 흘렸다.

“허허, 오는 게 있어야 가는 게 있는 것 아니겠습니까?”

철극양이 섭일평을 보며 마주 웃었다.

“섭 포두, 우리는 도움을 주러 왔는데 구태여 아는 사실을 숨길 이유가 있겠소? 섭형도 견문이 짧지 않지만 사인을 밝혀내지 못하고 있지 않소? 함께 머리를 모아봅시다.”

섭일평은 간단히 고개를 끄덕이곤 빠르게 말을 이었다.

“이들은 색주가 근처에 기생하고 있는 주먹패들이오. 무인이라 할 수는 없지만 나름대로 주먹 좀 쓴다는 치들이외다.”

“반항의 흔적이 전혀 없구려.”

“그렇소이다. 그래서 이렇게 골머리를 앓는 중이오. 혹 무인들의 세력 다툼이 동천에서 벌어질까 해서 말이오. 그동안 강호도 평화로웠는데 이 무슨 변고인지 모르겠소.”

그때, 진파가 태인 도장을 불렀다.

“도장 어른, 잠시 이리로 와보시지요.”

진파는 어느새 일행에게 떨어져 오 장 정도 떨어진 담장의 후미진 구석에 서 있었다.

태인 도장이 진파를 보더니 심각한 그의 표정을 보고 빠르게 다가섰다.

“왜 그러나?”

“이걸 보십시오.”

진파가 가리키는 담벼락과 땅바닥을 보다 태인 도장의 안색이 흠칫 굳었다. 태인 도장은 흡족한 얼굴로 진파의 어깨를 두드렸다.

“수고했네.”

진파는 가볍게 웃어주었다.

태인 도장이 저쪽에 서 있는 섭일평에게 고개를 돌렸다.

“혹시 이 장소를 포쾌들이 밟고 지나갔소이까?”

“아니오. 그쪽은 전혀 손 대지 않았소이다.”

“목격자가 있었소.”

“뭐요?”

섭일평이 빠르게 몸을 날렸다.

적지 않은 수련을 쌓은 듯 날래기 짝이 없었다.

철극양과 철정도 단숨에 달려왔다.

태인 도장은 섭일평을 바라보며 담벼락을 가리켰다.

"보시오. 분명 한 사람 이상이 이곳에 있었소. 더구나 이 핏자국을 보시오."

섭일평이 보니 담벼락에 인접한 땅바닥에 한 방울 검은 핏방울이 떨어져 있었다.

얼른 손가락을 핏자국에 대어보니 아직 축축한 기운이 남아 있어 반나절이 채 지나지 않은 것이 틀림없었다.

섭일평의 날카로운 눈이 담벼락 주위를 빠르게 훑었다.

"조삼(趙三)!"

"예!"

수하 한 명이 달려왔다.

섭일평은 땅바닥에 끌리듯 깊게 난 발자국을 가리키며 조삼에게 지시했다.

"이 발자국을 따라 색주가 주변을 샅샅이 뒤져라! 두 사람이다! 한 명이 다른 한 명을 업고 갔으니 부상자거나 병자일 것이다. 목격자일 가능성이 크다. 빨리 수배해!"

"옙!"

현장이 아연 활기를 띠기 시작했다.

시체 처리부터 탐문까지 일사천리로 지시한 섭일평이 태인 도장에게 포권을 취했다.

"큰 도움을 받았습니다. 감사드립니다."

"별말씀을. 치안을 유지하시느라 노고가 크십니다."

"단순한 살인 사건이라면 관계없지만 뒷골목 세력 다툼에 무인들이 끼어들었다면 문제가 큽니다. 모쪼록 살펴주시기 바랍니다.”

섭일평의 말은 태인 도장의 신분을 어느 정도 짐작하는 듯했다.

“알겠습니다.”

태인 도장은 이면에 담긴 말에 수긍도 부인도 않는 애매한 태도를 취하며 고개를 끄덕였다.

“도움을 주신 보답으로 알려 드리지요. 사실 이런 사건이 몇 차례 더 있었습니다.”

“그렇습니까?”

이미 소수마후의 행적을 쫓아 북상했던 태인 도장은 단순히 고개를 끄덕였다.

그러나 이어진 섭일평의 말에는 태인 도장도 무심할 수 없었다.

“동천뿐만 아니라 서안(西安)과 감천(甘泉)에서도 비슷한 사건이 있었습니다. 모두 사인이 밝혀지지 않아 흐지부지 끝났습니다만, 관인들 사이에선 은밀히 소문이 떠돌고 있습니다.”

“감천이라 하셨습니까?”

“예. 벌써 한 달쯤 된 것으로 알고 있습니다.”

“…말씀에 감사드립니다.”

“오는 게 있으면 가는 게 있는 법이지요. 필요하면 서로 돕도록 하지요.”

“좋습니다.”

의미 깊은 눈길을 나눈 태인 도장과 섭일평은 각기 몸을 돌렸다.

태인 도장이 진파 등에게 손짓했다.

“그만 장으로 돌아가세.”

철극양과 철정은 더 묻지 않고 발걸음을 떼었다.

말라비틀어진 사내의 시신을 잠시 응시하던 진파도 몸을 옮겼다.

철가장에 도착해 철극양의 내실에 모인 네 사람은 시비가 내온 찻잔을 물끄러미 바라볼 뿐 아무 말도 없었다.

태인 도장이 긴 한숨을 토해냈다.

"왜 그러십니까, 형님?"

"서안의 사건은 나도 알고 있었네. 그런데 감천이라니……."

감천은 진파가 살고 있던 소화산에서도 수백 리나 북쪽으로 떨어진 곳이었다.

"그게 어떤 의미가 있습니까?"

"내가 추적을 시작한 곳이 바로 서안이네. 소수마후의 행적은 간간이 끊어지긴 했지만 계속 북상 중이었어. 오늘 새벽의 일을 봐서도 알수 있듯 소수마후는 아직 이 근처에 있는 것이 틀림없네. 그런데 이곳에서 한참 떨어진 감천에서도 동일한 사건이 있었다지 않는가. 이게 무얼 의미하겠는가?"

"그럼?"

"소수마후가 하나가 아닐 수도 있다는 것일세."

"그, 그럴 수가……!"

철극양의 입이 떡 벌어졌다.

소수마후가 한 번 나타나면 시산혈해를 이룬다는 전설은 결코 과장이 아니었다. 마제가 출현하기 이전에도 마후의 손에 스러진 생명들이 그만큼 많았던 것이다.

"자네는 무맹과 화산에 급전을 쳐주게. 편지는 내가 쓰겠네."

"알겠습니다."

"그리고 진 소협."

"예."

"아까는 정말 수고했네. 사고 현장이 너무 강렬해 아무도 눈길을 주지 않은 목격자의 자취를 발견하다니 정말 대단하이."

"별거 아닙니다."

"짜식, 겸손이 지나치네. 대단한 건 대단한 거지. 나도 놀랐다."

철정의 말에 진파는 겸연쩍은 듯 머리를 긁었다.

"눈앞에서 소수마후의 신법을 본 터라 찾을 수 있었어. 아까 그 시신 옆에 작은 자취가 있더라구. 혹시나 해서 주변을 돌아보았는데 운이 좋았던 거지 뭐."

웃고 있는 진파의 얼굴 한편에는 살짝 그늘이 져 있었다.

진파의 마음은 사실 좀 복잡했다.

본래 소수마후에게 진파는 별다른 악감정이 없었다.

강호의 전설이 무시무시하다지만 그거야 전설로 들은 것일 뿐.

진파가 겪은 소수마후는 그렇게 위험한 여자라 보이지는 않았다.

첫 입맞춤을 나눈 상대이기도 했고 그에겐 손을 쓰다 사정을 봐주기도 했다. 그리고 그에게 보냈던 그 복잡한 눈길…….

그런데 공포로 얼룩져 피골이 상접한 시신을 보니 왠지 친인이 잘못을 저지른 것을 본 것처럼 마음이 착잡했다. 소수마후의 피의 전설은 결국 사실이었다는 말인가…….

태인 도장의 목소리가 들렸다.

"이것은 강호 전체의 중대한 사안이네. 어쩌면 강호의 평화가 이번에 산산이 깨질지도 모르지. 죄없는 백성들까지 도륙당할 수 있네."

진파는 말없이 고개를 끄덕였다.

“내 진 소협에게 부탁할 것이 있네.”

“말씀하십시오.”

“나는 곧바로 소수마후의 행적을 추적하겠네. 화상을 갖고 있으니 큰 도움이 될 것이야. 무맹의 정보망을 총 동원할 생각이네. 그런데 당장은 손이 모자랄 것 같네. 진 소협이 한 팔 거들어주었으면 하네.”

“당연하죠. 원래 도장 어른 돕겠다고 한 건 저였으니까요.”

“내 곧 편지를 한 통 써줄 테니 서안으로 좀 가주겠나? 사안이 엄중하니 재빨리 움직여야 하네.”

“서안의 어디로 가야 합니까?”

“서안의 중심에 고루(鼓樓)가 있네. 그곳에 가면 섬서 개방분타와 접촉할 수 있을 것일세. 반드시 분타주와 직접 만나도록 하게. 내 신표를 건네주겠네.’

“예.”

“곧 차비를 하고 이곳으로 와주시게.”

진파는 철극양을 바라보았다.

“아저씨, 철정과 함께 가면 안 될까요?”

철정의 눈이 커졌다. 재빨리 철극양을 보니 철극양의 만면에 자애로운 미소가 떠올라 있었다.

“그래라. 이번 기회에 견문도 좀 넓히고.”

철정의 얼굴 가득 환한 웃음이 생겨났다.

“감사합니다, 아버지!”

“어서 가자. 난 검부터 챙겨야겠다.”

진파의 말에 철정도 고개를 끄덕였다.

진파와 철정이 방을 나서자 날카로운 전음이 태인 도장의 귀청을 때렸다.

"이 무슨 짓이냐!"

"나와서 말씀하시지요."

태인 도장의 조용한 말이 떨어지기 무섭게 천장의 일부가 녹아내리듯 두 명의 신형이 나타났다.

공철과 손일연이었다.

"어째서 소주께 그런 심부름을 시킨 것이냐!"

공철의 얼굴엔 노기가 가득했다.

"상황이 다급하기 짝이 없습니다. 섬서에서 이 문제를 해결하지 못한다면 중원 전체로 파급될지도 모릅니다. 더구나 무적다가(無敵多家)의 강호출도는 본래 경험을 쌓을 뿐만 아니라 대협으로 키우는 데 목적이 있는 것 아닙니까? 이렇게 중대한 사안을 무적다가에서 외면한단 말입니까?"

"정녕 그 이유로 소주에게 부탁한 것이더냐?"

"그렇습니다. 이제부터 동원할 수 있는 모든 인원을 모아 소수마후의 흔적을 수색할 참입니다. 하나의 손이 아쉽습니다."

공철은 태인 도장을 잡아먹을 듯 잔뜩 노려보다 씹어뱉듯 말을 토했다.

"내 자네를 지켜보겠다."

"저는 강호를 위할 뿐입니다."

"그 말이 얼마나 위험한 말인지 명심하게! 만약 명분을 앞세워 소주를 이용하다 무슨 문제라도 생긴다면 내 가만있지 않겠네. 이건 양괴 공철의 말이란 걸 잊지 말게!"

공철은 싸늘한 얼굴로 몸을 돌렸다.

무언가 말을 하려 하던 손일연도 안타까운 시선을 남기고 공철의 뒤를 따랐다.

공철과 손일연은 진파를 따라 밖으로 몸을 날렸다.

절정의 은형대신공은 허공에서 둘의 모습을 팍 하고 꺼지게 만들었다.

철극양이 태인 도장에게 물었다.

"어째서 그 친구를 직접 보내신 것입니까? 개방이라면 무맹에 가입한 우리 원군 아닙니까?"

"어쩔 수 없었네. 이번 일을 빨리 해결하기 위해서는 한 분의 도움이 절실하네. 부풍무영을 써 흔적조차 잘 남기지 않는 소수마후를 찾으려면 보통의 추새꾼으론 역부족일세."

"그럼?"

"맞네. 개왕(丐王)을 움직여야 하네."

"개방이 비록 무맹의 일원이라지만 그분은 무맹과 등을 돌린 분 아닙니까?"

"그러니 진 소협을 보낸 걸세. 개왕께서도 무적다가를 외면하시진 못할 것이네. 빨리 지필묵이나 준비해 주게."

"알겠습니다."

태인 도장의 눈은 깊이 가라앉아 있었다.

철정의 방에서 행장을 챙긴 후, 진파와 철정은 곧바로 조 노인의 처소로 달려갔다.

서안으로 떠날 때 철우를 가져가고 싶었기 때문이다.

다시 검을 잡기로 마음을 먹었으니 한시라도 곁에서 검을 떼어놓고 싶지 않았다.

무엇보다도 진파는 철우가 너무 마음에 들었다.

검병을 잡을 때 찌잉 하던 그 느낌이 아직도 생생했다.

마당에 놓인 작은 탁자에 앉아 벌써부터 술을 푸고 있던 철극수와 조 노인이 철정과 진파를 보며 반가운 표정을 지었다.

"그래, 일은 잘 끝났나?"

"예. 그 일은 잘 끝났는데… 저 서안에 가게 되었습니다."

"서안?"

"예. 태인 도장께서 부탁하신 일이 있어서요."

진파는 조 노인을 바라보며 급하게 말했다. 철정은 철극수에게 동천에서 있었던 일을 소상히 아뢰고 있었다.

"지금 곧 출발해야 하니 철우를 가져갈까 합니다."

"아직 이름을 새기지 못했는데……."

"다시 기회가 있겠지요."

진파가 서두르는 기색을 본 조 노인은 곧 방으로 들어가 묵빛의 검집 안에 담긴 철우를 들고 나왔다.

진파의 얼굴에 반가운 기색이 스쳤다.

진파에게 검을 넘겨주며 조 노인은 흡족한 미소를 머금었다.

장인에게 자신의 검을 아껴주는 사람만큼 반가운 이는 없었으니.

"갓 태어난 검을 가져 본 적이 있으시오?"

"이번이 처음입니다."

"그렇다면 피를 먹여본 적은 없겠구려."

"예."

"검사에게 가장 설레는 시간을 이 자리에서 갖게 되었소이다."

진파는 검집에서 철우를 빼 들었다.

처음 잡았을 때처럼 지잉 하는 느낌은 없었지만 흡족한 느낌은 여전했다.

홀린 듯 시린 검신을 바라보던 진파가 다시 한 번 감탄했다.

"정말 좋은 검입니다."

"물론! 내 평생 만든 검 중 최고라 꼽을 수 있는 검이오."

진파는 철우의 검인을 팔뚝에 가져갔다.

슬쩍 검을 긋자 새빨간 피가 한줄기 검신에 맺혀 흘렀다.

혈조를 따라 핏방울이 흐르는 모습은 마치 검이 피를 먹는 듯 보였다.

검이란 본래 무언가를 베고 찌르기 위해 만들어진 것.

끝없이 피를 그리워하는 것이 검의 속성이었다.

검이 가진 살기를 눅이기 위해 장인은 반드시 자신의 피를 섞어 검을 만들고 날을 세웠다.

잘 만든 검일수록 그 살기가 강하기에 처음 검을 들었을 때 주인의 피를 먹여 검의 살기를 달래주는 것이다. 그렇게 하지 않으면 끝없이 피를 그리워하는 마검이 될 수도 있었다.

진파는 철우를 따뜻한 시선으로 바라보았다.

자신과 피가 섞인 자신만의 검.

등골이 서늘해지는 감동이었다.

"이제 철우는 완전한 진 소협의 검이오."

진파는 지혈을 하면서도 싱글벙글 웃고 있었다.

철극수가 물었다.

"지금 떠날 생각인가? 행장까지 완전히 챙겼나 보군."

“예.”

“정이의 눈물 겨운 이별 장면을 보겠군.”

“예?”

철극수가 손을 들어 가리키는 방향을 보니 선지애가 급하게 달려오고 있었다.

진파는 얼른 선지애의 뒤를 살폈으나 이벽화는 보이지 않았다.

‘쩝… 나도 멋지게 인사하고 가고 싶었는데 말야.’

철정이 선지애를 반갑게 맞았다.

그런데 선지애의 기색이 왠지 심상치 않았다.

“크, 큰일이에요.”

“큰일? 너무 걱정 말구려.”

“예?”

“서안에 가게 되었지만 별다른 일은 없을 거요. 서신만 전해주면 되니 금방 돌아오리다.”

선지애는 잠시 멍한 표정으로 철정을 바라보았다.

“서안? 서안엔 왜요? 왜 갑자기 간다는 거예요?”

“어? 내가 서안 간다는 말을 듣고 큰일났다고 말한 거 아니오?”

“아니에요!”

“그럼 무슨 말이야?”

동문서답에 짜증이 났던지 선지애가 빽 소리를 질렀다.

“벽화 동생이 없어졌단 말이에요!”

“에? 그게 무슨 말입니까?”

진파가 급히 끼어들어 물었다.

“벽화 동생은 피곤하다며 일찍 침상에 들었는데 일어나 보니…….”

“무슨 흔적은 없었습니까?”

“침상이 아주 어지러웠어요.”

“그럼 납치를 당한 건 아닙니까? 혹시 그 고전륜이라는 사기꾼이…….”

“고전륜은 아니에요. 그런 사기꾼이 뚫을 정도로 검선장의 경계가 느슨하진 않아요. 하지만 납치되었을 가능성도 배제할 순 없어요. 혼자 빠져나갔다 보기도 힘들거든요. 벽화 동생은 무공도 거의 모르는 것 같던데 호장무사들에게 들키지 않고 장을 빠져나가는 것은 불가능해요.”

“이, 이런……!”

납치되었을 수도 있다는 말 아닌가.

진파의 안색이 딱딱하게 굳었다.

“어, 어쩌면 좋지? 난 지금 서안에 가야 하는데…….”

“이 소저를 찾는 게 더 급하지 않을까? 서안이야 우리 말고 다른 사람이 가도 되잖아?”

진파는 미간을 찡그렸다.

강호 평화니 하는 것은 그에게 별다른 감흥을 주는 말이 아니었다.

소수마후에 대한 마음도 아직 애매했다.

강호의 공적이라는 적의보다는 정말 소수마후가 사람을 해쳤을까 하는 의구심이 더 컸다. 그가 본 소수마후는 인명을 무차별 해치는 괴물이라기보다는 좀 이해할 수 없는 구석을 가진 예쁜 여인에 불과했기에.

더구나 은근히 호감을 갖고 있던 이벽화가 실종되었다는 사실에 더 마음이 쓰였다.

그러나 진파는 단호하게 고개를 저었다.

"일단 내 입으로 승낙한 걸 다시 번복할 수는 없다. 서안으로 가기로 했으니 거기부터 갔다 올게. 지금은 그러고 싶다. 그동안은 너랑 선 소저가 찾아봐. 이번엔 같이 못 가겠다. 부탁 좀 하자. 혹시 모르니 고전륜 놈도 찾아보고. 최대한 빨리 다녀올게."

"알았다."

철정은 다시 권하지 않고 순순히 진파의 뜻을 받아들였다.

이벽화가 실종된 것을 꼭 납치라 단정할 수 있는 근거가 있는 것도 아니었고 자신의 말을 지키겠다는 진파의 의지를 존중해 주고 싶었다.

그 또한 서안에 가보고 싶은 마음은 컸지만 친구의 부탁을 무시할 만큼 가고 싶은 곳은 아니었다.

진파는 몸을 돌려 철극수와 조 노인에게 포권을 취했다.

"수일 내에 다시 뵙겠습니다."

"그러게. 너무 조급히 행동하지는 말게나. 이 소저는 나도 함께 찾아보겠네."

"부탁드립니다."

진파가 총총히 사라지자 철극수는 철정과 선지애를 손짓해 불렀다.

"어찌 된 영문인지 소상히 말해 보아라. 아까 얘기도 듣다 말았으니 모든 상황을 처음부터 말해 보아라."

"그게……."

철정이 슬쩍 조 노인을 보자 눈치를 챈 조 노인이 너털웃음을 흘렸다.

"소장주, 염려 마시오. 난 공방에 가 있을 테니."

"죄송합니다."

"괜찮소. 무림의 일이야 내 관심 밖이니. 도련님, 밤에 다시 찾아오구려."

"그렇게 하겠습니다."

조 노인이 떠나자 철정은 소수마후와 진파를 만난 일부터 이벽화가 사라진 정황까지 자세히 말하기 시작했다.

철정의 말을 듣는 철극수의 안색이 점점 굳어졌다.

"하아—!"

말 배를 걷어차는 진파의 얼굴은 딱딱하게 굳어 있었다.

자신이 뱉은 말을 지킨다고 서안으로 떠나오긴 했으나 영 마음이 불편했다.

수줍은 듯 자신을 바라보던 이벽화의 시선이 아른거려 마음은 점점 급해지기만 했다.

납치를 당했을지도 모른다.

어떤 고초를 겪고 있을지도 모른다.

무언가 한구석이 비어 있는 듯 허전한 느낌을 주던 가녀린 이벽화가 아니던가.

'젠장! 괜히 서안 간다고 했나?

장부일언중천금(丈夫一言重千金).

어릴 때부터 귀에 못이 박히도록 공철에게 들은 말이었고 자신도 그 말에 대해서만은 절대적으로 지켜야 할 말이라 생각하고 있었다.

언행일치가 되지 않는 사람을 가장 경멸하는 이가 공철이었고, 진파 또한 그 영향을 적지 않게 받은 터였다.

그렇기에 태인 도장에게 다시 가서도 아무 말도 하지 않고 편지와 신표를 받아 바로 떠나온 참이었다.

그러나 후회가 없다면 거짓이다.

'이게 철 아저씨가 말했던 그 선택의 대가라는 건가? 젠장할!'

점점 마음이 급해졌다.

아무리 빨리 잡아도 사흘은 말을 달려야 서안에 도착할 수 있었다.

밤을 아껴 달리는 것은 무리였다.

진파에겐 초행인 길.

무작정 말 배를 걷어찰 뿐이다.

"하아—!"

철극양의 애마가 거칠게 투레질을 하며 속도를 높였다. 거구의 주인
을 태우고 다니던 말이었기에 진파를 태운 지금 날듯이 달리고 있었다.

그때, 진파의 귀에 관도의 저편 숲에서 챙챙 병장기를 섞는 기음이
들렸다.

진파는 마음 한편 가볍게 호기심이 일었으나 이를 무시하고 달리려
했다.

그만큼 마음이 급했다.

그러나 귓전을 파고든 높은 고음이 진파의 마음을 돌렸다.

"아아아아아악!"

가녀린 여인의 비명 소리였다.

엄창직(嚴昌直)과 칠무종(漆無終)은 귀두도와 쌍도끼를 맞댄 채로 두
눈을 부릅뜨고 있었다. 그들의 시선은 비명을 지르며 쓰러진 여자에게
맞추어 있었다.

"쟤…… 왜 저러니……?"

“몰라……. 벼락이라도 맞았나……?”

산적 엄창직.

산적은 그의 대형 고전륜이 부르는 별명이다. 다른 사람이 산적이라 부르면 무지 화를 냈지만 모두가 그를 스스럼없이 산적이라 불렀다.

엄창직은 산적다운 훌륭한 인상과 체구를 타고났지만 불행히도 외모에 걸맞는 실력이 없었다. 땅꼬마 하나 이기지 못했다. 만만하니 모두가 놀리듯이 산적이라 불렀던 것.

동천을 주름잡던 ‘전륜파’가 몰락했지만 산적은 끝까지 고전륜의 곁을 떠나지 않았다. 의리가 대단해서는 아니었다. 어디까지나 아우 양린 때문이었다.

쌍도끼 칠무종.

도끼 두 자루를 사용하긴 했지만 그 별명의 유래는 오히려 그의 눈 때문이었다.

매섭게 찢어진 도끼눈의 소유자 칠무종.

그러나 그 역시 엄창직과 마찬가지로 땅꼬마도 이기지 못했다.

둘 다 훌륭한 체구와 뒷골목에 어울리는 흉악한 외모를 타고났지만 불행히도 둘 다 얼굴값을 못했다.

조금이라도 엄창직과 칠무종을 겪은 사람들은 모두 그들을 만만하게 보았다. 힘이 모자라서는 아니었다. 얼굴에 어울리지 않게 여린 심성을 타고난지라 벌레 한 마리 죽이지 못했다.

동천의 왈짜들이라면 누구나 무시하는 엄창직과 칠무종.

그런 그들을 유일하게 형이라 부르는 사람이 있었으니 그가 바로 양린이었다.

양린이 약해서는 절대 아니었다. 비록 흉물스런 외모에 어울리지 않게 분칠을 하고 눈썹을 다듬고 다니는 양린이었지만 주먹 실력은 산적과 쌍도끼가 감히 넘볼 수 없는 경지였다.

양린이 그들을 형이라 부른 이유는 양린의 사고 구조가 아주 단순했기 때문이다. 먼저 태어나면 형, 늦게 태어나면 동생. 그것이 양린이 사람을 사귀는 기준이었다. 양린은 엄창직과 칠무종보다 네 살 아래였기에 스스럼없이 좀 모자란 둘에게 형이라 불렀다.

그래서 산적과 쌍도끼는 모두가 고전륜을 아니라 외칠 때도 예라고 외쳤다. 양린이 고전륜에게 절대충성, 아니, 절대사랑을 바쳤기 때문이다. 그들은 양린 때문에 전륜파를 떠나지 않았다. 그들이 도대체 어디가서 '형님' 소리 듣고 살겠는가.

전륜파의 자금이 고전륜의 엽색(?) 행각에 바닥을 드러내자 양린이 산적과 쌍도끼를 밖으로 내몰았다. 그들로서는 동천 바닥에서 한 푼도 뜯어낼 수 없었기에 원정을 내보냈던 것. 그들을 처음 본 좀 어벙한 사람들에겐 둘의 무시무시한 외모가 통할 때도 있었기 때문이다.

다행히 의도가 성공해 꽤 두둑한 자금을 챙길 수 있었지만 그들의 행보는 조금 늦어졌다. 예정대로라면 지금쯤 동천의 명월루에서 고전륜과 양린을 만나고 있을 테지만 둘만 있다 보니 해묵은 과제가 떠올랐던 것이다.

바로 둘 중 누가 형이냐는 것이었다.

도토리 키재기였지만 양린에게 형 소리를 들은 이후 그들 간에도 서열이 필요하다고 은근히 다투던 터였다. 물론 고전륜이 있을 때는 찍소리도 못했지만 둘만 있게 되면 날마다 투닥거리던 문제였다.

오늘도 뒷골목 인생답게 관도를 피해 투닥거리며 숲 속을 가다 우연히 바위 턱에 홀로 앉아 있는 여인을 만났다.

그렇다고 여인에게 집적댄 것은 아니었다.

흉악한 외모와 정반대로 연약한 심성을 자랑하는 산적과 쌍도끼는 오직 명월루의 삼월이만을 사모했다. 둘 중 형이 되는 사람이 삼월이를 차지하기로 굳게 약조까지 한 상태였다. 설사 흑심을 품었더라도 옆에 호시탐탐 기회를 노리는 경쟁자가 버티고 있으니 둘 다 서로의 고자질이 무서워 아무 짓도 못했다.

약간 빈틈이 엿보여 천진해 보이는 여인은 스스럼없이 둘의 말을 들어주었다.

무인답게 둘이 싸워 이기는 사람이 형을 하라고 방법까지 알려주었다.

여태까지 쨱쨱거리며 말싸움만 하던 산적과 쌍도끼는 그 방법에 내심 찔끔했다.

'저 도끼에 찍히기라도 하면……'

'귀두도에 맞으면 작살나겠지……'

평소 잘 사용하지도 않던 무기였다. 어디까지나 과시를 위한 장식물.

그러나 이제 와서 안 한다고 어찌 말하나.

할 수 없이 둘은 느릿느릿 다치지 않게 서로의 병기만을 챙챙 치며 대타 비슷한 결투를 벌였다.

도대체 끝나지 않을 것만 같은 결투를 지켜보던 여인이 입을 벌려 하품을 하기 시작한 게 좀 전이었다.

그러다 돌연 머리를 움켜잡으며 기인 비명을 내지르더니 풀썩 바닥에 쓰러지는 것이 아닌가. 엄청나게 째지는 비명에 깜짝 놀라 병기를 맞댄 채로 굳어버린 산적과 쌍도끼였다.

“왜… 저러지?”

“일단 가보자구. 착한 애던데…….”

산적과 쌍도끼는 바위 밑에 엎어진 여인에게 조심스럽게 접근했다.

혹시나 죽었을까 봐 괜히 겁먹은 참이다.

“이봐!”

산적이 여인의 어깨를 흔들었다.

꼼짝도 않았다.

“죽은 거 아냐?”

쌍도끼가 겁먹은 목소리로 말했다.

산적은 손가락을 여인의 코밑에 대보았다.

숨결이라도 느껴져야 할 텐데 아무 감촉이 없었다.

“야! 네놈의 그 둔해 빠진 손가락으로 뭘 느낀다고 그래? 좀 자세히 봐!”

“어, 그렇지…….”

산적은 조심스레 바닥에 무릎을 꿇고 여인의 얼굴로 자신의 볼을 가져갔다.

뺨에 아주 미약한 숨결이 느껴졌다.

산적은 고개를 돌려 쌍도끼를 쳐다보았다.

아주 미약하게 산적의 입술이 여인의 볼을 스쳤다.

“괜찮은데?”

그때였다.

“이런 천인공노할 놈들!”

한소리 엄청난 고함을 들은 것과 동시에 산적과 쌍도끼는 일 장여를 부웅 날아 바닥에 나뒹굴었다.

“어억!”

“쿠엑!”

산적은 턱이 깨지고 쌍도끼는 갈비뼈가 나갔다.

그들의 앞에 흑의를 걸친 멋진 미공자가 나타났다.

바로 진파였다.

진파는 재빨리 쓰러진 여인의 얼굴을 확인했다.

그가 생각한 대로 이벽화였다.

째지는 듯한 비명이 어디선가 들은 목소리라 생각하면서도 자신의 마음이 조급해 잘못 들은 게 아닐까 의심했던 진파였다. 그런데 이벽화가 맞았다.

몸을 숙여 검지와 중지 두 손가락을 이벽화의 목에 대었다. 미약한 맥이 느껴졌다.

안도의 한숨을 내쉰 진파의 얼굴이 산적과 쌍도끼에게 휙 돌려지며 무시무시하게 일그러졌다.

그는 분명히 보았다.

천상 악당질이나 해먹을 것 같은 더러운 낯짝을 한 두 놈이 이벽화를 희롱하는 것을. 더구나 한 놈은 분명 이벽화의 볼에 입술을 댔다. 감히 그도 못해 본 짓을! 더구나 검사 결과 ‘괜찮다’고 품평까지 하지 않았는가!

“너희가 검선장에서 이 소저를 납치한 녀석들이냐?”

진파의 음성엔 살기마저 풍겼다.

턱이 부서진 산적은 입에서 신음 소리만 나올 뿐이었다. 평소 벼룩 간만한 배포를 갖고 있던 산적이었던지라 진파의 기세에 잔뜩 겁을 먹었지만 혀를 깨물었는지 제대로 대답할 수 없었다.

“아, 아이…… 아야야…….”

갈비뼈가 부서지며 정신을 잃었는지 쌍도끼는 질질 침만 흘리는 중이었다.

진파가 한 걸음 내딛자 산적 앞으로 신형을 잡아늘인 듯 단숨에 산적의 눈앞에 나타났다.

“뭐라구, 임마? 제대로 말을 해!”

“아, 아이…….”

산적은 말이 나오지 않자 다급히 무릎을 꿇고 싹싹 빌었다.

진파는 경계심을 높였다.

그가 생각하기엔 분명 이들 둘이 검선장에서 이벽화를 납치했을 터였다.

그렇다면 만만한 실력이 아닐 터인데 이렇게 비겁한 모습이라니.

‘혹시 속임수일지도 몰라.’

강호엔 별별 치사한 놈들이 다 몰려 있다는 말을 귀에 못이 박히도록 들은 진파였다.

진파는 슬쩍 삼재보를 밟으며 산적의 시야를 어지럽히곤 오른쪽으로 돌아가 그의 배를 내질러 찼다.

“쿠엑!”

산적이 꼬르르 비명을 지르며 기절을 하고 말았다.

“어? 뭐 이리 허약해?”

진파는 혹시 모른다 싶어 산적의 마혈을 점혈했다.

고개를 돌린 진파는 땅바닥에 고개를 처박고 침을 흘리며 기절해 있는 쌍도끼에게 다가갔다. 쌍도끼는 두 눈을 부릅뜬 채 기절해 있는 상태였다.

'응?'

진파가 보니 기절해 있던 쌍도끼가 휙 하고 흙바람이 불자 미미하게 속눈썹을 파르르 떠는 것이 아닌가.

쌍도끼는 너무 무서워 기절한 체하고 있었던 것이다.

'이 자식들 역시 음흉한 놈들이네. 단단히 맛을 보여줘야겠어!'

진파는 쌍도끼가 자신을 방심케 하고 암습을 가할 예정이라 결론지었다.

쌍도끼가 양손에 움켜쥔 반짝반짝 빛나는 도끼를 바라보며 진파는 미간을 찌푸렸다.

'많은 생명을 해친 모양이군.'

피막이 씌워져 번들거리듯 보이는 도끼는 사실 쌍도끼가 정성껏 닦아 기름때를 잔뜩 입힌 것이었다.

진파의 오른팔이 휘익 내뻗었다.

츄리리리릿 하며 위협적인 소리가 허공을 찢었다.

연혼추가 번개처럼 날아 쌍도끼의 미간을 때렸다.

"꾸억!"

쌍도끼가 이상한 비명을 지르더니 부르르 몸을 떨며 진짜로 기절했다.

슬쩍 피하고 반격을 가할 듯하여 가볍게 연혼추를 내뻗었던 진파는 고개를 갸웃거렸다.

"이 자식들, 진짜 약한 놈들이네……. 뭐가 어찌 된 거야?"

진파는 쌍도끼의 마혈도 짚었다.

물어볼 시간이 그리 많지 않았으니 빨리 정황을 캐내야 했다.

진파는 쌍도끼와 산적을 나란히 엎드려 눕히고는 그들의 머리 위에 양가죽 물주머니를 들이부었다.

"우파파······."

"으으으······."

둘이 거의 동시에 깨어났다.

진파는 그들의 머리맡에 쭈그리고 앉아 조용히 물었다.

"니들이 이 소저를 납치하진 않은 것 같고······ 이 소저를 어째서 니들이 희롱하고 있었냐?"

산적은 턱이 깨져 말을 할 수 없었다.

그런데 쌍도끼가 눈을 뜨자 문제가 심각해졌다.

도끼날처럼 야릇하게 째진 그의 눈은 정말 보기만 해도 찔끔할 만큼 더러운 인상을 연출했다. 그런 눈으로 엎드린 채 진파를 보기 위해 눈을 치떴으니 아주 아주 더럽게 째려보는 눈초리가 되고 말았다.

쌍도끼의 무시무시한 눈빛을 마주 본 진파가 바닥에 침을 뱉었다.

"퉤! 그래그래, 순순히 불 거라곤 생각하지도 않았다. 약하긴 해도 더럽게 음흉한 놈들이니까. 니들한테 오늘 진짜 뜨거운 맛을 보여주마."

진파는 산적의 귀두도를 주워 오더니 바닥에 엎드린 산적과 쌍도끼의 바지를 쓰윽 하고 단숨에 갈라 버렸다.

털이 숭숭난 산적과 쌍도끼의 맨엉덩이가 드러났다.

진파는 그들의 엉덩이에 물을 뿌렸다. 바지와 엉덩이가 찰싹 붙어 묘한 네 개의 동산이 나타났다.

쌍도끼는 눈을 부릅떴다.

미간에 연혼추를 맞으며 비명을 지를 때, 쌍도끼는 침을 흘리는 모양을 연출하느라 길게 빼물었던 혀를 그만 깨물었던 참이다.

사정을 설명하려 했으나 짐승 같은 고함이 되고 말았다.

"우이아 아이에여……."

산적과 똑같은 신세가 된 쌍도끼.

진파는 도끼눈을 부릅뜨고 그에게 욕설을 내뱉는 듯한 쌍도끼의 볼기를 먼저 쳤다.

"이 새끼! 이 소저를 왜 니들이 데리고 있는지 빨리 불어!"

귀두도의 넓은 도신을 이용하니 경쾌한 타격음이 짜악 하고 터졌다.

"우어!"

쌍도끼의 얼굴이 파르르 떨렸다.

"아혈은 짚지 않았으니까 빨리 불어!"

짜악—!

"우어어—!"

이번엔 산적이었다.

짜악— 짜악—

규칙적으로 볼기를 치는 소리가 둔중하게 숲 속을 울렸다.

본래 자신이 생각하던 바와 어긋난 일이면 가끔 오해하곤 하던 진파는 무섭게 산적과 쌍도끼의 볼기를 내려쳤다.

빨리 서안에 가야 한다는 마음에 그의 손은 점점 빨라졌다.

"이 자식들, 급해죽겠는데! 빨리 안 불어?"

"꾸웨에에에엑!"

"우으으으어!"

이상한 비명 소리도 규칙적으로 울렸다.

"으흐흐흐흑—!"

산적과 쌍도끼는 엉덩이를 든 어설픈 자세로 무릎을 꿇고 앉은 채 엉엉 소리를 내어 울고 있었다.

그들의 앞에는 진파가 멀쑥한 표정으로 서 있었고, 정신을 차린 이벽화가 연신 둘을 달래고 있었다.

기절했던 이벽화는 정신이 들자 무섭게 두 사람을 치고 있는 진파를 발견하고 깜짝 놀라 진파를 말렸다.

이벽화에게 어찌 된 일인지 사정을 들은 진파는 곧 마혈을 풀고 사과를 했으나 산적과 쌍도끼는 어린애처럼 울음을 터뜨렸던 것이다.

진파는 심히 난처했다.

실수를 한 것은 틀림없지만 그렇다고 고의도 아니었다.

그로서는 딱 오해하기 알맞은 상황이었던 것.

하지만 꼭 애들 팬 것 같이 찜찜하기 짝이 없는 기분이었다.

'다 큰 어른들이 그것도 흉악하게 생겨 갖고 저게 뭔 짓이야!'

내심 투덜대면서도 산적과 쌍도끼를 마치 어머니처럼 챙겨주는 이벽화의 모습에 흐뭇하기만 했다.

'역시 심성도 고운 소저였어.'

이벽화가 진파에게 고개를 돌렸다.

상당히 난처한 표정이었다.

"어… 어쩌죠? 저 때문에 이분들이 괜히……."

진파가 머리를 긁었다.

"죄송합니다. 이 소저가 갑자기 사라져 납치당했다고 모두 오해하고 있었거든요. 저로서는 꼼짝없이 오해할 만한 상황이었어요."

진파는 산적과 쌍도끼에게 진지한 어투로 사과하며 고개까지 숙였다.

"정말 미안합니다. 어디 사는 뉘신지 알려주시면 나중에 꼭 이 빚을 갚겠습니다. 저는 진파라 합니다."

예의 바른 진파의 사과에 놀라고 부끄러운 마음이 좀 진정되었던지 산적과 쌍도끼는 차츰 울음을 그쳤다.

"우이으 오어에 사아여."

그러나 산적의 말은 진파나 이벽화로서는 한마디도 알아들을 수 없었다.

쌍도끼도 말 못하긴 마찬가지였다.

진파는 행낭 속에 손을 넣어 은자 세 냥을 꺼내 산적과 쌍도끼에게 내밀었다.

"이것으로 보상은 될지 모르겠지만 치료비는 될 겁니다. 언젠가 기회가 되면 정식으로 사과드리겠습니다. 지금은 떠돌아다녀 거처가 없지만 당분간 동천의 철가장으로 오시면 절 만날 수 있을 겁니다."

산적과 쌍도끼의 표정이 싹 굳었다.

그들도 동천의 뒷골목에서 어깨 으쓱거리며 살던 처지. 어찌 철가장의 위세를 모르겠는가.

억울하기 짝이 없었지만 훗날을 기약할 만한 상대도 아니었다.

정식으로 무공을 배운 강호인에다 철가장이라는 뒷배경까지 튼튼했으니.

산적은 말없이 진파가 내민 은자를 받았다.

맞은 것치곤 많다 할 수 없는 돈이었지만 수입에 조금 보탬이 되었으니 그나마 위로를 삼을밖에.

산적은 은자 위에 또옥 눈물을 떨구었다.

은자 세 냥을 이렇게 벌었다고 누구에게 말할 것인가.

산적과 쌍도끼가 어깨를 추욱 늘어뜨리고 무기를 수습한 채 터덜터덜 발걸음을 옮기기 시작했다.

이벽화와 진파가 그들에게 작별 인사를 건넸지만 힘없이 고개만 끄덕하고 말았다. 말해 봤자 발음도 엉망인데 말해 무엇하리.

그저 기분만 더럽게 비참할 뿐이었다.

다시는 누가 형, 아우인지 가리지 말자고 다짐하면서도 둘은 거의 동시에 삼월이를 떠올리고 고개를 저었다.

꺼져 가는 힘없는 시선 속에 한줄기 전의를 붙잡아 세운 산적과 쌍도끼는 천천히 동천을 향해 절뚝이며 걸어갔다.

맨살을 드러낸 엉덩이가 무지하게 부풀어 평소의 두세 배였다.

두 마리 거대한 오리가 걷는 꼴이었다.

그들이 사라져 가자 진파는 이벽화에게 고개를 돌렸다.

"이 소저, 대체 어찌 된 일입니까?"

"말씀… 드렸잖아요."

"아니, 방금 전 일 말고요. 검선장에서 도대체 어떻게 된 겁니까?"

"그게……."

이벽화는 고개를 모로 꼬으며 푹 수그렸다.

이벽화의 학처럼 쭉 뻗은 하얀 목이 드러났다. 솜털이 귀엽게 고개를 내민 하얀 목은 눈처럼 하얗고 매끄럽게 보였다.

진파는 또 가슴이 쿵 하는 것을 느꼈다.

'주, 죽겠군…….'

이벽화는 더듬거리며 말을 이었다. 진파와 눈을 맞추지 못하고 얼굴이 발그래하니 달아올라 있었다.

"저, 저도… 어찌 된 건지 모르겠어요. 정신을 차렸을 땐… 이 숲에 있었어요."

"밤새 있었던 일은 기억이 안 나신단 말입니까?"

고개를 숙인 이벽화의 눈에 뿌연 물막이 드리워졌다.

"흑!"

이벽화의 눈에서 똑똑 눈물 방울이 떨어져 내렸다.

"이, 이 소저… 왜, 왜 그러십니까?"

이벽화의 눈물을 보니 진파는 가슴이 미어질 듯 아팠다.

괜한 걸 물었나 싶어 후회스럽기도 했다.

"전날 밤 일뿐만 아니고…… 제가 누군지도 모르겠어요. 이벽화란 이름도 제 이름인지 확실하지 않아요……. 이름을 물었을 때 생각나 그냥……."

"아니 그럼, 기억을 잃으신 겁니까?"

이벽화는 울먹이며 고개를 끄덕였다.

"처음 기억나는 거라곤… 숲 속에 혼자 앉아 있던 것뿐이에요……. 숲에서 나와 어쩌다 보니 동천현으로 들어갔고 이상한 사람을 거기서 만났어요……. 그리고 선 언니가 절 구해줬어요……. 생각나는 것이라 곤 그것밖에……. 진 소협은 왠지 낯익은 것 같아 절 아시나 했는데, 그도 아니고…… 흑……."

"이, 이런. 어찌 그런 일이……. 일단 저와 동행해 서안으로 가시죠. 지금 서안으로 가는 길입니다. 철가장에 돌아가 의원을 모셔 치료를 해보도록 하죠. 너무 걱정 마세요."

"가끔… 머리가 아파요……. 그리고… 너무… 무서워요……."

툭툭 떨어지는 이벽화의 눈물이 너무나 서글퍼 보였다.

진파는 가슴이 뭉클했다.

궁금한 것이 많았으나 더 이상 묻다간 이벽화의 고통이 너무 심할 듯해 그만두었다.

진파는 평소의 어투로 명랑하게 말을 걸었다.

"내가 옆에 있으니 걱정 말아요. 참, 말은 탈 줄 압니까?"

눈물이 가득 고여 있는 눈을 들어 자신을 바라보는 이벽화의 얼굴을 보며 진파는 아차 싶었다.

'아! 기억을 잃었다 했지. 자기가 뭘 할 줄 아는지도 당연히 기억 못 할 거 아니냐? 진파, 이 바보 자식!'

진파는 재빨리 말을 돌렸다.

"철가장주님 말을 타고 왔어요. 덩치가 대단한 녀석이니 우리 둘이 타고 가도 괜찮을 겁니다. 철가장 사람들이 보통 거구입니까? 거의 괴물 수준이죠. 아하하!"

명랑한 진파의 음성에 이벽화는 눈물이 맺혀 있는 눈으로 활짝 웃음을 지었다. 꽃처럼 환한 웃음 위에 흘러내리는 눈물은 처연한 동정을 불러일으켰다.

"고마… 워요."

진파는 힘있게 말을 이었다. 믿음직스럽기 짝이 없는 음성이었다.

"어서 가요. 주인을 닮아 좀 흉물스럽게 생기긴 했지만 말 잘 듣는 명마입니다. 이 소저도 맘에 들 거예요."

"예……."

이벽화를 안내해 숲을 빠져나가며 진파는 한 생각이 떠올랐다.

'가만, 이거 뭐야? 그럼 말 한 마리에 나랑 이 소저랑?'

흐뭇한 웃음이 떠올랐다.

'우흐흐흐!'

“왜… 웃으세요?”

“아, 아닙니다.”

“왜 웃으셨는데요?”

“아, 아무것도 아니라니까요.”

한 쌍의 청춘 남녀가 어깨를 나란히 하고 숲을 빠져나갔다.

숲 속의 빈터엔 불쌍한 산적이 흘리고 간 썩은 이 하나만 뒹굴고 있었다.

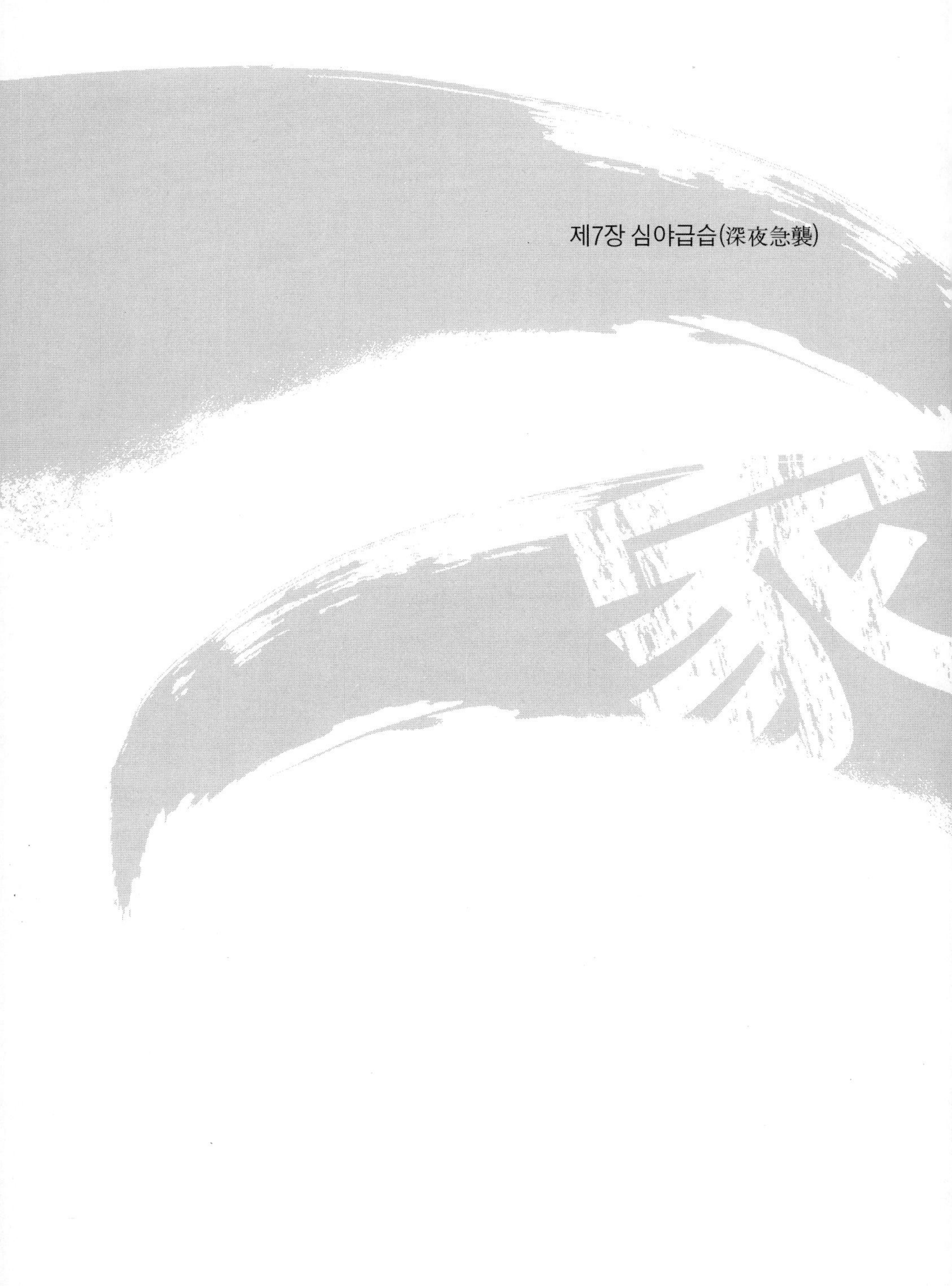

제7장 심야급습(深夜急襲)

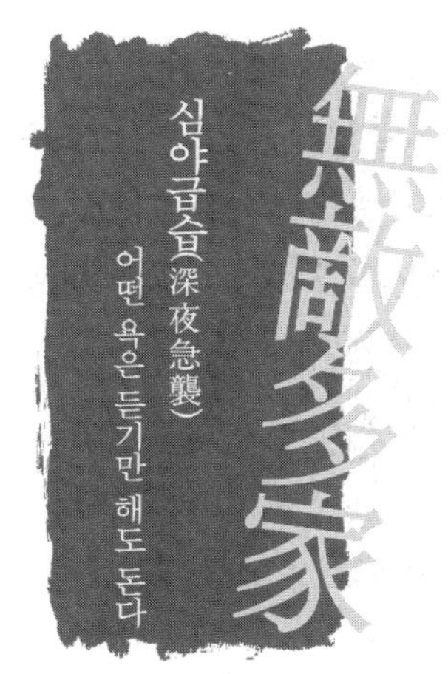

진파는

침상에 누워 쌕쌕 잠이 든 이벽화를 바라보고 있었다.

침상 곁에 의자를 놓고 앉아 있는 참이었다.

객잔에 투숙해 방을 두 개 잡았지만 이벽화가 밤이 되면 또 거리를 헤맬지 모르니 자신을 지켜봐 달라 청했다.

자신에게 어떤 일이 생길 것 같으면 잠을 깨워달라 청한 이벽화였다.

진파는 남녀가 유별한데 어찌 한 방에 있을 수 있냐며 거절했지만 이벽화의 청이 너무 간절해 어쩔 수 없이 승낙한 터였다.

'진 소협은 왠지 남 같지 않아요. 저는 진 소협을 믿어요' 라며 초롱초롱한 눈으로 바라보니 차마 거절할 엄두가 나지 않았다.

이벽화는 안심한 표정으로 침상 곁을 지키는 진파를 바라보다 피곤했는지 곧 잠이 들었다.

한 손을 머리맡에 놓고 잠이 든 이벽화의 얼굴은 티없이 깨끗해 아무 사념도 불러일으키지 않았다.

진파는 이벽화를 바라보며 내심 머리를 굴리고 있었다.

'도대체 어찌 된 걸까?'

자신의 나이도 기억하고 있지 못했지만 진파보다 조금 어려 보였다.

이벽화의 말이 떠올랐다.

"진 소협은 낯이 익어서……."

'그래, 나도 이 소저가 낯익었지. 눈빛이 꼭 소수마후를 닮았어……. 이 소저가 사라진 날 새벽에 동천에 소수마후가 나타났지. 혹시……!'

진파는 몇 번을 망설이다 이벽화의 얼굴을 슬쩍 매만졌다. 꼼꼼히 얼굴을 더듬어 만진 진파는 자신의 가슴을 쓸어내렸다.

인피면구가 아니라 확실한 본얼굴이었다.

'확실히 다른 사람이야. 날 믿고 이렇게 자는 사람을 의심까지 하다니…….'

진파는 고개를 흔들었다.

이벽화의 무공은 여러 번 관찰했지만 일천한 상태였다.

그녀의 실력으로 호장무사들에게 들키지 않고 검선장을 빠져나온다는 것은 그가 보기에 불가능에 가까웠다.

'누군가 이 소저를 납치해 검선장을 나온 게 틀림없다……. 그런데 왜 숲 속에 내버려 둔 거지? 이 소저의 신분은 도대체 무엇일까……?'

이벽화가 전혀 기억을 못하고 있으니 무어라 추측하는 것도 시기상

조였다.

'이 소저를 노리는 놈이 있다면 곧 모습을 드러내겠지.'

진파는 한층 경각심을 높였다.

그때였다.

이벽화가 돌연 신음 소리를 냈다.

"으으음……!"

악몽이라도 꾸는 걸까.

잔뜩 찌푸린 얼굴엔 고통이 떠올라 있었다.

"아음!"

침상에 누운 채로 활처럼 가슴을 구부린 이벽화의 상체가 높이 솟아올랐다.

'헉!'

진파는 동그랗게 눈을 떴다.

몸부림을 치느라 그랬는지 이불이 내려가며 이벽화의 봉긋한 가슴이 출렁였다. 옷깃이 슬쩍 열려 뽀얀 속살이 언뜻 드러났다.

진파는 얼른 눈을 돌렸다.

얼굴이 벌겋게 달아올랐다.

'이, 이런!'

다시 규칙적인 숨소리가 들려 이벽화를 보니 평온한 얼굴로 잠들어 있었다.

가슴 밑으로 흘러내린 이불 때문에 이벽화의 가슴이 은은히 엿보였다.

진파는 꿀꺽 침을 삼켰다.

'오!'

눈을 어디에 두어야 할지 몰랐다. 눈부신 하얀 속살이 진파의 눈을 붙들고 떨어지질 않았다.

그와 동시에 이벽화의 귀여운 음성이 떠올랐다.

"저는 진 소협을 믿어요."

믿어요, 믿어요, 믿어요…….

'젠장!'

진파는 눈을 질끈 감고 이불깃을 잡아 이벽화의 가슴을 덮어주려 했다.

그때였다.

이벽화가 다시 높은 신음을 내며 활처럼 가슴을 구부렸다.

진파의 손 가득 이벽화의 가슴이 뭉클하고 느껴졌다.

"허억!"

진파는 번쩍 눈을 떴다.

얼른 손을 뗐다.

얼굴이 시뻘겋게 달아올랐다.

이벽화의 신음은 점점 높아졌다.

"아아아아아~"

귀를 자극하는 묘한 신음 소리가 계속 높아졌다.

'이, 이런!'

밖에서 누군가 듣는다면 야릇한 상상을 하고도 남을 그런 신음 소리였다.

그런데 이벽화가 번쩍 상체를 일으키는 것이 아닌가.

게다가 눈을 뜨고 있었다. 그러나 초점은 없어 멍한 눈매였다.

'정말이구나.'

아무리 봐도 이벽화는 정신이 없는 상태였다. 평소의 멍한 표정조차 이벽화의 얼굴에서는 보이지 않았다. 그녀의 표정은 마치 백치와도 같았다.

"이 소저!"

진파는 이벽화를 불렀으나 이벽화는 알아듣지 못하는 듯했다. 부스스 침상에서 몸을 일으키는 모습은 마치 유령처럼 힘이 없는 듯도 보이며, 가볍기 짝이 없었다.

진파는 자신의 앞에 내려선 이벽화의 어깨를 잡아 흔들었다.

"이 소저! 정신 차려요!"

이벽화의 얼굴이 진파를 향했으나 여전히 눈은 저 멀리 어딘가를 바라보고 있었다.

'안 되겠다. 깨질 못해.'

진파는 이벽화의 수혈을 재빨리 점혈했다.

이벽화가 무너지듯 진파의 품에 안겼다.

진파는 이벽화를 조심스럽게 안아 들었다. 진파의 가슴에 기댄 이벽화의 얼굴에서 언뜻 젖내 비슷한 향긋한 냄새가 났다.

진파의 가슴이 두방망이질 쳤다.

그러나 진파는 고개를 흔들었다.

사념에 빠질 때가 아니었다.

조심스레 침상에 이벽화를 누인 진파는 이불깃을 잡아 이벽화의 목까지 덮어주었다.

진파의 안색은 심각하게 굳어 있었다.

‘이런 상태면 정말 혼자 못 두겠구나.’

눈을 감고 쌕쌕 잠이 든 이벽화의 얼굴을 보며 진파는 내심 혼자 다짐했다.

‘내가 지키겠어.’

이벽화가 ‘으음’ 하며 몸을 돌렸다. 진파를 등지고 누워 이벽화의 섬연한 굴곡 어린 몸매가 그대로 이불을 통해 드러났다.

이벽화의 얼굴을 볼 수 없었지만 진파는 얼른 시선을 돌렸다.

‘이러다간 정말 큰일나겠군.’

철정이 보면 얼마나 비웃을까 생각하니 피식 웃음이 새어 나왔다.

진파는 생각의 줄기를 돌리려고 허리에 찬 철우를 다리 위에 놓았다.

검병을 만지니 마음이 좀 진정되었다.

‘나도 결국 검사로군.’

검이 싫다고 침까지 뱉고 집을 나왔는데 검을 잡으니 마음이 진정되는 것이 신선했다.

진파는 서서히 검집에서 철우를 빼 들었다.

시린 검빛이 마음을 안정시켜 주었다.

‘정말 좋은 검이다.’

검집에 검을 꽂은 진파는 공철이 준 검보를 떠올렸다.

이름도 거창한 무적검보.

기초만 가르치면서도 무적검보의 내용만은 무조건 암기하라 닦달을 했기에 완전히 숙지한 터였다.

무적검보에는 아무 초식도 없었다.

다만 장황하게 뜻 모를 이야기만 잔뜩 늘어놓아져 있을 뿐이었다.

그 내용을 떠올리려니 진파는 머리가 아팠다.

심공 하나와 추상적인 검결 하나만 달랑 있는 검보.

진파가 이걸로 무얼 하냐고 따져 물었을 때 공철이 대답한 말은 딱 한마디였다.

"그걸 기초로 자신만의 검결을 만들어보쇼."

진파는 잔뜩 미간을 찌푸렸다.

그가 그동안 조사한 바에 따르면 공철이 준 무적검보의 내용은 거의 다 도가 경전이나 불가 경전에 관련된 말뿐이었다.

그것들이 어우러져 어떤 모습을 드러내는지 당최 감을 잡을 수가 없었다.

그래서 진파가 배운 기초 검결들은 강호인들이라면 누구나 알고 있는 삼재검법에, 잠룡쟁패를 준비하느라 세 번 검법을 바꾸는 동안 겉모습만 핥은 명문대파의 검결들밖에 없었다.

"하아……."

막막했다.

철극수의 말을 따라 다시 검을 잡긴 했지만 앞이 보이지 않았다.

가전무공이라고 내려오긴 했지만 초식조차 없는 검법.

결국엔 스스로 검법 하날 만들라는 말밖엔 되지 않았으니…….

"젠장! 맘대로 하랬으니 맘대로 하지 뭐!"

진파는 고개를 젖히고 천장을 뚫어져라 바라보다 스르르 눈을 감았다.

침상에서 이벽화가 몸을 뒤척이는 소리를 듣다 진파도 어느새 잠이 들고 말았다.

'응?'

진파는 선잠을 자다 무언가 이상한 느낌에 퍼뜩 잠에서 깨어났다.

맘 놓고 자다가 하오광에게 발로 차이고 난 다음부터 진파는 잠이
든 상태에서도 오감을 열어놓고 있는 상태였다. 선잠을 자면서도 완벽
한 수면에 드는 것은 공철과 손일연에게 혹독하게 생존 훈련을 받을
당시 몸에 완전히 익힌 터였다.

살짝 실눈을 뜨고 방 안을 찬찬히 살펴보았다.

침상에 누운 이벽화는 여전히 그를 향해 등을 돌린 채 잠들어 있었
다.

객실의 창으로 눈을 돌리던 진파는 번쩍 눈을 떴다.

손가락만하게 구멍이 뚫린 창을 통해 대롱 같은 무언가가 밀려들어
오고 있었다.

'이 소저를 납치한 자인가?'

진파는 호흡을 멈추고 좀 더 두고 볼까 생각하다가 마음을 고쳐 먹
었다. 독(毒)이라도 사용한다면 낭패였기에.

진파의 왼손이 눈부신 속도로 떨쳐졌다.

아무런 소리도 없었다.

오른손에 찬 철비갑에 담긴 연혼추는 귀청을 찢는 귀곡성을 흘렸지
만 왼손에 찬 연혼추들은 무음(無音)의 병기.

소리없이 공간을 제압한 연혼추가 창문을 뚫고 들어온 대롱을 박살
내며 창밖까지 뻗어 나갔다.

"컥!"

낮은 비명 소리가 울림과 동시에 음침한 목소리가 울렸다.

"공격!"

그와 함께 객실의 창뿐 아니라 사방 벽에서 우당탕 소리를 내며 흑의복면인들이 쏟아져 들어왔다. 각기 병장기를 손에 든 흑의인들은 아무 말도 없이 다짜고짜 진파를 향해 병기를 휘둘렀다.

"이, 이런!"

진파는 이벽화가 누워 있는 침상으로 몸을 날리며 양팔을 쫘악 펼쳐 휘둘렀다.

츄리리리리릿—

날카로운 귀곡성이 터지며 양 팔목에 찬 철비갑에서 스무 개의 연혼추가 사방으로 발출되었다.

타탕, 땅!

몇 개의 연혼추가 튕겨 나갔지만 나머지는 흑의복면인들에게 격중되었다.

그러나 그들은 한 올의 신음 소리도 흘리지 않았다.

세 명은 미간에 연혼추를 격중당해 바닥에 뻗은 후였지만 객실에 밀고 들어온 흑의복면인들은 대부분 신형을 똑바로 세우고 있었다.

모두 열세 명이었다.

"누구냐?"

진파가 날카롭게 소리쳤다.

뒤쪽에 서 있던 흑의복면인 하나가 손을 휘둘렀다. 그가 이들의 수뇌인 듯했다.

흑의복면인들은 아무 말도 없이 재차 공격을 시작했다.

살기가 가득 담긴 칼날의 세례를 보며 진파는 입술을 깨물었다.

“이 자식들이!”

진파는 양손으로 늘어진 연혼사를 잡아채며 손목을 빙글빙글 회전시켰다.

열 줄기로 나뉜 연혼사가 단번에 한 줄로 꼬여들었다.

진파는 양 팔에 각각 한 줄로 꼬인 연혼사를 채찍처럼 휘두르기 시작했다.

캉! 카캉!

진파를 향해 쇄도하던 칼날들이 불꽃을 튀기며 잘려져 나갔다.

연혼사 한줄기에 달려 있던 열 개의 연혼추가 흑의인들의 전신을 두드리기 시작했다.

사방으로 흑의복면인들이 튕겨 나갔다. 여전히 그들의 입에선 신음 소리 하나 없었다.

연혼사를 휘두르는 날카로운 소리만이 실내에 가득 찼다.

단번에 공격에 성공하지 못하자 뒤로 물러서 있었던 수장처럼 보이는 사내가 짧게 명령했다.

“물러서!”

흑의복면인들이 일사불란하게 병기를 거두고 물러섰다.

네 명의 흑의인이 머리에 피를 흘리며 쓰러져 있었다. 모두 연혼추에 격중당했던 것.

수뇌로 보이는 사내는 잠시 바닥에 떨어져 있는 잘린 칼날을 바라보다 진파를 바라보았다.

“연혼사군. 애들이 갖고 놀기엔 버거운 병기지.”

진파는 두 팔을 당겨 연혼추를 잡아채었다.

왼팔의 연혼사를 철비갑에 회수한 후, 오른팔로는 한 줄로 꼬인 연혼사를 잡았다.

진파는 수혈이 짚혀 아직도 잠들어 있는 이벽화를 왼손으로 옆구리에 꿰어차며 흑의복면인을 노려보았다.

"버거운지 아닌지 직접 시험해 봐!"

낮게 으르렁거리는 목소리엔 냉정한 적의가 담겨 있었다.

흑의복면인이 여유만만한 목소리로 놀리듯 말했다.

"그 여자만 넘겨주면 너에게 손가락 하나 대지 않으마."

"네놈들은 뭐 하는 놈들이냐?"

"그걸 알면 넌 죽어."

흑의복면인의 목소리로 보아 나이는 그리 많지 않아 보였다. 그러나 잘해야 서른 정도 되어 보이는 목소리엔 으스스한 살기가 깔려 있었다.

"네놈들이 검선장에서 이 소저를 납치했냐?"

"알 거 없다니까."

"못 넘겨주겠다면?"

"넌 여기서 죽는다. 피를 무서워하는 놈 따윈 우릴 이길 수 없어."

진파는 속으로 흠칫했다.

무엇이든 베어내는 연혼사의 지나친 살상 능력은 진파에게 부담이었다. 아직까지 사람을 향해 연혼사를 베는 용도로 사용한 적은 한 번도 없었다.

그렇기에 연혼추만으로 흑의인들을 상대했던 것인데 적의 수뇌는 그 점을 날카롭게 꿰뚫어 보고 있었던 것이다.

진파는 입술을 질끈 깨물고 퉤 하고 침을 뱉었다. 여기서 약한 모습을 보일 순 없었다. 피가 섞인 침에선 옅은 비린내가 풍겼다.

"고맙군, 알려줘서. 하지만 후회하게 될 거야."

흑의복면인이 흐흐 하고 웃음을 흘렸다.

"살인은 안다고 곧 실행할 수 있는 게 아니지. 꼬마야, 사람을 죽이는 건 아무나 하는 게 아니란다."

흑의복면인이 그 자리에서 몸을 날렸다.

수하들에게 지시하지 않고 직접 진파를 상대하기로 마음을 먹은 듯했다.

흑의복면인의 양 손바닥이 진파를 향해 활짝 펼쳐졌다.

고오오, 하고 양손을 중심으로 주변의 공기가 응축되는 듯싶더니 시뻘건 장력이 진파를 향해 쇄도했다.

"받아랏!"

진파는 장력을 맞받지 않았다. 이벽화를 옆구리에 낀 채 비스듬히 몸을 날렸다. 단숨에 포위망을 뚫고 객잔을 탈출할 셈이었다.

유혼신법을 최대로 전개한 진파의 신형이 그 자리에서 꺼지듯 사라졌다.

"헛!"

흑의복면인이 헛바람을 삼켰다.

콰쾅!

침상이 단숨에 박살나 쪼개졌다.

그와 동시에 진파의 고함이 실내를 가득 메웠다.

"죽기 싫으면 비켜—! 난 한다면 하는 놈이야!"

진파가 오른팔을 휘두르자 한 줄로 꼬인 연혼사가 종횡으로 휘청였다. 연혼사의 궤도 안에 있던 가구들이 단숨에 둘로 쪼개졌다. 그러나 흑의복면인들은 죽음을 두려워하지 않는 불나방처럼 진파를 향해 달려들었다.

‘이, 이런!’

챙—! 챙—!

무기가 잘려 나가는 금속성이 날카롭게 울리며 처음으로 인간다운 비명 소리가 흑의복면인들에게서 터져 나왔다.

“아아아악!”

팔다리가 잘려 나간 흑의복면인들이 수두룩했다.

진파는 연혼사의 위력에 치를 떨면서도 뻥 뚫린 전방을 내달려 창을 뚫고 몸을 날렸다.

이층 객잔을 훌훌 날아 지붕을 타고 넘으며 사라지는 진파를 보며 흑의복면인이 신음을 흘렸다.

“방심했군……. 너무 빨랐어…….”

수하들 중 목숨을 잃은 이들은 없었으나 흑의복면인은 잔뜩 미간을 찌푸렸다. 그들만으론 더 이상 추격을 계속할 형편이 아니었던 것이다.

흑의복면인이 멀쩡한 두 수하에게 재빨리 지시했다.

“부상자들을 빨리 수습하고 너희는 후퇴하라!”

“존명!”

흑의복면인 홀로 진파의 뒤를 따르며 나직하게 중얼거렸다.

“그래도 넌 벗어날 수 없다, 애송이.”

흑의복면인의 손에서 찬란한 섬광이 피어올랐다.

하늘로 쏘아진 신호탄이었다.

진파는 서안을 향해 곧바로 남하하는 중이었다.

유혼신법을 경공으로 최대한 펼친 진파의 옷깃에선 파라락 하는 소리가 폭풍을 만난 돛처럼 마구 울렸다.

'결국 연혼사로 사람을 해치고 말았다. 제기랄!'

자신의 눈앞에서 날아오르던 흑의인들의 잘린 팔다리가 선명하게 떠올랐다.

진파는 질끈 이를 물며 고개를 저었다.

'지금 이런 생각 할 시간없어. 죽이진 않았잖아. 독하게 손을 쓰지 않았으면 내가 죽었을 거야. 황야랑 똑같아!'

황야에서 생존을 위해 짐승들을 해친 것과 사람의 팔다리를 자른 것이 어찌 똑같겠는가만은 강호에 몸담은 이상 어쩔 수 없는 일이라 진파는 씁쓸히 자위했다.

진파는 다른 곳으로 생각을 돌리려 애썼다.

'그들은 누굴까? 왜 이 소저를 노리지?'

진파는 오른쪽 옆구리에 들린 이벽화를 힐끔 내려다보았다.

수혈을 짚힌 이벽화는 세상모르고 자고 있었다.

'아직 깨우지 않는 게 낫겠지.'

급하게 빠져나오느라 행낭도 챙기지 못하고 말도 버려둔 채였다.

들고 잔 덕에 철우만 챙겨 나왔지만 다행히도 태인 도장이 준 신표와 편지는 품에 간직한 상태였다.

'일단 서안으로 가는 게 급해!'

초행인데다 밤인지라 길을 분간할 수 없었지만 별을 기준으로 남향을 잡고 내달리는 중이었다.

삐이이익, 하는 호각 소리가 진파의 귀를 때렸다.

'추적당하고 있다. 이대로는 위험해!'

그때, 낮은 웃음소리가 들렸다.

“크크크, 일조장이 놓치고 말았군. 병신 같은 놈.”

진파의 눈앞에 십여 명의 흑의복면인이 우뚝 모습을 드러냈다.

‘이 자식들이 완전히 주위를 포위했단 말인가!’

“애송이, 그 여자를 내려놔라.”

진파는 신형을 멈추지 않고 달리던 탄력을 이용해 왼손을 떨쳐 냈다.

아무 소리도 나지 않는 왼손의 연혼사는 캄캄한 밤에 절대의 위력을 발휘했다.

소리없이 접근한 열 줄기 연혼사가 흑의복면인들의 다리를 휩쓸었다.

달려오던 흑의인들 중 여덟 명이 달리던 채로 땅에 고꾸라졌다.

삽시간에 다리가 베어진 줄도 모르고 그대로 달리던 그들은 더 이상 디딜 곳, 아니, 디딜 다리가 없음을 알지 못했던 것이다.

“아악―”

피분수를 뚫고 목청이 터질 듯한 비명 소리가 울렸다.

‘빌어먹을!’

진파는 이를 갈았다.

적은 아직 그의 앞에 셋이나 남아 있었다.

세 방향에서 날카로운 칼날이 진파를 향해 짓쳐 들었다.

동료들의 부상에도 동요하지 않는 듯 그들의 칼은 냉정하기만 했다.

“하앗!”

오른손으로 이벽화를 들고 있었기에 왼쪽 옆구리에 매달린 철우는 무용지물.

진파는 왼손을 맹렬히 휘저으며 뒤로 몸을 날렸다.

진파의 신형이 뒤로 쭈욱 후퇴하며 왼손을 따라 열 개의 연혼사가 한 줄로 꼬여들었다.

연혼사가 한 줄로 꼬이자 진파는 발뒤꿈치에 힘을 주며 땅을 박찼다.

그를 향해 진격하던 세 명의 흑의복면인은 갑자기 늘어난 거리에 멈칫했다.

그때, 진파가 기성을 질렀다.

"연혼도(練魂刀)!"

연혼사가 일자로 빳빳하게 곤두섰다. 진파는 우에서 좌로 한 줄로 꼬인 연혼사를 칼처럼 휘둘렀다.

세찬 경풍이 피어오르며 세 명의 사내가 허공에서 멈칫했다.

파앗—

허공에서 진파를 노리고 진격하던 세 명의 사내는 자신들의 칼이 수수깡처럼 부서지는 것을 지켜보아야 했다. 거대무비한 경력이 부서진 칼을 통해 그들을 휩쓸었다.

"커헉—!"

세 사내가 사방으로 튕겨 나가 바닥에 뒹굴었다.

울컥거리며 피를 토하는 것이 엄중한 내상을 입었음에 틀림없었다. 애써 고개를 들려 했지만 털썩 머리를 떨어뜨리고 가쁜 숨을 내쉴 뿐이었다.

진파 또한 무사하지만은 않았다.

"컥!"

진파가 제자리에서 휘청하며 고개를 꺾었다.

비릿한 피 냄새.

진파는 죽은 피를 서둘러 뱉어내고 가슴을 펴며 크게 숨을 들이켰다. 조금이나마 호흡이 차분해지며 눈앞이 맑아졌다.

진파의 실력으로 연혼사에 내력을 실어 칼처럼 사용하는 것은 아직 무리였던 것이다.

멀리서 삐이이익, 하는 호각 소리가 급박하게 울렸다.

'피, 피해야 해!'

주위를 휘둘러보니 남동쪽으로 야산이 하나 보였다.

진파는 바삐 산으로 내달렸다.

산은 진파에게 고향과도 같은 곳.

섬서의 험산준령에서 공철에게 담금질당하며 무공의 기초를 익힌 진파였다.

더구나 나무들이 울창한 숲에선 연혼사의 위력을 극대화시킬 수 있었다.

야산의 숲은 생각보다 더 울창했다.

진파는 높이 솟아 있는 전나무를 박차고 몸을 날렸다.

세 아름이 넘을 듯 엄청난 크기를 자랑하는 전나무는 무성한 가지로 진파와 이벽화의 몸을 숨겨주었다.

'일단 이 소저를 숨겨야 해.'

여전히 은은한 호각 소리가 울리고 있었다.

이벽화를 추적하는 자들의 정체는 알 수 없었지만 그들의 규모가 상상외로 거대한 것이 틀림없었다.

이대로 몸을 드러내고 도망가다간 결국 포위되고 말 듯했다.

진파는 혼자서 저들을 따돌리기로 마음을 굳혔다.

평지라면 힘들겠지만 여기는 산.

산에서는 자신 있었다.

진파는 눈을 반짝였다.

시퍼런 인광이 번뜩였다.

야생 동물처럼 시야가 환해졌다.

내공을 굳이 끌어올리지 않아도 진파는 어둠 속을 명철하게 꿰뚫어 볼 수 있었다.

공철이 행한 꾸준한 야행 훈련은 진파의 감각을 무섭도록 단련시켜 놓았던 것이다.

진파는 전나무의 꼭대기쯤에 번개에 맞은 듯 불탄 자리가 있음을 발견했다. 워낙 큰 나무라서 번개를 맞고도 죽지 않은 듯 불탄 자리 주변은 말라붙어 있었지만 주변에 드리운 가지로 인해 푸른 생명력을 자랑하고 있었다.

'저기다!

진파는 몸을 날렸다.

다행히 이벽화를 숨기기에 충분한 크기였다.

진파는 이벽화를 조심스레 구멍 속에 뉘였다.

'이 소저, 조금만 기다려요.'

흐릿한 달빛을 받아 반짝이는 이벽화의 자는 얼굴은 일순 진파에게 평화로운 감정을 안겨주었다.

'놈들을 따돌리고 오겠어요.'

머뭇거리다 슬쩍 이벽화의 볼을 쓰다듬었다.

따뜻했다.

진파는 훌쩍 나무 아래로 몸을 날렸다.

진파가 입은 검은 흑의가 어둠에 동화되었다. 하지만 숲 속에서 검은 옷은 오히려 눈에 띄기 쉬운 법이다. 숲의 색과 자연스레 동화됨이 가장 중요했다.

진파는 휙 몸을 날려 무릎 정도 자라 있는 어린 상수리 군락 속에 잠겨들었다.

진파는 낙엽이 쌓인 바닥을 헤쳐 맨땅을 드러냈다. 축축하게 젖은 흙을 얼굴에 바르며 진파는 내심 투덜댔다.

'이짓을 또 할 줄은 몰랐군.'

공철에게 훈련받을 때, 지겹도록 한 짓이었다.

땀이 흐른 얼굴은 조그만 빛에도 번들거릴 수 있었다.

소화산 속에 던져져 공철에게 발견되지 않아야 야행 훈련이 끝나곤 했다. 누가 가르쳐 주지 않았어도 자연스럽게 산의 생존법을 터득한 진파였다.

조심스레 낙엽을 덮어 흔적을 지운 진파는 빠르게 이동하기 시작했다.

야산을 올라올 때, 돌멩이만 골라 밟아 거의 자취를 남기지 않은 진파였지만 꼼꼼히 자신의 자취를 되밟아가며 혹시 모를 흔적을 살펴갔다. 그러면서도 놀라울 정도로 빠른 움직임이었다.

야산의 밑까지 당도하니 호각 소리가 들리지 않았다.

'이 자식들, 다른 데로 간 걸까?'

그러나 진파는 곧 고개를 흔들었다. 진파는 추적자들을 죽이지 않았다. 그들을 발견한 다른 복면인들이 진파를 추적해 올 터였다. 그들의 목숨을 빼앗지 않은 것에 별다른 후회는 없었다. 아직은 자기 손으로 사람을 죽이고 싶지 않았다.

'저들을 따돌리고 이 소저와 함께 피하는 거야.'

진파는 야산으로 올라오는 진입로 주변을 은밀히 스쳐 지나가기 시작했다.

좌우로 번뜩이며 왔다 갔다 하던 진파가 조용히 진입로 우측의 낙엽더미 속으로 파고들었다. 특별히 땅을 파지도 않고 몸을 움찔움찔 하는데도 다리부터 점점 낙엽 속으로 잠겨들었다.

마침내 낙엽 속에 완전히 몸을 감춘 진파는 양손으로 스무 줄기의 연혼사를 움켜쥔 채 머리만 밖으로 내놓았다. 진입로 주변은 이리저리 연혼사를 걸쳐 놓아 흡사 거미줄을 방불케 했지만 투명에 가까운 연혼사였기에 주의해서 봐도 구분할 수가 없었다.

나뭇잎과 낙엽 속에 파묻힌 진파의 얼굴은 바로 앞에서 보아도 분간할 수 없을 정도였다.

'호흡을 늦춘다.'

진파는 점점 심장의 박동을 줄이기 시작했다.

미약한 고동 소리만이 은은히 들릴 정도가 되자 진파는 눈을 빛냈다.

검게 흙칠한 얼굴에서 눈만이 반짝였다. 진파는 가늘게 눈을 떴다.

'깜짝 놀라게 해주지.'

"아직 발견되었다는 소식이 없나?"

"예! 영주님!"

"일조장은 어디 있나?"

"여기 있습니다."

처음 객잔에서 진파를 공격했던 흑의복면인이 앞으로 나섰다.

똑같은 흑의복면을 한 상태였지만 서로의 신분을 확실히 구별할 수 있는 식별 방식이 있는 듯 그들 간의 위계는 상당히 엄해 보였다. 자세히 보지 않으면 알 수 없게 검은 복면의 이마 쪽에 묵빛의 동심원이 그려져 있었다. 조장이라 불린 흑의인은 두 개, 영주라 불린 흑의인은 세 개의 동심원이 수놓아져 신분을 구별하고 있었다.

"그놈이 그리 대단한 놈이더냐? 이조장이 손도 못 써보고 당했다."

"아마도……."

"아마도?"

"강호에 첫 출도한 신출내기일 것입니다."

"뭣이? 그럼 이조장이 초출인 놈한테 당했다는 말이냐? 조장들의 실력이면 강호에서 일류를 넘어선다. 그런데 그놈이 초출이라고? 강호 초출인 놈을 여태 발견조차 못하고 있단 말이더냐!"

"정황으로 보아 그럴 가능성이 큽니다."

영주라 불린 사내가 눈을 빛냈다.

"자세히 말해 보라!"

"그자는 나이 어린 소년이었습니다. 처음 객잔에서 우리를 상대할 때는 손속에 사정을 두었습니다. 피를 보기를 무서워하고 있었습니다. 그렇기에 연혼사를 사용하면서도……."

"잠깐!"

흑의영주가 일조장의 말을 끊었다.

"지금 연혼사라 했느냐?"

"속하가 보기엔 연혼사였습니다. 수하들의 병기를 무 자르듯 했습니다. 실 같은 병기로 그런 위력을 보일 수 있는 건 연혼사뿐이라 들었습니다만……."

"왜 그 말을 이제야 하는 것이냐!"

흑의영주가 버럭 고함을 질렀다.

"병기 종류까지 일일이 보고할 필요는……."

그때, 흑의복면인 하나가 빠르게 신형을 날려 흑의영주 앞에 내려서더니 털썩 부복을 취했다.

"무슨 일이냐?"

"개방에서 눈치를 챈 듯 보입니다. 포위망 외곽에 접근하고 있는 것이 포착되었습니다. 어찌할까요?"

흑의영주는 고개를 흔들더니 일조장에게 명했다.

"철수를 명하라."

"예? 개방의 압력 쯤이야 몰살시키면 그뿐 아닙니까? 어차피 손을 봐야 할……."

"시끄럽다! 도대체 훈련을 받으며 무얼 배운 것이냐? 연혼사의 이름만 알고 그 마병이 지금 누구 손에 가 있는지는 배우지도 않았더냐!"

"그것은……."

일조장이 말을 흐렸다.

배우긴 했지만 무공도 아니고 기병에 대한 교육을 받을 때, 특이한 병기라 기억해 둔 것일 뿐이었기에.

흑의영주가 씹어뱉듯 말했다.

"일이 심각해졌다. 중앙에 보고해야 할 사안이다. 연혼사를 쓴다면 그자는 무적다가의 당대출도객이다. 일단 여기서 즉각 철수하고 모든 자취를 지우라!"

"무적다가!"

일조장의 입에서 경호성이 터졌다.

"그렇다. 무적다가와는 부딪치기 전에 필히 상부의 지시를 받아야 한다. 이제 이해하겠나?"

"예!"

"그자의 행방을 주시하라! 단, 절대 몸을 드러내서는 아니 된다. 일 조장이 직접 담당하라!"

"알겠습니다."

흑의인들이 빠르게 흩어졌다.

몇 번의 호각 소리가 뿌려진 후, 사위가 적막에 휩싸였다.

진파는 가늘게 뜬 눈이 감겨지려는 것을 억지로 참고 있었다.

'젠장! 이 자식들 어떻게 된 거야?

호각 소리가 몇 번 들리긴 했지만 아무 소식이 없었다.

너무 눈을 째리고 있었더니 눈이 아팠다.

그리고 약간 졸렸다.

벌써 한 시진이 훌쩍 넘은 터였다.

'이 자식들이 그냥 간 건가?

진파는 낙엽 속에서 몸을 일으키려다 고개를 흔들었다.

'그 자식들 집요한 놈들이던데 그럴 리가 없지. 함정일지도 몰라. 좀만 더 기다려 보자.'

신법에 자신이 있긴 했지만 자고 있는 이벽화를 보호하며 포위망을 뚫을 자신은 없었다. 적이 얼마나 되는지도 파악하지 못했는데 움직일 수는 없었다.

'빌어먹을! 배도 고파오는데 이게 뭔 짓이라냐!'

진파는 낙엽 더미 속에 떨어져 있던 솔잎을 집어 들고 질겅질겅 씹 기 시작했다. 허기를 메울 정도는 아니었지만 입 안 가득 솔 향기가 퍼지며 갈증이 달래졌다. 처음 씹을 때 좀 쓴맛이 나서 그렇지 맛만 들이면 솔잎처럼 맛있는 것도 없었다.

슬슬 이벽화가 걱정되기 시작했다.

'잠꼬대를 하다 나무에서 떨어지기라도 하면……'

진파는 고개를 흔들었다.

괜히 재수없는 상상을 할 필요는 없었다.

수혈을 짚었으니 동이 틀 때까지 편안히 잠을 잘 것이다.

반 시진쯤 더 있으면 여명이 밝을 터였다.

'일단 해가 뜨려 하면 그때 이동하자. 상황을 살핀 후에 산을 떠날 것인지 결정해야지.'

배에서 꼬르륵 소리가 들렸다.

행낭에 넣어둔 육포와 벽곡단 생각이 간절했다.

'아, 배고파……! 응?'

진파의 시야에 조심스럽게 움직이는 일단의 그림자들이 발견되었다.

'왔구나!'

진파는 눈을 가늘게 뜨고 연혼사를 걸어놓은 열 손가락에 힘을 주었다. 저들이 접근했을 때, 연혼사를 당기면 진입로 주변의 나무들 이십 그루가 일시에 무너질 터였다. 경공을 전개해 빠르게 접근한다면 그대로 잘려 나갈 터였지만 신중히 움직이는 꼴을 보니 그럴 가능성은 없어 보였다.

'일단 혼란을 주고 야산 주변을 돌아 엉뚱한 방향으로 유인한다. 산 속에서 방향을 틀어 이 소저한테 돌아가 반대 방향으로 튀는 거야!'

진파는 슬쩍 윗입술을 핥았다.

공철과 숱하게 행한 술래잡기 훈련이었지만 실전에서도 통할지는 의문이었다. 하지만 그렇게 몇 차례 하면 공철도 번번이 그의 행방을 놓치기 일쑤였다. 진파가 알기로 공철은 최고 수준의 무인이었다. 어째서 그가 집안의 종복이 되었는지는 알 수 없었지만 '내가 강호에 나가면 당장 손가락에 꼽히는 고수요!' 라고 한 말이 빈 말이 아님을 진파도 알고 있었다. 철가장주도 공철보다는 못해 보였던 것이다.

십여 명이 조심스럽게 움직이며 야산의 진입로를 향해 천천히 걸어오고 있었다.

막 손가락을 당기려던 진파는 그들의 복장을 보고 크게 놀라 고함을 질렀다.

"멈추시오!"

진파가 벌떡 몸을 일으켰다.

개방의 섬서분타주인 노이각(老二脚)은 갑자기 눈앞에 나타난 괴인을 보고 깜짝 놀랐다.

흑의를 걸친 괴인은 얼굴에 새까맣게 흙칠을 한 상태였다.

분타원들에게서 무언가 심상치 않은 일이 있다는 보고를 듣고 직접 탐문에 나섰지만 무림인의 충돌로 보이는 몇 군데의 흔적만 발견하고 아무도 보지 못한 상태였다.

낙엽 더미 속에서 갑자기 몸을 세운 괴인의 출현은 노이각의 신경을 곤두서게 만들었다. 게다가 강호에서도 일류라 손꼽힐 그가 아무런 기미도 느끼지 못했다는 사실이 쭈뼛하게 했다.

"누구냐?"

노이각의 음성은 날카로왔다.

그가 신호를 하지 않았는데도 뒤따르던 수하들이 일사불란하게 자리를 잡으며 타구봉을 빼 들었다.

여차하면 타구진을 펼쳐 합공할 태세였다.

"자, 잠시만 기다리시오. 더 이상 다가서면 아니 되오!"

괴인이 당황한 목소리로 소리쳤다.

노이각은 괴인이 점점 더 수상해졌다.

무맹이 주도하는 평화가 지속된 지 삼십여 년.

별다른 삿된 무리들의 준동도 없어 오늘 같은 피 향기가 떠도는 날은 극히 드물었다.

괴인은 아무래도 수색을 펼치며 발견한 핏자국들과 연관이 있어 보였다.

"이놈! 꿈쩍도 말아라! 냉큼 이름을 밝혀라!"

노이각이 한 걸음 내디디자 괴인은 빽 소리를 질렀다.

"나, 나 진파요! 더 다가서지 말라니까요!"

그리 나이가 많지 않은 듯한 맑은 목소리에 노이각은 살짝 긴장이 풀림을 느꼈다.

그때였다.

"헛!"

갑자기 들린 수하의 목소리에 노이각은 뒤를 돌아보았다.

진파의 후미를 둘러싸기 위해 슬그머니 접근하던 개방도의 타구봉이 허공에서 싹뚝 잘려 나가는 것이 보였다.

노이각의 눈이 커졌다.

"후퇴!"

단숨에 뒤로 빠지는 것이 과연 명문의 제자들다웠다.

노이각이 진파를 노려보며 손가락을 치켜들었다.

"이런 비겁한! 암수를 깔아놓고 있었구나! 뭐 하는 놈이더냐!"

진파는 얼굴을 찡그렸다.

슬슬 화가 나기 시작했다.

개방도들이 분명한 거지 복장을 발견하고는 위험을 무릅쓰고 큰 소리로 사실을 밝혔건만 이따위 대접이라니! 이 시간에도 흑의인들이 몰려올지 모르는데 이 무슨 헛짓인가!

진파가 퉤 하고 침을 뱉었다.

솔잎의 끈끈함이 섞였던지 어느 때보다 호쾌하게 침이 날아갔다.

"이런 천지분간을 못하기는! 그러게 다가오지 말랬잖소! 어서 몸이나 숨겨요! 이 주위에는 정체를 알 수 없는 흑의복면인들이 무작정 칼을 휘두른단 말이오!"

노이각은 눈을 부릅떴다.

개방도 앞에서 감히 침을 뱉다니!

거지를 괄시해 침을 뱉는 행동이야말로 개방도에겐 최대의 모욕이었다.

영업을 위해 일반인들이 침을 뱉는 것은 묵과할 수 있었지만 강호인들 사이에서 침을 뱉는 것은 개방도에게 있어 최고의 모욕이었다.

"이런 후레자식이 어디서 침을 뱉어!"

진파는 답답했다.

빨리 숨기나 할 것이지 저 중년 거지는 왜 쓸데없는 일에 화를 내는가! 게다가 그가 제일 싫어하는 욕까지 했다.

"후레자식? 지금 후레자식이라고 했소?"

"그렇다, 이 자식아! 감히 개방도에게 침을 뱉어?"

진파는 우드득 이를 갈았다.

태인 도장의 심부름으로 개방도를 만나러 가는 참이었는데 하필 이 따위 놈과 대면하다니!

"그래, 내가 막 자란 후레자식이다. 나 부모님 없다. 니가 뭐 보태준 거 있어? 이 자식아!"

진파는 가만히 가슴 높이에 세워놓고 있던 양팔을 몸 쪽으로 홱 교차시켰다.

핑―

날카로운 소리가 울리며 진입로 양쪽에 곧게 서 있던 아름드리 나무들이 노이각의 앞으로 우르르 무너지기 시작했다. 본래는 흑의인들을 위한 안배였지만 화가 난 진파는 그런 것을 따지지 않았다.

"헉!"

노이각이 헛바람을 삼키며 수하들과 함께 급급히 뒤로 몸을 날렸다.

진파의 신형이 무너지는 나무들 사이를 박차고 하늘 높이 솟아올랐다.

"썅! 당장 사과해, 이 거지 자식아!"

진파의 신형이 노이각을 노리고 바닥으로 내리 꽂혔다.

노이각을 노리고 스무 개의 연혼추가 벼락처럼 쏟아졌다.

"헉!"

채 자세도 갖추지 못했던 노이각은 다급히 데굴데굴 바닥을 굴렀다. 굴러가는 노이각을 따라 퍽퍽 소리를 내며 연혼추가 땅에 꽂혔다.

낭패한 기색으로 먼지투성이가 된 채 노이각이 몸을 일으켰으나 진파는 틈을 주지 않았다.

"사과하란 말야!"

츄리리리릿—

연혼사를 달리 마병이라 했을까.

진파의 손짓을 따라 춤을 추는 연혼사는 걸리는 모든 것을 두 동강이 냈다. 아름드리 나무가 썽둥썽둥 잘려 쓰러졌고, 낮은 관목과 잡풀들이 허공으로 날아올랐다.

노이각을 따라 분주히 몸을 날리던 개방도들은 어느새 하나 둘 신형을 일으켜 세웠다. 진파가 노리는 것은 노이각뿐, 그들이 아니었던 것이다.

"분타주님을 도와줘야 하지 않나?"

"그래야 하나?"

그래도 개방의 섬서분타주인 노이각이 비무를 하고 있는데 아랫사람이 함부로 끼어드는 것은 예가 아니라 다들 주춤거렸다.

늙은 거지 한 명이 그들을 말렸다.

"보아하니 저건 그저 화풀이야. 살기는 없구만 그래. 우릴 해치려면 벌써 해쳤어. 저건 연혼사야. 그러니 아마 별일없을 거네."

"그럴까요?"

"그럼. 분타주에게 침을 뱉은 건 저 친구의 실수지만 부모 없이 자란 친구보고 후레자식이라 부른 건 좀 과한 거 아닌가. 그리고 연혼사를 갖고 있다면 어찌 된 영문인지 대충 이해가 가네. 이건 무적다가(無敵多家)……."

그때, 늙은 거지의 귀에 음침한 전음이 들렸다.

"이 자식아, 여태 이결제자냐? 더 이상 주절대면 밥숟갈 놓는 수가 있어!"

늙은 거지가 부르르 몸을 떨었다.

'야, 양괴 공철!'

늙은 거지, 파면개는 급히 입을 다물었다.

연혼사를 쓰는 것을 보고 무적다가의 인물임을 추측한 것은 그리 어렵지 않았으나, 무적다가의 자제가 출도할 때는 항상 절세고수가 은신해 뒤따른다는 사실을 깜박했던 것이다.

당대의 그 고수가 음양쌍괴임을 깜박 잊을 뻔했다.

파면개는 주르르 식은땀이 흐르는 것을 느꼈다.

공철에게 뜨거운 맛을 보았던 것이 벌써 삼십 년도 지났건만 그의 별호를 파면개로 만들어준 공철의 매운 주먹은 아직도 기억하고 있었다.

파면개는 급히 노이각에게 전음을 보냈다.

"부, 분타주! 지금 상대하는 병기가 무언지 보시오. 연혼사요, 연혼사! 지금 상대하는 인물은 다름 아닌 무적다가의 당대출도객이오!"

정신없이 바닥을 구르던 노이각은 파면개의 전음에 정신이 번쩍 들었다.

애송이가 분명한 괴인에게 놀림이라도 당하듯 일방적으로 공격을 당해 분통이 하늘을 찌르고 있었는데 무적다가의 자제라니!

노이각은 더 화가 났다.

무적다가가 어떤 세가인가!

강호가 위급할 때마다 수호신처럼 등장해 위기를 타개해 주던 전 강호의 은인 아닌가! 그 무적다가의 자식이 이렇게 후안무치한 인간이라니!

노이각의 얼굴이 시뻘겋게 달아올랐다.

그때였다.

진파가 돌연 연혼사를 거두었다.

양팔을 휘저어 연혼사를 모두 회수한 진파가 씹어뱉듯 말했다.

"그래도 개방 사람이니 실수는 펼치지 못하겠다. 이제부턴 주먹으로 하자! 정말 사과 안 할 거냐?"

무적다가의 자제가 개방을 존중하는 모습을 보이니 노이각의 기분도 슬쩍 풀렸다. 하지만 먼저 잘못한 게 누군데!

"네놈부터 사과해라!"

"내가 뭘?"

"침 뱉었잖아!"

"침도 맘대로 못 뱉냐? 당신들이 하도 답답하게 굴어서 열받은 것뿐이야! 이 근처엔 내 일행을 노리는 흑의복면인들이 가득하다구!"

노이각이 고개를 흔들었다.

"그렇지 않아도 수상한 조짐이 있다 하여 조사를 나온 참이다. 지금 이 근처엔 아무도 없어."

"정말이야?"

진파는 확인이라도 하듯 고개를 휘둘러 사방을 살폈다.

그 요란을 떨었는데도 아무도 나오지 않는 것을 보니 노이각의 말이 맞는 듯 보였다.

노이각은 진파에게 불쑥 손을 내밀었다.

"먼저 사과해!"

"도대체 뭘 사과하라는 거야?"

다소 기분이 풀렸는지 진파의 어투도 누그러들어 있었다.

"정말 몰라서 그러나? 강호인들끼리 만날 때, 개방도에게 침을 뱉는 건 최고의 모욕이야! 구걸할 때, 돌 맞고 침 맞는 거하곤 전혀 달라!"

진파는 그제야 자신이 한 실수를 알 수 있었다.

그러고 보니 공철에게 언젠가 들은 듯도 했다.

진파는 자신의 실수는 곧바로 인정할 줄 아는 인간이었다.

"음… 몰랐어. 사과하지. 미안해."

진파가 선선히 사과하자 노이각의 안색도 많이 풀렸다.

"좋아, 나도 심한 욕 한 거 사과하지. 고아인 줄은 몰랐네."

다소 예의를 갖추어 노이각이 사과를 하자 진파도 정중히 포권을 취했다.

"진심으로 사과드립니다."

"마찬가지요."

둘은 얼굴을 마주 보다 피식 실소를 터뜨렸다.

생각해 보면 정말 아무것도 아닌 일이었다.

"정말 흑의복면인들을 발견하시지 못했습니까?"

진파가 웃음을 섞어 묻자 노이각이 고개를 끄덕였다.

"격투의 흔적은 발견했지만 다른 이들은 아무도 없었소. 흑의복면인이라 하셨소?"

"예. 객잔에서부터 손을 섞었는데… 제 손에 상한 이들도 꽤… 됩니다."

"흠… 당금 강호에 복면을 하고 활동하는 무리가 있다니……."

노이각의 안색이 심각하게 굳었다.

진파가 갑자기 자기 머리를 쳤다.

"아참… 이럴 때가 아닌데. 혹시 섬서분타의 분들입니까?"

"내가 섬서분타주 노이각이오."

진파의 눈이 커지더니 갑자기 목소리를 높였다.

“협골(俠骨)의 향기 영원하니~”

개방도와 만났을 때 먼저 읊으라 태인 도장이 가리켜 준 시구였다.

노이각과 개방도들의 눈이 커졌다.

개방과 우호적인 강호인들이 항상 협의를 먼저 생각하는 개방도들을 찬양하는 시구. 이백이 지은 협객행(俠客行)의 일부였다.

노이각과 개방도들이 우렁차게 한 목소리로 화답했다. 강건한 기개가 넘쳐흘러 호탕하기 짝이 없었다.

“후세의 영웅들이 이를 잊지 못하도다―!”

진파와 노이각 등은 소리를 높여 호탕한 웃음을 터뜨렸다.

노이각이 만면에 웃음을 머금었다.

“어디서 그 구절을 들었소? 그 구절을 안다는 것은 개방의 친구라는 뜻이외다.”

진파는 품속에서 태인 도장이 준 서찰과 신표를 함께 꺼냈다.

“태인 도장께서 보내는 것입니다.”

진파가 꺼낸 신표를 바라보던 노이각의 눈이 빛났다.

동그란 철패에 간단히 ‘무(武)’라 새겨져 있었지만 그 안에 담긴 의미는 가볍지 않았다. 열 마리의 용이 똬리를 튼 철패는 무맹에서도 최상급자만이 가질 수 있는 것이었다.

진파에게 건네받은 편지를 개봉한 노이각의 눈이 커졌다.

“이럴 수가! 정말 소수마후란 것인가!”

“알고 계셨습니까?”

“어느 정도 예상은 하고 있었소. 서안에서 발견된 시신은 소수마후의 솜씨가 아니고서는 불가능했기 때문이오. 그래도 긴가민가 했는데……. 정말 소수마후를 목격하셨소?”

“그런 듯… 합니다.”

애매하게 말을 흐리는 진파가 답답했던지 노이각이 재촉하려 할 때, 진파는 다시 자기 머리를 쳤다.

“이런! 내 정신! 일행이 있습니다. 먼저 그 사람한테 가죠!”

노이각의 대답도 기다리지 않고 진파는 휙 몸을 날렸다.

진파의 빠른 신법에 혀를 내두르며 개방도들이 그 뒤를 따랐다.

“이, 이럴 수가!”

노이각은 머리 위에서 들리는 진파의 고함에 훌쩍 몸을 날려 전나무를 오르기 시작했다. 진파의 목소리가 다급하기 짝이 없었다.

전나무 위로 올라가니 넋이 빠진 듯 입을 벌리고 있는 진파의 모습이 보였다.

“왜 그러시는 게요?”

“어, 없습니다. 분명 여기에 두었는데! 수혈을 짚어 거동도 못할 낭자가…….”

“여자요?”

“예. 몽유 증세가 있어 수혈을 짚어두었는데, 어찌 이런 일이…….”

노이각은 꼼꼼히 전나무 주변을 살피기 시작했다.

노이각이 진파에게 고개를 돌렸다.

“과연 누군가 있긴 했소이만. 그것 말고 다른 흔적은 전혀 없구려. 혹시 수혈을 풀고 스스로 움직인 건 아니겠소?”

“무공이 그리 높지 않은 소저입니다. 혼자서 아무 흔적도 없이 이 나무를 내려간다는 건 불가능합니다. 적어도 동이 틀 때까지는 수혈이 풀리지도 않을 거구요.”

"그렇다면 절정에 이른 고수가 납치를……."

진파의 얼굴이 확 굳었다.

"그 흑의복면인들이 쫓던 건 제가 아니라 그 소저였습니다."

"그럼 그들의 짓이겠구려?"

"그들을 유인하겠다고 산 밑에 죽치고 있었던 것인데……."

진파의 고개가 툭 떨구어졌다.

자신이 보호해 주겠다 다짐했건만 물거품이 되고 말았다.

흑의복면인들은 자신의 매복을 비웃듯 이벽화를 납치해 간 모양이었다. 진파는 모멸의 감정을 감출 수 없었다.

"비, 빌어먹을……!"

노이각이 진파의 어깨를 짚었다.

"해치지 않고 납치해 갔다면 다시 찾을 수도 있는 것이오. 희망을 버리긴 이르오. 내 방도들을 풀어 행방을 찾아보리다. 그 정도로 은밀한 행사를 하는 집단이라면 이는 강호 전체의 문제일 수도 있소."

진파는 갑자기 고개를 들었다.

"태인 도장께 들었습니다. 섬서분타에 천하제일의 추종술을 갖고 계시다는 분이 있다지요?"

"개왕 사숙을 말하시는가 보구려. 편지에도 언급되어 있지만 그분을 움직이기는 쉽지 않을게요."

"어쨌든 만나게 해주십시오. 이 소저의 행방을 먼저 여쭤봐야겠습니다."

강한 집념을 드러내는 진파의 얼굴을 보며 노이각은 고개를 끄덕였다.

'무적다가의 자제이니 사숙께서 움직이실지도 모르지…….'

노이각과 진파는 전나무에서 훌쩍 뛰어내렸다.

진파는 노이각의 뒤를 따르며 슬쩍 물었다.

"서안 외곽에 계신 모양입니다?"

성문으로 들어가는 것이 아니라 점점 으슥한 숲 속으로 접어들자 더 이상 참지 못하고 물은 것이다.

날이 밝아 벌써 은은한 햇살이 점차 따뜻해지고 있었다.

노이각이 고개를 끄덕였다.

"강호의 동도들은 고루에서 우리와 접하게 되어 있지만 사숙께서는 분타에 머물지 않으시오. 따로 거처를 마련하고 있소이다. 그런데 식전이지 않소?"

진파의 배가 곧바로 대답했다.

꼬르륵.

밤새 몸을 움직이느라 그렇지 않아도 시장기를 느끼던 참이었는데 노이각이 묻자 새삼 배가 고팠다.

노이각은 피식 웃더니 걱정된다는 얼굴로 진파를 돌아보았다.

"아마 지금 사숙께서도 아침 식사 중이실 텐데 걱정이오."

"밥 먹을 때 누가 찾아가는 걸 싫어하시나요?"

진파 자신도 밥 먹을 때 누가 방해하는 걸 제일 싫어했기에 냉큼 되물었던 것. 그러나 노이각은 고개를 흔들었다.

"내가 걱정하는 건 사숙이 아니라 진 소협이오."

노이각이 힐끔 진파를 보았다.

이미 서로 통성명을 마친 상태였다.

진파는 얼굴도 대충 씻고 나뭇잎도 몽땅 뽑은 상태였다. 흙투성이이긴 마찬가지였으나 거지들 틈에 끼어 있으니 그리 보기 흉하지도 않았다. 오히려 썩 잘 어울린달까.

"제가 왜요?"

"밥맛을 잃을까 걱정이오."

진파는 고개를 갸웃했다.

"굉장히 지저분하게 드시나 보죠?"

"보면 알 거요."

노이각은 고개를 흔들 뿐 더 말이 없었다.

조금 더 가니 조그만 움막이 숲 속에 나타났다.

어디서나 볼 수 있는 초라한 집이었지만 주변에 거지들이 나 앉아 있는 것이 좀 달랐다. 따뜻한 햇살이 반가운 듯 서너 명의 거지가 웃옷을 벗고 한참 이를 잡고 있었다.

그들은 노이각을 보더니 곧 일어나 예를 표했다.

"오셨습니까, 분타주님?"

"사숙께선 기침하셨는가?"

"지금 식사 중이십니다."

대답을 하는 거지의 미간이 은은히 찡그려져 있었다.

진파는 고개를 갸웃거렸다.

'얼마나 더럽게 먹기에 이러는 거야? 사람이 밥 먹는데 귀천이 따로 있나? 참나, 거지라는 사람들이 따지긴……'

노이각은 진파를 돌아보더니 어깨에 손을 얹었다.

"진 소협, 조금 있다 사숙께서 식사를 마치면 들어가는 것이 어떻겠소?"

진파는 고개를 흔들었다.

"이 소저가 어찌 되었는지도 모르는데 시간이 없습니다. 그래서 더 급하게 왔지 않습니까? 게다가 밤새 경공을 펼쳐 달려왔더니 저도 배가 고프기 짝이 없네요. 아예 같이 밥을 먹지요. 뭐, 사정 말씀드리고 이 소저부터 함께 찾았으면 합니다."

노이각은 슬쩍 한숨을 쉬었다.

"내 다시 권하겠소. 웬만하면 밖에서 우리랑 같이 밥 먹고 그후에 들어가시는 것이 좋소이다."

"같이 밥 먹으면 좀 더 친해지지 않겠습니까? 그럼 태인 도장님이 전하라 하신 말씀을 전해 드리기도 한결 부드러울 텐데요. 제 사적인 부탁도 드리기 쉬울 테구요."

노이각은 더 이상 권하지 않았다.

"그럼 그렇게 하시오. 단, 절대 중간에 밖으로 나오지 마시오. 그러면 사숙은 다시는 진 소협 얼굴을 안 보실 게요."

진파는 피식 웃고 말았다.

도대체 얼마나 지저분한 거지이기에 같은 거지들도 이러는 것인지 궁금하기 짝이 없었다.

'황야에서 사흘 동안 물 한 모금 안 마시고 버텼던 나야! 이거 왜 이래?'

진파가 당당히 움막 앞까지 걸어가자, 노이각이 안을 향해 길게 목청을 뽑았다.

"사숙! 화산의 태인 도장이 사람을 보냈습니다. 따로 전해 올리고 상의드릴 것이 있다는군요. 들여보낼까요?"

안에서 걸쭉한 목소리가 들려왔다.

무언가를 먹으며 대답하듯 웅얼대는 목소리였지만 뜻을 알아듣기는 쉬웠다.

"우웅……. 어……!"

진파는 노이각을 향해 어깨를 으쓱하곤 움막 안으로 들어갔다.

노이각은 진파의 뒷모습을 보며 끌끌 혀를 차고 있었다.

제8장 종남혈사(終南血事)

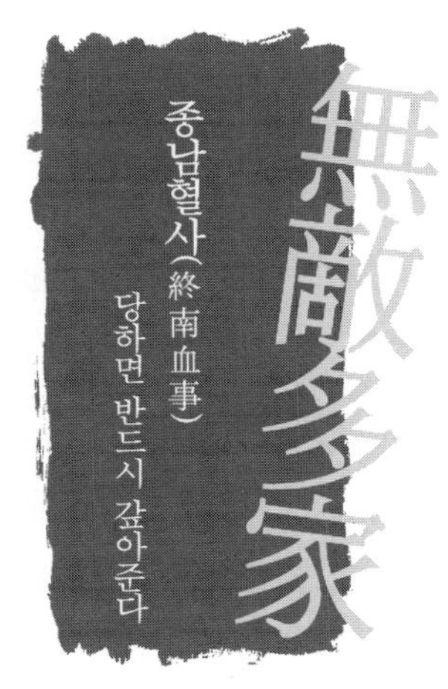

움막 안에

들어가 보니, 컴컴한 실내엔 한 명 빼고는 아무도 없었다.

벽에 기대어 두 다리를 쫙 벌리고 다리 사이에 놓인 바가지를 움켜쥔 늙은 거지 한 명이 진파를 힐끔 바라보았다.

원래 얼굴색이 검은 것인지 씻지 않아서 그런 것인지, 거지의 얼굴은 그야말로 새까맣게 번들거렸다. 정기가 번쩍이는 눈빛만이 보통 거지가 아님을 말해 주고 있었다.

진파는 하마터면 개왕과 첫 번째 만나는 그 순간 와락 인상을 구길 뻔했다.

개왕이 생각보다 지저분했기 때문은 아니었다.

그가 특별히 특이한 음식을 먹고 있기 때문도 아니었고, 그가 지저분하게 밥을 먹기 때문도 아니었다.

코를 찌르는 야릇한 냄새 때문이었다.

냄새의 근원지는 바로 개왕이었다.

'어, 얼마나 안 씻으면 이런 냄새가 날 수 있는 거… 냐?'

노이각에게도 거지 특유의 냄새가 나긴 했지만 이건 비길 바가 아니었다. 생선 썩는 냄새도 아니었고, 고기 썩는 냄새도 아니었다. 온 천하의 오물을 쓸어 담아 코앞에 들이댄 듯한 냄새. 정말 지독했다.

'헉! 이, 이래서 거지왕인가……?'

진파는 남들보다 후각이 뛰어나게 자신을 낳아준 부모님을 자칫 원망할 뻔했다.

'수, 숨을 쉴 수 없어……!'

뚱한 눈으로 진파를 바라보던 개왕의 눈이 번쩍 빛났다.

그 얼굴엔 희미한 반가움과 그리움, 그리고 야릇한 장난기가 섞여 있었다.

"들어왔으면 앉아야지."

"예… 전 태인 도장님의 편지를 들고 온 진파라고 합니다. 아참, 편지를……."

노이각에게 넘긴 편지를 가져오려는 듯 진파가 몸을 돌리자 개왕의 음성이 그를 붙들었다.

"자네한테 듣지 뭐. 그냥 앉게."

'비, 빌어먹을……!'

맑은 공기라도 한번 마시고 오려고 했는데 진파의 의도는 수포로 돌아가고 말았다.

그때, 노이각의 전음이 들렸다.

"진 소협, 일단 들어갔으니 사숙과 함께 식사를 해야 할 게요. 끝까지 버티면 아마 사숙께서 진 소협의 부탁을 들어주실지도 모르오. 단,

중간에 나오면 사숙께선 진 소협의 청을 다시는 안 들어주실 게요."

'이런 거라는 사실을 진작 말해 줬어야지!'

진파는 눈앞에 노이각이 보이면 가만두지 않겠다는 듯 주먹을 쥐고 부르르 떨었다. 무언가 결심했는지 굳은 표정으로 몸을 돌리더니 개왕의 앞으로 다가가 턱하니 앉았다.

'이 소저를 위해……! 이 소저! 힘을 주세요!'

개왕은 자신의 앞에 털썩 주저앉은 진파를 바라보다 슬그머니 바가지를 앞으로 내밀었다.

"좀 들게나."

개왕의 소매가 펄럭하자 겨드랑이에선지 소맷자락에선지, 아무튼 근원지를 알 수 없는 냄새의 폭풍이 진파를 덮쳤다.

'컥!'

진파는 하마터면 코를 감싸 쥘 뻔했지만 급히 호흡을 멈췄다.

'숨을 안 쉬고 버티자!'

진파는 숨을 멈춘 채로 개왕에게 손을 흔들었다.

"배… 안 고픈데요."

그때, 진파의 배가 주인을 배반하고 아우성쳤다.

꼬르륵.

개왕이 너털웃음을 터뜨렸다.

"헐헐헐! 자네 배는 전혀 다른 말을 하는데? 사양할 것 없네. 맛이 괜찮다구."

개왕과 진파의 눈이 마주쳤다.

진파는 개왕의 눈 속에 섞인 뜻 모를 깊이에 멈칫했다. 개왕의 눈은 웃고 있지 않았다.

"안 먹고 그냥 나가려… 나?"

개왕의 입가에 언뜻 떠오른 것은 비웃음이었다.

네깟 놈이 견딜 리가 있냐라는 듯.

사나이 진파의 쓸데없는 오기가 또다시 불끈했다.

'이건… 승부다!'

"아뇨. 저도 피단(皮蛋) 좋아합니다!"

진파는 앞에 놓인 바가지에서 개왕이 먹고 있는 피단 하나를 서슴없이 집었다. 개왕의 바가지에는 오리알을 삭혀 만든 검은 피단이 잔뜩 들어 있었다.

"숨은 쉬면서 먹어야지. 그러다 체한다네."

'숨 안 쉬고 먹으면 진 거라 이거지? 치사한 노인네 같으니!'

"걱정 마십쇼!"

호흡을 풀고 피단을 입으로 가져가던 진파는 헉 하고 신음 소리를 내고 말았다.

피단이란 본래 오리알이나 달걀에 소금이나 홍차, 진흙을 섞어 바르고 왕겨를 뿌려 항아리 안에서 발효시키는 음식이다. 한 달쯤 지나면 흰자 부분은 검은색에 가깝게 색이 변하며 말랑말랑해지고 노른자 부분은 짙은 녹색으로 변하는데, 야들야들하면서도 고소해 남녀노소 누구나 좋아한다. 단, 먹기 전 반드시 한 달 동안 썩은 냄새를 날려야 했는데 개왕이 먹고 있던 피단은 그 냄새가 고스란히 보존되어 있는 아주 특별한 것이었다.

"냄새 좋지? 내가 특히 좋아하는 냄새라네. 시큼한 게 입맛을 돌게 하지."

'우욱! 이런 변태 노인네 같으니!'

　진파는 자신을 보며 빙글빙글 웃는 개왕을 보면서 피단을 한입에 꿀
격 삼켰다.
　'이 정도 쯤이야! 이 소저를 위해서라면!'
　썩은 냄새가 코를 찔러서 그렇지 피단의 맛은 그렇게 나쁘지 않았
다.
　"어이구, 잘 먹는데?"
　개왕은 어린애처럼 손뼉을 치더니 슬그머니 쫙 폈던 양다리 중 한
쪽 다리를 접었다. 살짝 왼쪽 엉덩이를 들더니 다정스레 진파에게 말
을 건넸다.
　"미안하네. 늙으면 이걸 참지 못해서 말야."
　순간, 부욱— 하는 엄청난 소리가 움막 안을 울렸다.
　방귀였다.

　"시작했나 보군."
　움막에서 멀리 떨어진 채 개다리를 뜯던 노이각이 움막을 바라보았
다. 방귀 소리가 얼마나 컸던지 모두 식사를 멈춘 채였다.
　"아～ 좀 빨리 먹는 건데, 더 못 먹겠군."
　노이각이 개다리를 솥 안에 던져 넣었다.
　다른 거지들도 모두 식사를 마치고 소맷자락으로 입을 닦았다.
　모두 얼굴을 잔뜩 찌푸린 채였다.
　"소리를 듣는 것만으로도 냄새가 떠오르니 정말 고역입니다. 분타주
님, 저희는 언제 교대해 주는 겁니까?"
　"좀 참아. 한 달은 버티는 게 규칙이잖아."
　"어휴… 아직 달포나 남았네."

"지금 저 안에 같이 있는 사람도 있지 않나, 참아. 이 모두 거지의
인내력을 기르는 시험이라 생각하게."

모두의 시선이 일제히 움막을 향했다.

진파를 동정하는 듯 모두 혀를 찼다.

"지금쯤 방귀로 끝인 줄 알겠죠?"

"그렇겠지. 첨엔 다 그러지 않나. 쯧쯧, 그러게 말릴 때 그만두지."

"어때? 맛있지?"

진파는 자신의 눈에 눈물이 고이는 것을 느끼고 있었다. 방귀 냄새
가 어찌나 맵고 독한지 저절로 눈물이 고였다.

'이 노인네가!'

그러나 어쩔 건가. 아쉬운 건 진파인데. 진파는 속으로만 이를 부드
득 갈았다.

'나 진파! 이 정도로 물러서지는 않아! 난 진파라구! 이 소저ㅡ!'

이벽화를 떠올리며 정신을 수습한 진파는 다시 한 개의 피단을 더
집었다.

"맛이 괜찮군요."

"호~ 피단의 맛을 아는구만. 이 아까운 냄새를 날리다니 정말 미련
한 짓들이지."

개왕도 피단을 집어 냉큼 입에 넣고 오물거렸다.

"늙으면 말야. 요렇게 말랑거리며 소화가 잘되는 게 좋다구. 자네도
알아둬."

'당신같이 늙을 바엔 자살하지!'

"명심하겠습니다."

"그래야지, 어른을 공경할 줄 아는군 그래. 태인 녀석이 뭐라던가?"

"아, 그건 말이죠."

"잠깐!"

돌연 개왕이 손을 들어 진파의 말을 끊었다.

'물었다 말았다… 갖구 노… 냐?'

진파는 속이 부글부글 끓었다.

그런데 속이 끓은 건 진파만이 아니었나 보다.

개왕이 입을 벌리며 끄으으윽 요란한 소리를 냈다.

엄청난 냄새를 동반한… 트림이었다.

어느새 한 식경이 훌쩍 지난 후…….

움막의 밖으로 비틀거리며 나오는 진파에게 노이각과 파면개, 그리고 나머지 거지들이 일제히 박수를 쳤다.

"경의를 표하오, 진 소협. 정말 대단하외다."

그들의 얼굴에는 야릇한 웃음이 제각기 그려져 있었다.

진파는 잡아먹을 듯 노이각을 노려보았다.

개왕과 끝까지 함께 식사를 하며 태인 도장의 부탁과 자신의 청을 모두 말했고, 개왕은 이를 승낙한 상태였다. 의도했던 바는 모두 이루었으나 기분은 정말 개차반이었다.

정말 한 식경이 지옥같이 흐르지 않았다.

진파는 우선 크게 가슴을 부풀리고 심호흡을 했다.

폐부를 씻어내는 맑은 공기가 그렇게 고마울 수 없었다.

아직도 귓전에 부욱― 하는 방귀 소리와 끄윽― 하는 트림 소리가 명부의 저주처럼 들러붙어 있었다. 소리와 함께 냄새가 그대로 연상되었다.

진파는 허리를 구부렸다.

"우욱!"

그러나 진파는 사내답게 당당했다. 한 알의 피단도 토하지 않고 꿋꿋하게 허리를 폈다.

진파를 둘러싼 거지들이 '와우' 하는 환성을 질렀다.

"정말 대단하오! 끝까지 시숙과 식사를 한 사람도, 나와서 토하지 않은 사람도 진 소협이 처음이외다."

노이각이 번쩍 엄지손가락을 치켜들었다.

진파는 노이각의 손가락을 부러뜨리고 싶었지만 푸스스 미소를 머금었다.

"개왕께서 이 소저의 행방을 살펴주신 후, 동천으로 함께 가시기로 했습니다."

"오오! 대단하오."

"그전에 하실 일이 있다고 전하시라더군요."

"무엇이오?"

"오랜만에 강호동도들 앞에 나서시니 목욕을 하셔야겠답니다. 시중은 노 분타주님이 들기로 했습니다."

"뭐, 뭐요?"

"서안 외곽에 좋은 온천이 많다지요? 해가 지면 그곳으로 모두 가자고 하시네요. 때를 벗기는 특별한 영광은 노 분타주님이 하실 거라 믿고 제가 아뢰어놨습니다."

"지, 진 소협!"

"너무 고마워하실 것 없어요. 천하의 개왕 어르신과 한온천에 몸을 담그다니 얼마나 대단한 영광입니까? 저는 옆에 있는 작은 온천에서 여독이나 풀까 합니다."

노이각의 얼굴이 하얗게 질렸다.

"어허~ 좋구나."

해가 진 지 얼마 안 되어 아직 사방이 어슴푸레했지만 곳곳에 횃불이 밝혀져 있었다.

그러나 주위엔 아무도 없었다.

찰박이며 온천물에 얼굴을 씻는 개왕의 몸짓이 천진스러웠다.

"좀 빡빡 문질러."

"예, 사숙."

개왕의 뒤에서 등을 문지르고 있는 이는 노이각이었다.

노이각은 결전을 준비 중인 무사처럼 비장한 얼굴이었다.

'숨을 쉬면 안 돼.'

개왕과 노이각이 몸을 담근 온천은 거무스레한 색깔이었다.

개왕의 때였다. 물론 그중엔 노이각의 때도 섞여 있을 테지만 조족지혈일 것이다.

온천의 열기를 따라 개왕의 냄새가 높이 높이 하늘로 올라가고 있었다. 노이각은 그 냄새를 맡지 않으려고 필사적으로 숨을 멈추고 있는 중이었다.

"허! 이건 신선이 부럽지 않구나! 좋다!"

그때, 멀리서 진파의 목소리가 들렸다.

훌쩍 떨어진 온천에는 진파와 섬서분타의 거지들이 오붓하게 몸을 담그고 있었다.

“노 분타주님, 오랜만에 목욕하시는 것일 텐데 인상 좀 펴세요. 목욕은 즐거운 것이잖아요?”

노이각은 원망스런 눈초리로 진파를 노려보았다.

‘어린 놈이 바로 복수를 해? 두고 보자!’

진파를 조금 놀린 것은 사실이었지만 이런 복수는 너무 지나친 것이라 믿는 노이각이었다.

온천물의 색깔이 변할 정도니 오죽하겠는가.

진파는 멀리 보이는 종남산(終南山)을 바라보며 흥얼흥얼 콧노래를 부르고 있었다. 이런 유쾌한 복수는 언제나 기분을 산뜻하게 해주는 것 아닌가.

이벽화가 걱정되기는 했지만 흑의인들의 태도로 보아 당장 위해를 가하지는 않을 듯하다는 노이각의 말을 믿었다. 지금은 긍정적으로 생각하는 것이 더 유리한 때라는 것을 잘 알고 있는 진파였다.

그때, 급하게 뛰어오는 개방도 한 사람이 진파의 눈에 띄었다.

‘무슨 일이지?’

허리에 매듭도 묶지 않은 개방도는 숨차게 달려와 노이각 앞에 털썩 주저앉았다.

“부, 분타주!”

노이각은 말을 시키는 수하를 원망스레 쳐다보았다.

말을 시키면 숨을 쉬어야 하지 않는가 말이다.

“뭐… 냐?”

“큰일났습니다! 종남(終南)이, 종남이……!”

“종남이 뭐?”

가까스로 숨을 참으며 코맹맹이 소리로 노이각이 물었다.

"종남파가 불타고 있습니다!"

"무엇이!"

노이각은 급히 숨을 들이마시며 벌떡 몸을 일으켰다. 개왕의 냄새가
코를 찔렀지만 그것조차 의식할 수 없었다.

*　　　*　　　*

"이, 이럴 수가……."

종남파의 장문인 일검진천(一劍振天) 위만호(偉滿瑚)는 바닥에 검을
짚었다.

그의 눈앞에서 애써 키운 제자들이 허망하게 쓰러져 가고 있었지만
그가 할 수 있는 일은 아무것도 없었다. 종남이 불타오르고 있었다.

흑의를 늘어뜨리고 허공을 둥둥 떠다니며 제자들의 머리를 터뜨려
죽이는 여인은 분명 사부에게 이야기로만 들었던 소수마후가 분명했
다.

그 한 명의 위력이 이 정도라니…….

일대제자와 이, 삼대제자들이 속수무책으로 목숨을 잃고 있었다.

검도 통하지 않고 권장도 통하지 않았다.

소수마후는 금강불괴의 경지를 이루었는지 어떠한 무기로도 막을
수 없었다.

하얀 옥수가 번뜩이면 제자들의 목이 떠오를 뿐이었다.

한 방울의 피도 묻지 않는 새하얀 소수(素手)는 달빛에 반사되어 투
명하게 보이기까지 했다.

'이젠 끝인가……?

위만호의 눈에서 굵은 눈물이 흘러내렸다.

그와 동시에 한줄기 검붉은 피가 턱을 따라 툭툭 바닥으로 떨어졌다.

위만호는 제자들을 살육하는 소수마후를 응시하며 우뚝 서 있었으나 그 키는 오 척도 돼 보이지 않았다.

양 무릎이 싹둑 잘려 간신히 검의 힘을 빌어 몸을 세우고 있었던 것이다. 내부는 이미 엉망으로 뒤엉켜 있었다.

소수마후에게 당한 상처.

천하삼십육검(天河三十六劍)의 최절초 천하제탄(天河齊彈)을 펼쳤지만 소수마공을 막을 수는 없었다.

정신을 차렸을 땐 다리가 잘려 이미 바닥을 뒹굴고 있었다.

이렇게 몸을 세운 것만으로도 대단하다 할 정도로 중상이었다.

출혈이 심해 눈앞이 희미해졌다.

한 명의 제자라도 살아났으면 하고 바랐지만 그것은 불가능한 희망으로 보였다.

종남의 산문을 에워싼 흑의복면인들은 탈출을 꾀하는 몇 안 되는 제자들마저 철저히 척살했다.

'저놈들은… 도대체 누군가?'

희미해져 가는 의식 속에서도 한줄기 분노가 솟구쳤다.

구대문파 중에서도 말석을 차지해 가뜩이나 위축되어 있는 종남이었다. 그나마 이 정도로 성세를 일으키기 위해 얼마나 피땀을 쏟았던가.

이제 그 종남도 마지막이란 말인가.

그때, 흑의복면인 하나가 그를 향해 천천히 다가왔다.

"쯧쯧, 대종남파의 장문인이 애들처럼 울면 되겠나?"

흑의복면인은 위만호의 눈물을 정성껏 닦아주었다.

"잘 안 보이지? 잘 봐둬. 이게 종남의 최후일테니. 큭큭."

"자… 잔악한 놈……."

흑의복면인은 고개를 젖혀 앙천광소를 터뜨렸다.

"잔인? 잔악? 네놈들이 그런 말을 할 자격이 있을까?"

"도대체… 누구냐?"

흑의복면인은 위만호의 이마를 툭툭 건드렸다.

"궁금하지? 궁금하지? 그래도 좀만 기다려. 거의 다 끝나가거든."

흑의복면인은 위만호의 볼에 얼굴을 바싹 들이댔다.

간신히 몸만 버티고 서 있는 위만호로서는 흑의복면인의 패악을 막을 방법도 소수마후에게서 제자들을 지킬 방법도 없었다.

"어때? 위가야, 다 끝났다. 으흐흐흐."

흑의복면인의 말과 함께 장내는 쥐 죽은 듯한 고요에 휩싸였다.

마침내 종남의 무인들이 처절히 산화한 것이다.

흑의복면인은 고개를 돌리며 수하들에게 날카롭게 명했다.

"살아남은 놈들이 있는지 철저히 수색해!"

산문의 외곽을 포위하고 있던 흑의복면인들이 벌 떼처럼 몸을 날렸다.

"자, 잔인한……."

흑의복면인은 위만호의 볼을 잡아늘였다.

"그 말밖에 몰라? 자, 잔인한……. 큭큭큭."

위만호의 말투를 흉내 내던 흑의복면인은 목에 걸린 작은 호각을 불었다.

삐이이익—

시체들 사이에 우뚝 서 있던 소수마후가 그 소리와 함께 희뜩 몸을 날려 흑의복면인의 앞에 떨어져 내렸다.

빠알간 피가 점점이 튄 소수마후의 흑의는 종남의 문인들을 모두 척살한 마녀답지 않게 깨끗했다.

하얗게 무표정한 그 얼굴에는 한 점의 죄책감이나 일말의 감정도 담겨 있지 않았다.

흑의복면인은 위만호의 머리를 잡아채 자신의 얼굴을 보도록 돌려세웠다.

"우리가 누구냐구? 흐흐. 위가야, 잘 봐라!"

흑의복면인이 홀렁 복면을 벗었다.

꺼져 가던 위만호의 눈빛에 한 점 놀람이 스쳤다. 위만호의 눈은 터질 듯 부릅떠져 있었다.

"너, 너는……?"

"알아보겠지? 흐흐. 이래도 우리가 잔인하냐?"

"너는…….”

"됐어, 자식아! 더러운 입 그만 놀려라."

흑의인이 주먹을 휘둘렀다.

퍽!

위만호의 입은 부서진 이 조각들과 터진 입술로 단번에 시뻘겋게 물들었다.

"크크. 너에겐 아주 특별히 죽을 기회를 주마. 마지막 선물이야. 큭큭."

흑의인은 다시 복면을 눌러쓰고 호각을 불었다.

짧고도 날카로운 호각 소리가 울리자 소수마후가 한 발 다가서 위만호의 바로 앞에 섰다.

흑의복면인이 멀찍이 물러섰다.

"잘 가라, 위가야. 흐흐흐."

소수마후는 하얀 손을 들어 위만호의 휘청이는 머리를 잡았다.

"어억!"

위만호의 입에서 한줄기 비명이 터졌다.

소수마후의 손가락이 머리를 파고들어 이마를 따라 새빨간 피가 주르르 흘렀다.

소수마후는 위만호의 이마에 입을 가져가 혀를 내밀어 피를 핥았다.

소수마후의 입이 위만호의 입에 가까워졌다.

"우우웁!"

말을 할 수 없는 와중에도 위만호는 몸부림치려 했다.

마지막 남은 최후의 힘.

그러나 위만호는 더 이상 꿈틀댈 수조차 없었다.

푸욱―

소수마후의 손이 그의 가슴을 파고들어 심장을 움켜쥐었기 때문이다.

위만호는 아득히 정신이 흩어지는 것을 느끼며 소수마후의 차가운 입술을 느꼈다.

위만호의 몸이 들썩하고 움직였다.

"으으으으으……."

낮은 신음 소리만이 들릴 뿐 아무런 변화가 없었다.

그러나 그것도 잠시.

갑자기 위만호의 얼굴이 급격히 마르기 시작했다.

한꺼번에 나이를 먹는 듯 검은 머리가 하얗게 말라가며 빠지기 시작했다.

정기가 흐르던 윤기 도는 피부가 거북이 목처럼 쭈글쭈글 물기를 잃고 메말라 갔다.

마지막 한 방울의 정기까지 빨아 먹듯 쭈욱쭈욱 소리를 내던 소수마후가 위만호를 밀쳐 냈다.

바닥에 쓰러지는 위만호의 얼굴에선 이미 한 점의 생기도 찾을 수 없었다.

퀭하게 뜨인 눈만이 분노와 원망, 공포를 한껏 드러낸 채였다.

위만호를 바라보던 흑의복면인이 삐익 하고 호각을 불었다.

소수마후의 몸이 떠올라 북쪽으로 날아가기 시작했다.

한 번도 발을 내디디지 않고 하늘을 나는 그녀의 신법은 바람을 따라 날아간다는 바로 그 부풍무영이었다.

흑의복면인이 주위를 둘러보며 날카롭게 명령했다.

"철수한다!"

"존명!"

흑의인들도 날듯이 장내에서 사라져 갔다.

무너진 종남은 불타오를 뿐이었다.

시뻘건 불길 속에 여기저기 널브러진 처참한 시신만이 남아 있었다.

그때, 위만호의 손가락이 꿈틀했다.

*　　　*　　　*

옷도 제대로 챙겨 입지 못한 개왕과 노이각, 그리고 진파가 종남산을 치달려 오르고 있었다.

노이각은 자신보다 앞서 달리는 진파의 등을 보며 부득 이를 갈았다.

'쪽팔리게……. 어쨌든 정말 대단한 경공이군.'

함께 달리기 시작했던 수하들은 이미 뒤처져 한 명도 보이지 않았다. 기다릴 시간이 없다며 개왕이 몸을 날리자 그 뒤를 따라 진파와 노이각이 튀어 나갔던 것. 수하들에겐 전열을 유지하며 오르라 했지만 종남산을 오르는 세 사람의 발길엔 여유가 없었다.

그러나 그도 잠깐.

천하제일의 경공대가라는 명성 그대로 개왕의 신형이 빛살처럼 앞서 점점 멀어졌다.

그 뒤를 간신히 따르던 진파와 노이각이 앞서거니 뒤서거니 하고 있던 중 진파가 계속 앞서기 시작한 게 조금 전이다. 노이각도 전력을 다했으나 역부족.

노이각은 불타는 종남의 산문이 보이자 고개를 흔들고 급히 몸을 날렸다. 후배와 경공 다툼을 할 상황이 아니었다. 개왕과 진파는 이미 산문 안으로 접어든 후였다.

'어찌 종남이… 아무리 쇄락했다고는 하지만 구대문파 중 하나인 종남이 불타다니…….'

노이각이 종남의 산문 안에 접어들었을 때는 이미 개왕과 진파가 한 구의 시신 앞에 서 있었다.

"이럴 수가!"

노이각은 자신의 눈으로 본 것을 믿을 수 없었다.

불타오르는 종남이 온통 시체로 가득 차 있었다.

대부분 목이 잘리거나 머리가 터져 나간 시신들을 보며 노이각은 이마에 손을 얹었다.

'이건 거의 멸문 지경이로군……'

그때, 개왕이 노이각을 불렀다.

"분타주, 이리 와 보게."

"예, 사숙."

"이 사람, 누군지 알겠나?"

노이각은 눈을 부릅떴다.

어찌 모르겠는가.

비록 이지러지고 비틀어진 몰골이었지만 한눈에 알아볼 수 있었다.

그는 바로 종남의 장문인 위만호였다.

기울어가는 사문을 일으키겠다고 얼마나 동분서주했던 그였던가.

노이각은 저도 모르게 눈시울이 붉어짐을 느꼈다.

"종남의… 장문입니다."

"그렇군."

개왕은 천천히 몸을 일으켰다.

노이각을 보며 개왕은 짧게 명했다.

"방주에게 최우선으로 소식을 띄우게. 삼십 년 전의 겁난이 현세에 업으로 돌아왔다고."

"예?"

개왕이 손가락을 들어 위만호를 가리켰다.

"이 몰골은 분명 소수마후에게 당한 것일세. 하지만 중요한 건 그게 아니네. 위 장문인은 일파의 장문지존답게 마지막 순간 종남을 멸문시킨 흉수의 존재가 소수마후뿐만이 아님을 우리에게 알려주었네."

"그게 어디입니까?"

"위 장문인의 오른손을 보게나."

노이각은 두 다리가 잘린 채 말라비틀어진 위만호의 시신을 내려다
보았다.

죽기 전 마지막 기력을 짜냈던 듯 희미하게 바닥에 쓰인 한 글자. 그
것은 '현(玄)' 이었다.

노이각의 눈이 찢어질 듯 커졌다.

"그, 그렇다면?"

"그렇네. 현성교(玄星敎)야."

"이, 이를 어찌?"

"일단 방주에게만 알리게. 무맹에 급전을 띄워야 하네. 그렇다고 방
도들에게까지 발설할 수 있는 사안이 아니니 주의하게나."

개왕은 발을 들어 위만호가 남긴 글자를 슥슥 지웠다.

개왕의 시선은 멍하게 시신들을 바라보고 있는 진파에게 돌려졌다.

"자네도 명심하게. 현성교가 배후라는 사실은 절대 비밀로 해야 하
네."

진파로서는 처음 듣는 단체였지만 종남파의 마지막 모습이 너무 충
격적이었는지라 거의 건성으로 대답했다.

"예… 예……."

"동천에 가는 게 급한 게 아니네. 우선 이곳부터 조사해야겠군."

개왕은 시선을 돌려 노이각을 바라보았다.

"분타주."

"예, 사숙."

"전 방도를 동원하게. 종남의 먼지 하나까지 꼼꼼히 찾으라 하게."

개왕의 침중한 어투는 해학적인 노기인의 그것이 아니었다.

정파의 명문협객으로 돌아서 있는 그의 음성은 장중하기까지 했다.

"진 소협."

"예."

"자네는 개방도들을 도와 수색을 해주게. 난 이곳을 좀 더 살펴야겠네. 혹시 생존자가 있을지 모르니 꼼꼼히 찾아주게나."

"알겠습니다."

"허…… 어쩌자고 이런 일이 생긴단 말인가."

개왕이 탄식을 내뱉으며 몸을 날렸다.

『무적다가』 제2권에 계속…

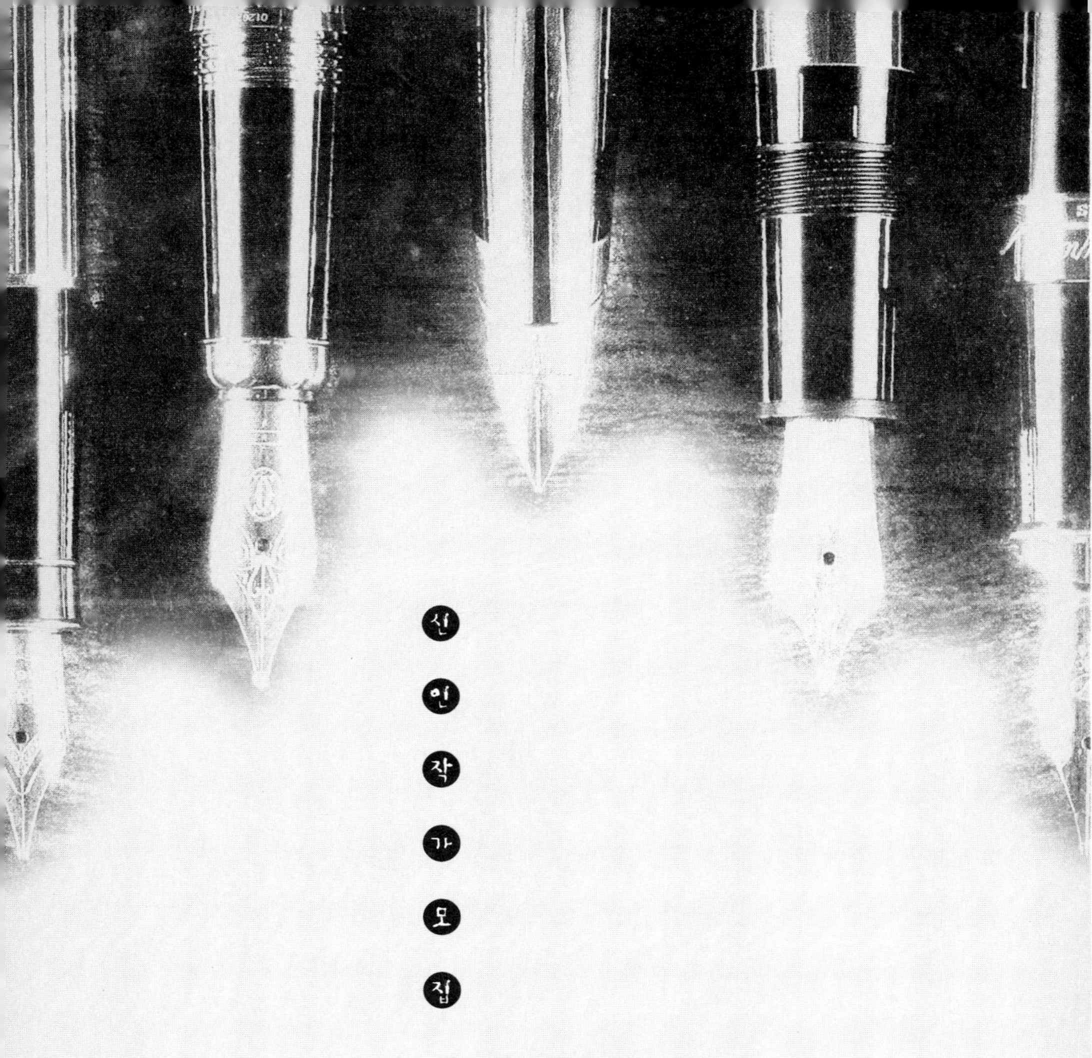
신

인

작

가

모

집

시작이 반이라고 했습니다.
작가의 길에 대한 보이지 않는 벽을 과감히 깨뜨리십시오!
청어람은 작가 지망생 여러분들의
멋진 방향타가 되어드리겠습니다.

저희 도서출판 청어람에서는
소설 신인 작가분들을 모집합니다.
판타지와 무협을 사랑하시는 분들의 많은 참여를 바랍니다.
소정의 원고(A4용지 150매)를 메일이나 우편으로 보내주시면
검토 후 출판 여부를 알려드리겠습니다.

주소:경기도 부천시 원미구 심곡1동 350-1 남성B/D 3F 우편번호420-011
TEL:032-656-4452 · FAX:032-656-4453
http://www.chungeoram.com
e-mail:chungeoram@chungeoram.com